# EL ASESINATO
# DE LADY GREGOR

ANTHONY WYNNE

# EL ASESINATO DE LADY GREGOR

*Un misterio escocés*

. . . . . . . . . . . . . . .

Con una introducción de Martin Edwards

Traducción de Rosa Pérez

**Duomo ediciones**
Barcelona, 2023

Título original: *Murder of a Lady*

Publicada en 2016 por The British Library, 96 Euston Road Londres
NW1 2dB y, originalmente, por Hutchinson en 1931

© de la introducción, 2016, Martin Edwards
© de la traducción, 2023 de Rosa Pérez Pérez
© de esta edición, 2023 por Antonio Vallardi Editore S.u.r.l., Milán
Todos los derechos reservados

Primera edición: abril de 2023

Duomo ediciones es un sello de Antonio Vallardi Editore S.u.r.l.
Av. de la Riera de Cassoles, 20 3.º B. Barcelona, 08012 (España)
www.duomoediciones.com
Gruppo Editoriale Mauri Spagnol S.p.A.
www.maurispagnol.it

ISBN: 978-84-19521-13-2
Código IBIC: FA
DL: B 5.298-2023

Diseño de interiores y composición:
Emma Camacho

Impresión:
Grafica Veneta S.p.A. di Trebaseleghe (PD)
Impreso en Italia

# Índice

# Introducción

*El asesinato de Lady Gregor*, publicado por primera vez en 1931, es un magnífico ejemplo de misterio del «crimen imposible», escrito por un maestro olvidado de esta ingeniosa clase de trama policíaca. Ambientada en la Escocia natal del autor, la historia tiene un comienzo trepidante cuando una noche, el fiscal hace una visita al coronel John MacCallien y a su invitado, el doctor Eustace Hailey. Les trae la noticia de que Mary Gregor ha muerto apuñalada en el cercano castillo de Duchlan: «Jamás había visto una herida tan espantosa». Han encontrado a la mujer muerta arrodillada junto a su cama, pero no hay ni rastro del arma homicida. La puerta de su habitación estaba cerrada con llave y todas las ventanas tenían el cerrojo echado.

A continuación, se produce otro asesinato y las sospechas recaen en un reducido elenco de sospechosos. Una pregunta intrigante es: ¿por qué se han encontrado escamas de arenque en las escenas del crimen? (En otra época, el libro tuvo otro título, *El misterio de la escama plateada*.) Por suerte, el doctor Hailey está especializado en resolver esta clase de enigmas, aunque opta por trabajar solo, aparte de la policía: «Soy un aficionado, no un profesional, y, cuando investigo un crimen, solo lo hago porque me interesa. [...] A menudo sigo una línea de investigación sin saber exactamente por qué: sería insoportable tener que explicar y justificar cada paso. [...] El esclarecimiento de un crimen es, a mi juicio, un arte más que una ciencia, como la práctica de la medicina». Más adelante, añade: «Investigar crímenes es como mirar un rompecabezas. La solución está ahí, ante nuestros ojos, pero no la vemos [...] porque algún detalle, más llamativo que los demás, nos impide enfocar la mirada en el detalle que verdaderamente importa».

Hailey es, en otras palabras, el arquetipo del «gran detective» que gozó de tanta popularidad durante la «edad de oro de la ficción policíaca» en el período de entreguerras. Anthony Wynne, su creador, escribió un ensayo sobre su detective para un libro titulado *Meet the Detectives* [Conozca a los detectives], publicado cuatro años después de *El asesinato de Lady Gregor*, en el que Hailey opina que «los crímenes más interesantes son los que cometen los individuos que, en circunstancias ordinarias, llevan una vida impoluta». Hailey «nunca culpa al criminal hasta el punto de no poder ver y sentir su tragedia». Sostiene que la psicología del criminal es clave: «casi siempre llego a la verdad de manera indirecta mediante la comprensión de las tensiones específicas a las que estaba sometido justo antes de cometer el crimen».

Hailey y su creador fueron admirados en su día y Dorothy L. Sayers se encontró entre los críticos que escribieron reseñas favorables: «El señor Anthony Wynne descuella en la resolución de problemas que parecen irresolubles». Hailey apareció por primera vez a mediados de los años veinte y su carrera duró hasta 1950, pero, para entonces, los gustos de los lectores estaban cambiando y las novelas policíacas minuciosamente urdidas ya no estaban de moda, a menos que las escribiera Agatha Christie. El difunto Robert Adey, autor del fundamental estudio titulado *Locked Room Murders*, enumera no menos de treinta y tres libros y relatos escritos por Wynne que presentan elementos del «crimen imposible». Como él apunta,

Wynne «pronto se impuso como el campeón de [una] forma de crimen imposible: las muertes provocadas por un agente invisible. Una y otra vez, enfrentaba a su [...] detective a situaciones en las que la víctima era asesinada, sola, a la vista de testigos incapaces de explicar cómo podía haberse asestado el golpe en un espacio cerrado».

Por supuesto, hay un claro contraste entre esta clase de trama compleja y entretenida y el estudio de la psicología del criminal, y Wynne se centraba más en la trama que en el perfil del asesino. No condimentaba sus libros con tantos detalles macabros ni tanto humor mordaz como hacía John Dickson Carr, el novelista estadounidense comúnmente considerado el mejor especialista en misterios de habitaciones cerradas, y eso puede contribuir a explicar por qué su obra ha caído en el olvido. Pero sus mejores libros continúan siendo atractivos para los lectores que disfrutan con un misterio urdido con habilidad.

Anthony Wynne era el seudónimo de Robert McNair Wilson (1882-1963), un médico nacido en Glasgow que se especializó en cardiología después de trabajar como ayudante para sir James Mackenzie, cuya biografía escribió. McNair Wilson publicó artículos sobre una diversidad de temas científicos y médicos, así como sobre temas históricos, especialmente relacionados con la Revolución francesa. También lo fascinaba la política (a principios de los años veinte, se presentó dos veces, sin éxito, como candidato parlamentario por el Partido Liberal) y la economía. Su esquela de *The Times* señalaba que «desarrolló un profundo interés por los problemas monetarios; durante un tiempo, dominaron su conversación y escribió varios libros cuestionando lo que, en su opinión, era el poder injustificable ejercido por los intereses pecuniarios». Entre ellos, estaba *Promise to Pay: An Inquiry into the Princi-*

*ples and Practice of the Latter-day Magic Sometimes Called «High Finance»* (1934).

McNair Wilson fue corresponsal médico de *The Times* durante casi treinta años y gozó de la admiración de lord Northcliffe, cuya biografía escribió; durante un tiempo, también estuvo encargado de escribir artículos de tono ligero e informal para otro periódico, el *Sunday Pictorial*. «Su mente inquieta y curiosa no podía estar atada a un solo tema durante mucho tiempo, por formidable e interesante que fuera —decía su esquela—. Escribir y conversar eran [...] sus principales placeres». Escribió poca ficción en las dos últimas décadas de su vida, pero me gusta pensar que le complacería saber que el resurgimiento en el siglo XXI del interés por la novela policíaca inglesa de entreguerras ha tenido como resultado la reaparición del doctor Hailey después de tantos años de silencio y la reedición de este complejo misterio como un clásico neocriminal de la British Library.

Martin Edwards
www.martinedwardsbooks.com

# 1

# Asesinato en el castillo de Duchlan

El señor Leod McLeod, fiscal de Mid-Argyll, era conocido en todo el condado como «el monarca del valle», en alusión al imponente ciervo retratado de cuerpo entero en el óleo del mismo título. Era un sobrenombre merecido, aunque solo fuera por la forma y la postura de la cabeza y sus facciones distinguidas. Un puro escocés de las Tierras Altas, era majestuoso como una montaña, vehemente como una tempestad, inescrutable, teatral como un actor de comedia griega. Cuando a las diez de la noche irrumpió en el salón de fumar de Darroch Mor pasando por delante del mayordomo, incluso el doctor Eustace Hailey ahogó un grito de sorpresa, lo que regocijó a su anfitrión, el coronel John MacCallien.

—Caballeros, les pido disculpas por importunarlos a estas horas intempestivas.

El señor McLeod se inclinó mientras hablaba, como un arbolillo azotado por un huracán.

—¿No quiere sentarse?

—Gracias. Sí. Sí. Dios mío, ¿son las diez?

John MacCallien hizo una seña al mayordomo, que movió una mesa, provista de licoreras y sifones, para acercarla a su visitante. Lo invitó a servirse él mismo.

—Es usted muy amable. Bueno, bueno...

El señor McLeod se sirvió una cantidad de whisky que al

doctor Hailey le pareció considerable. Se lo bebió, sin diluir, de un solo trago. Un suspiro brotó de sus labios.

—Créanme, caballeros —dijo en tono solemne—. No son razones frívolas las que me han traído aquí. Me he enterado de que el doctor Hailey estaba de visita. Dada la gravedad del asunto y nuestra dificultad para obtener ayuda con premura, me ha parecido justificado pedirle que contribuya con su pericia.

Se removió inquieto en la silla mientras hablaba. El doctor Hailey se fijó en que tenía la frente húmeda.

—Ha habido un asesinato —refirió en voz baja—, en el castillo de Duchlan. Han asesinado a la señorita Mary Gregor.

—¿Cómo?

—Sí, coronel MacCallien, como lo oye. Asesinada, la pobre señora, anoche mientras dormía. —El fiscal alzó la mano en un gesto que expresaba condena además de horror.

—Pero eso es imposible. A Mary Gregor no se le conocían enemigos. —John MacCallien se volvió hacia el doctor Hailey—. Incluso los vagabundos y los gitanos se volvían para bendecirla cuando pasaba por su lado y con razón, porque ella los ayudaba siempre.

—Lo sé, coronel MacCallien, lo sé —convino McLeod—. ¿Hay alguien en Argyll que no lo sepa? Pero el hecho es que ahí está, asesinada en su cama. —Volvió a bajar la voz—. Jamás había visto una herida tan espantosa.

# 2

# Una escama de pescado

El señor McLeod se enjugó la frente, pues era de las personas que se ponían a sudar enseguida. Las fosas nasales se le dilataron.

—No fue un cuchillo normal y corriente lo que infligió esa herida —declaró con voz ronca—. La carne está desgarrada. —Se volvió para dirigirse al doctor Hailey—: Han encontrado a la señorita Gregor arrodillada en el suelo junto a su cama. —Hizo una pausa; las mejillas le palidecieron—. La puerta de la habitación estaba cerrada por dentro y todas las ventanas tenían el cerrojo echado.

—¿Cómo, una habitación cerrada? —exclamó John Mac-Callien.

—Exacto, coronel MacCallien. Nadie pudo haber entrado en la habitación ni nadie pudo haber salido. He inspeccionado las ventanas yo mismo, sí, y también la puerta. No hay manera de cerrar las ventanas desde el exterior. Ni de abrir la puerta desde el pasillo.

Negó con la cabeza y cerró los ojos, como si hubiera entrado en comunión con un poder superior. Al cabo de un momento, se volvió hacia el doctor Hailey:

—La herida está en el hombro izquierdo, cerca del cuello —explicó—. Por lo que he visto, tiene una profundidad de unos diez centímetros, un tajo que parece ser obra de un hacha. Pero lo raro es que, aparentemente, apenas sangró. El doctor

McDonald, de Ardmore, que ha examinado el cadáver, dice que cree que la muerte se debió a la impresión más que a la propia herida. Según parece, la señorita Gregor tenía el corazón delicado desde hacía años. Supongo que en ese caso no habría sangrado mucho, ¿no?

—Seguramente no.

—Hay un poco de sangre en el camisón, pero no mucha. No mucha. —El señor McLeod se sirvió otro whisky—. He llamado a la jefatura de policía de Glasgow —refirió—, pero, siendo domingo, no espero ver al inspector Dundas, que vendrá, hasta mañana por la mañana. Cuando me he enterado de que usted estaba de visita, me he dicho: «Si el doctor Hailey es tan amable de inspeccionar la habitación y el cadáver de inmediato, mañana tendremos por dónde empezar». —Se levantó mientras hablaba—: Hay un coche esperando en la puerta.

John MacCallien acompañó a su invitado al castillo de Duchlan.

Los recibió el hermano de la fallecida, el comandante Hamish Gregor, a quien el señor McLeod llamó «Duchlan». Duchlan parecía un águila vieja. Estrechó la mano del doctor Hailey con un vigor que lo sorprendió, pero no dijo una palabra. Luego se llevó a John MacCallien a una habitación contigua al recibidor mientras el señor McLeod conducía al médico a la primera planta.

—Quién sabe, puede que este golpe termine acabando también con él —susurró el fiscal a su compañero mientras subían por la escalera de madera de roble—. Duchlan y su hermana estaban muy unidos.

Llegaron al rellano, del que partían varios pasillos. Enfilaron uno hasta una puerta a la que habían serrado la cerradura. El señor McLeod se detuvo y se volvió hacia el médico.

—Esta es la habitación; no se ha tocado nada aparte de la

cerradura. Yo me he quedado muy impresionado cuando he entrado, así que más vale que se prepare.

Ante la seriedad de aquel escocés de las Tierras Altas, el doctor Hailey inclinó la cabeza con una circunspección que no revelaba nada. La puerta se abrió sin hacer ruido. El médico vio una mujer en camisón blanco arrodillada junto a una cama. La habitación estaba alumbrada por un quinqué que se encontraba en el tocador; las persianas estaban bajadas. La figura arrodillada junto a la cama tenía el cabello cano y reluciente a la luz del quinqué. Parecía que estuviera rezando.

Miró a su alrededor. Había dechados y labores enmarcados en las paredes, y muchos cuadros. Los muebles eran viejos y macizos: una enorme cama de madera de caoba con dosel; un lavamanos que parecía pensado para un gigante; un armario, tan imponente como un castillo feudal, y, diseminadas entre esas grandes bestias, mesitas y sillas con la tapicería descolorida que parecían cervatillos asustados.

Entró en la habitación y se detuvo delante de la mujer muerta. El señor McLeod no había exagerado; el arma le había atravesado la clavícula. Se agachó y retiró el camisón para ver la herida completa. Su expresión de lástima se trocó en sorpresa. Volvió la cabeza e hizo una seña al señor McLeod para que se acercara. Le señaló una pálida cicatriz en el pecho de la dama. Era casi paralela a la herida actual, pero estaba un poco más abajo y ligeramente a la derecha. Terminaba cerca del borde superior del corazón.

—Fíjese.

El señor McLeod miró la cicatriz y después negó con la cabeza.

—¿Qué significa? —preguntó en un susurro.

—Es una vieja cicatriz. Por lo que yo veo, significa que, hace mucho tiempo, la hirieron casi de tanta gravedad como anoche.

—¿No pudo ser una operación?

—No hay marcas de puntos. Esas cicatrices son permanentes.

El señor McLeod volvió a negar con la cabeza.

—No sabía que nadie hubiera herido a la señorita Gregor —declaró.

Observó al médico cuando acercó el monóculo a la cicatriz y lo movió a lo largo de ella. El sudor volvió a perlarle la frente. Cuando una lechuza pasó por delante de la ventana chillando, se sobresaltó con violencia.

—Esta vieja herida —anunció el doctor Hailey— se infligió con un arma afilada. Como puede ver, ha cicatrizado igual de bien que si la hubieran cosido. Mire lo fina y limpia que es. Un arma poco afilada habría desgarrado la carne y habría dejado una cicatriz con los bordes irregulares.

Señaló la herida nueva.

—Aquí tiene un ejemplo de lo que quiero decir. Esta herida se infligió con un arma roma. Sobre la marcha, diría que, hace mucho tiempo, alguien apuñaló a la señorita Gregor con la intención de asesinarla. Es típico de la gente poco instruida situar el corazón en la parte alta del pecho cuando, en realidad, se encuentra mucho más abajo.

Estaba agachado y en ese momento se enderezó. Su gran cabeza, que se hallaba en perfecta armonía con el resto de su cuerpo, se alzó por encima de la de su compañero. Cuando el señor McLeod lo miró, le recordó un dibujo de Goliat de Gat que lo había atormentado durante la infancia.

—No sabía que nadie hubiera intentado asesinar a la señorita Gregor —apuntó.

—Por lo que ha dicho de ella John MacCallien, imagino que sería la última persona en quitarse la vida.

—La última.

El médico volvió a inclinarse sobre la cicatriz.

—Las personas que se apuñalan a sí mismas lo hacen con una cuchillada directa y, por lo general, dejan una cicatriz corta —explicó—; en cambio, las que apuñalan a otras, asestan la cuchillada hacia abajo y suelen dejar una cicatriz más larga. Esta cicatriz, como ve, es larga. Y se ensancha a medida que desciende, justo lo que ocurre cuando el arma es un cuchillo.

Movió el monóculo a lo largo de la herida reciente.

—El golpe que la mató, por el contrario, se lo asestó con mucha violencia alguien que, en mi opinión, utilizó un arma con un mango largo. Un arma roma. El asesino estaba frente a su víctima, que murió de la impresión, porque, si el corazón hubiera seguido latiéndole, la herida habría sangrado muchísimo.

La lechuza pasó por delante de la ventana una y otra vez. El señor McLeod se sobresaltó otra vez.

—Solo un loco puede haber asestado semejante golpe —declaró en tono vehemente.

—Es posible.

El doctor Hailey se sacó una sonda acanalada del bolsillo y examinó la herida. A continuación, encendió una linterna eléctrica y la dirigió a la cara de la anciana. Oyó el grito ahogado del señor McLeod. Había unas rayas rojas en la frente que indicaban que la señorita Gregor se había mojado los dedos en su propia sangre antes de morir. Se arrodilló y le cogió la mano derecha, que estaba tan crispada que tuvo que hacer fuerza para abrirla. Había mucha sangre en los dedos. Pareció desconcertado.

—Intentó arrancarse el arma —declaró—. Eso significa que no murió en el acto.

Miró los dedos de la mano izquierda; estaban limpios. Se enderezó y se volvió hacia su compañero.

—Tenía la mano izquierda inutilizada. Agarró el arma con la derecha y después se tocó la frente. Como hay poca hemorragia, el arma debió de quedársele clavada hasta después de que muriera. Quizá, antes de desplomarse, estaba intentando arrancársela. El asesino fue testigo de su agonía porque se llevó el arma.

El señor McLeod se había agarrado con manos temblorosas a la barandilla del pie de la cama.

—Sin duda. Sin duda —dijo—. Pero ¿cómo escapó de la habitación el asesino? Mire la puerta. Señaló la parte serrada de la recia madera de caoba—. Es infranqueable, y también lo son las ventanas.

El doctor Hailey asintió con la cabeza. Se dirigió a la ventana más próxima a la cama y descorrió la cortina. Luego la abrió. El frescor de la noche estival inundó la habitación junto con la luz de la luna. Encendió otra vez la linterna e inspeccionó el alféizar. Después, volvió a cerrar la ventana y miró el cerrojo.

—¿Dice que tenía el cerrojo echado?

—Sí. La otra ventana también. —El señor McLeod volvió a enjugarse la frente. Añadió—: Esta habitación está justo encima del despacho de Duchlan.

El doctor Hailey corrió varias veces el cerrojo. El resorte no era fuerte y parecía gastado.

—¿Dormía la señorita Gregor con las ventanas abiertas? —preguntó.

—Creo que con este calor sí. He constatado que las ventanas estaban abiertas anoche.

El médico dirigió la linterna al suelo bajo la ventana y de inmediato se agachó. Había gotas de sangre.

—Fíjese.

—¿Cree que la hirieron aquí? —preguntó el señor McLeod en un susurro.

—Es posible. Si no, debió de venir a la ventana justo después. Fíjese en la poca sangre que hay. Solo un par de gotas. El arma estaba incrustada en la herida. —Volvió a agacharse y se fijó bien en las manchas—. Creo que lo más probable es que la hirieran aquí. Cuando el filo de un arma se queda clavado en una herida, la sangre tarda un par de segundos en brotar y derramarse. No cabe duda de que regresó rápidamente a la cama y se desplomó en cuanto llegó.

—El asesino no escapó por la ventana —declaró el señor McLeod con rotundidad—. No hay ninguna pisada en el parterre de abajo, y la tierra está tan blanda que hasta un gorrión dejaría huellas. Si les echa un vistazo mañana, verá que ningún ser humano podría subir o bajar por estas paredes. Son tan lisas como el dorso de su mano. Haría falta un andamio para llegar a las ventanas.

Era evidente que había considerado todas las posibilidades y las había descartado todas. Volvió a enjugarse la frente. El doctor Hailey se dirigió a la chimenea, que tenía la leña preparada para encenderse, y la escrutó como había hecho con la ventana.

—Al menos podemos estar seguros de que nadie entró por la chimenea.

—Podemos estar totalmente seguros de eso. Ya lo he pensado. Es demasiado estrecha para que quepa un cuerpo humano. Yo mismo he comprobado el conducto

Quedaba por inspeccionar el lugar donde estaba arrodillado el cadáver. Allí había bastante sangre en el suelo, pero mucha menos de la que cabría haber encontrado si la herida no hubiera estado obturada hasta después del momento de la muerte.

El doctor Hailey pasó el haz de la linterna por la menuda figura arrodillada y se detuvo brevemente en diversos lugares. Casi había terminado su inspección cuando un destello plateado, como el brillo de una gota de rocío en la hierba, fijó su atención en el hombro izquierdo, en el lugar donde el cuello del camisón tapaba la herida. Se agachó y vio un pequeño objeto redondo adherido a la piel. Lo tocó y se desprendió de inmediato. Advirtió que era una escama de pescado.

# 3

# Hermanos

El doctor Hailey pidió al señor McLeod que confirmara su opinión sobre la escama de pescado. El fiscal lo hizo sin vacilar.

—Sí, es una escama, de arenque. Ninguna otra escama de pescado tiene ese aspecto, como le dirá cualquier hombre o mujer aquí en Loch Fyne.

—En tal caso, tendremos que buscar un arma que se use en la pesca del arenque.

Habló con una nota de entusiasmo en la voz. El señor McLeod estuvo de acuerdo.

—Eso parece, eso parece... A veces, los pescadores usan un hacha, creo, aunque nunca he tenido mucha relación con ellos. Es extraño que no haya más escamas. Se te quedan los dedos llenos con solo coger un arenque.

—Aun así, es probable que hayan limpiado la hoja.

—Cuesta mucho eliminar estas escamas. Es fácil dejártelas, porque se adhieren a todo lo que tocan.

La inquietud del señor McLeod iba en aumento. El descubrimiento de la escama de arenque parecía haberlo afectado casi tanto como el propio asesinato, quizá porque en Argyllshire había muchas personas que vivían directa o indirectamente de la pesca del arenque en Loch Fyne. El doctor Hailey desplegó una navaja y, con suma delicadeza y cuidado, cogió la escama con la hoja. La llevó al tocador donde ardía el quinqué.

—Imagino que no habrá inconveniente en que me quede con ella —observó—. Por fortuna, usted ha visto dónde estaba y puede confirmar su presencia.

Dejó la navaja en el tocador mientras hablaba y se sacó el reloj del bolsillo del chaleco. Lo abrió. Estaba a punto de dejar la escama en el interior de la tapa cuando el señor McLeod objetó que, tratándose de una prueba tan importante, deberían enseñársela al inspector Dundas.

—Creo, doctor, que sería conveniente que dejara la escama aquí en la habitación para que Dundas la viera —arguyó—. Es un tipo puntilloso que no se deja aconsejar y, si nos llevamos cualquier prueba, lo más probable es que se ponga desagradable.

—De acuerdo.

El doctor Hailey dejó la escama en uno de los cajoncitos del tocador. Lo cerró.

—Me gustaría volver a abrir la ventana antes de bajar —manifestó—. He visto una barca amarrada cerca de la casa.

—La lancha motora. Es del hijo de Duchlan, Eoghan.

Cuando descorrieron la cortina, la luna hizo que la luz del quinqué pareciera desvaída y burda. El doctor Hailey abrió la ventana y miró las calmas aguas de Loch Fyne, atravesadas por una reluciente franja plateada que lo guio hasta la desembocadura de un arroyo. Oía el borboteo de aquel riachuelo a su paso por el costado de la casa. Se asomó a la ventana. Un ancho macizo de flores, iluminado en ese momento por la luz de la ventana del despacho de debajo, separaba la calzada de las paredes. El camino terminaba en la puerta de la casa, a la izquierda de la ventana. Más a la izquierda aún, un empinado terraplén descendía hasta el arroyo.

La lancha estaba anclada cerca de la desembocadura; su casco blanco brillaba pálidamente bajo la luna y se perfilaba contra la silueta negra de un embarcadero construido en el estrecho estuario.

—Apague el quinqué, ¿quiere? —pidió a su compañero.

Cuando McLeod lo obedeció, dio la espalda a la belleza del exterior para enfrentarse al miedo del interior. A la luz de la luna, el cabello cano de la señorita Gregor había adquirido un brillo que deslustraba el blanco de su camisón. En su habitación a oscuras, parecía lejana, fantasmal, patética. El señor McLeod cogió el quinqué, abrió la puerta y salió al pasillo, donde volvió a encenderlo.

Cuando el doctor Hailey se unió a él, sostenía el quinqué con ambas manos. La tulipa de vidrio temblaba con un suave tintineo.

—No soporto mirar a esa pobre mujer —reconoció—. ¿Se ha fijado en cómo le brilla el pelo con la luna? Creo que estaba rezando cuando le llegó la hora.

Miró a su alrededor. Las manos le temblaban tanto que el médico temió que se le fuera a resbalar el quinqué.

—Esta casa tiene algo espeluznante. Una vez oí decir que estaba embrujada.

Parecía reacio a abandonar la escena del crimen, como si el horror que sentía le produjera una especie de macabro placer. La explicación quizá fuera el nexo que establecía entre religión y superstición. A fin de cuentas, reflexionó el doctor Hailey, la humanidad había necesitado todos los siglos de su historia para separar lo espiritual de lo demoníaco.

—Me temo que la señorita Gregor tuvo muy poco tiempo después de que la hirieran —se lamentó.

—Señor, señor. «En medio de la vida, estamos en la muerte».

El señor McLeod pronunció las familiares palabras con afecto, asintiendo con la cabeza para imprimirles énfasis.

Como tantos otros ancianos, parecía hallar seguridad y fuerza en frases tópicas. Pero sus miedos eran demasiado intensos para disiparse durante mucho tiempo.

—Es horrible pensar que la mano de la muerte puede estar aquí, entre estas paredes, ahora mismo —exclamó.

Empezó a farfullar. Miró a su alrededor como un perro que teme la oscuridad. Su viva imaginación se ensañó con sus facciones.

—Sí, Mary Gregor estaba arrodillada en su funesto final —repitió—. Su fuerza siempre estuvo en la oración.

Enmudeció. Según parecía, acababa de darse cuenta de que la súplica de la fallecida había caído en saco roto, pues añadió en un tono cargado de temor:

—El Señor da y el Señor quita.

Negó con la cabeza como si poseyera información que no estaba dispuesto a revelar. El quinqué se puso otra vez a tintinear. El doctor Hailey se lo quitó de las manos.

Bajaron al salón de fumar del castillo de Duchlan. Al entrar, el doctor Hailey pensó de inmediato en una tienda de antigüedades. El espacio parecía lleno de animales disecados, cornamentas y viejos muebles de madera de roble. El anciano se levantó para recibirlos y los invitó a sentarse en unos sillones con un ceremonioso gesto de la mano. O seguía aturdido por la calamidad que lo había golpeado o estaba tan bien educado en buenos modales que era incapaz de olvidarlos.

—¿Y bien, doctor? —preguntó, con una voz clara bastante aguda.

—Me temo que de momento no puedo arrojar ninguna luz.

El doctor Hailey negó con la cabeza. Estaba observando el salón y a su dueño con una atención que no se reflejaba en su mirada ausente. Entre el dormitorio de arriba y aquel salón abarrotado reconocía una afinidad que era digna de consideración.

Ambas habitaciones revelaban confusión mental; en las dos quedaba patente el empeño de sus ocupantes por aferrarse a todo lo que poseían. Duchlan conservaba las pieles, plumas y cuernos de los animales que había matado; su hermana, sus dechados y labores. Los dos hermanos parecían otorgar valor a la fealdad y a la incomodidad. El sillón en el que estaba sentado el médico le lastimaba la espalda; los asientos que había visto en la habitación de la señorita Gregor eran igual de feos e incómodos. Pero generaciones de Gregor se habían sentado en ellos. El castillo de Duchlan conservaba, al parecer, la ropa desechada de generaciones.

—A mi querida hermana no se le conocían enemigos —manifestó Duchlan—. Es inconcebible que alguien pudiera guardarle rencor. —Se acarició la falda escocesa sobre las rodillas, alisándola—. Créanme, su vida era servir al prójimo.

Hablaba con la seguridad de un sacerdote que decía misa. Su cara era una máscara inexpresiva. Pero un ligero rubor le había teñido las mejillas.

—Sus caminos eran los del Señor —añadió—. Y su vía, la paz.

El silencio recibió aquel tributo. El doctor Hailey se sintió incómodo. No cabía duda de que el anciano hablaba en serio, pero el orgullo por su familia era tan evidente que daba la impresión de que, al elogiar a su hermana, también se alababa él.

—¿Puedes contarle al doctor todo lo que sabes, Duchlan? —intervino el señor McLeod.

—No es mucho, me temo. No llevábamos una vida ajetreada. —Duchlan se volvió hacia su visitante y, al mismo tiempo, avanzó las manos por los brazos de madera tallada del sillón para asirlos por los extremos. Tenía las manos delgadas y blancas; y subió y bajó los dedos de una manera que recordaba los movimientos de las patas de una araña—. Anoche, mi querida hermana y yo cenamos juntos como de costumbre —continuó—. Me pareció que estaba bastante cansada, porque no había parado en todo el día.

Hizo una pausa para enderezarse el adorno de plata que llevaba acoplado al cinturón y, que, según vio el doctor Hailey, lucía un escudo de armas. También aquí lo acarició, como si su condición de gran señor le produjera una honda satisfacción.

—Mi hermana me dijo que le dolía la cabeza —prosiguió—. Antes de empezar a comer, le sugerí que, por una vez, podíamos prescindir de los servicios de nuestro gaitero durante la cena. Pero ella rechazó la idea. «Mi querido Hamish —dijo—, seguro que recuerdas que nuestro padre le hizo tocar la gaita en la cena incluso la noche que murió». Apreciaba mucho las costumbres de las Tierras Altas, tanto por lo que eran como por lo que representaban. Yo sabía que estaba muy dolorida, pero recibió a Angus, mi gaitero, con perfecta cortesía y, cuando él terminó de tocar, se levantó y le pasó la copa de la amistad. Estoy seguro de que Angus se dio cuenta y apreció buen ánimo. Esa, doctor Hailey, fue mi querida hermana la última noche de su vida, considerada y cuidadosa con los demás; fiel a las tradiciones y costumbres de nuestra familia.

Asomaron lágrimas a sus ojos. Se las enjugó.

—Cenamos solos, ella y yo, porque mi nuera estaba indispuesta y mi hijo no había regresado aún. Créame: me sentí transportado a los tiempos en los que mi padre, el difunto Duchlan, ocupaba mi lugar y a sus hijos nos parecía un ser de extraordinaria bondad. Los pensamientos de Mary también habían seguido ese derrotero, porque me comentó que creía que nuestro padre era el hombre más noble que había pisado esta tierra. «Esta casa —dijo— está llena de su bondad». Después se puso a hablar de mi nieto. Con cuánto fervor esperaba que hiciera honor a las tradiciones de las que es heredero. «Ojalá pudiera inculcársele —dijo— que no hay más privilegio que el de servir». La hizo inmensamente feliz que el muchachito viniera a vivir con nosotros hace un año, mientras su padre estaba destinado en Malta, pues le daba la oportunidad de influir en él.

»Y supo aprovechar esa oportunidad al máximo, créame. Estaba convencida de que la base del carácter debe ser siempre la religión. "El temor al Señor —no se cansaba de repetir— es el comienzo de toda sabiduría". Se afanó por inculcarle ese temor al niño. Tenía el raro don de penetrar en la mente infantil. Creo que se debía a su gran sencillez de carácter. Con un mero gesto, lo decía todo. Su espíritu se regocijaba con el amor y la belleza; pero jamás permitía que sus pensamientos escaparan al control de la conciencia. Aunque creía en la clemencia, jamás cerraba los ojos a la justicia. Un niño, insistía, debe poder confiar en los atributos divinos como en la luz y el aire. Debe conocer todo el amor y bondad de que es capaz el corazón humano, pero, al mismo tiempo, debe darse cuenta de que incluso el amor está condicionado por la rectitud moral. Los pasajes que citaba con mayor frecuencia daban fe de cómo lo sagrado limita y purifica incluso nuestros sentimientos humanos más nobles.

La expresión de Duchlan se tornó grave. Levantó la mano en un gesto que era en parte una bendición y en parte una muda protesta.

—No voy a ocultarle que no todas las personas que tenían al niño a su cargo aprobaban los puntos de vista de mi querida hermana —continuó—. En estos tiempos modernos, la disciplina se está relajando en todas partes. Ideas sentimentales, corruptas en su esencia, han sustituido con demasiada frecuencia a los antiguos ideales de justicia y responsabilidad.

A los niños de hoy se les habla demasiado de perdón, clemencia, amor, bondad; no se les habla suficiente de las consecuencias que acarrea toda transgresión de las leyes morales, por trivial que sea. Nos estamos apartando de las austeras virtudes de nuestros padres. Era cometido de Mary, su misión sagrada, hacer lo que estuviera en su mano para enmendar ese error.

Su tono serio no iba acompañado de ninguna entonación de la voz, de manera que parecía estar recitando un texto aprendido de memoria. Esa impresión era tan fuerte que el doctor Hailey se atrevió a sugerir que las ideas modernas no eran necesariamente incorrectas porque se basaban en el bien y no en el mal inherente a la naturaleza humana. Observó al anciano mientras le hablaba y lo vio retroceder con brusquedad.

—Mi querida hermana tenía una fe infinita en la bondad de la naturaleza humana —replicó—. Pero su fe se basaba en la honda convicción religiosa de que el hombre nace en pecado. Detestaba demasiado el mal para pactar con él o pretender que era un mero error. «No soporto el sentimentalismo ñoño que disculpa todas las faltas en nombre del amor», solía decirme. En esas ocasiones, siempre citaba el pasaje: «Porque el Señor al que ama castiga».

El tono de Duchlan era apasionado, como si la pequeña crítica de su interlocutor hubiera despertado dudas en su propio espíritu que debía acallar a toda costa. Agitó la flaca mano.

—Créame —añadió—. La fe de Mary era como una sólida torre. Me ayudaba y confortaba siempre que la mía vacilaba. Su carácter era duro como una roca. Mi hermana era firme, férrea. Yo nunca alcancé el grado de resistencia al mal que era su mérito más sobresaliente. Pero ella me daba fuerza.

El anciano volvió a enjugarse las lágrimas.

—Perdóneme por entrar en tanto detalle —se disculpó—. Como ha sido tan amable de ayudarme en mi desgracia, siento que les debía, a usted y al recuerdo de ella, esta breve exposición sobre el carácter y la vida de mi querida Mary. —Bajó la cabeza—. Mi hermana subió a su habitación poco después de cenar. Su doncella, Christina, le llevó un vaso de leche hacia las diez. Siempre se tomaba uno justo antes de dormir. Christina se marchó a las diez y cuarto. Mi hermana estaba acostada y parecía que ya se había dormido. Christina apagó la única vela con la que se alumbraba la habitación.

—¿Fue su doncella la última persona en ver a la señorita Gregor con vida? —preguntó el doctor Hailey.

—La última. —El anciano se enderezó en el sillón—. Me alegro de que así fuera, porque eran amigas desde siempre. Christina le cerró los ojos a mi querido padre, el difunto Duchlan. Comparte nuestras alegrías y pesares desde hace más de treinta años.

Cada vez que mencionaba a su padre, Duchlan bajaba la voz. Su admiración por él era impresionante; pero el doctor Hailey no podía olvidar lo que John MacCallien le había contado sobre el difunto señor del castillo de Duchlan. Había sido un tirano, testarudo y cabezota, que no había admitido la menor oposición a su voluntad. También había sido un borracho, sobre todo en su vejez, y sus juergas habían atemorizado y avergonzado a la familia. ¿Eran aquellas desagradables escenas lo que había unido tanto a sus hijos? No cabía duda de que habían necesitado todo el consuelo que pudieron darse.

—¿Su hermana no encendía el quinqué en su habitación? —preguntó.

—No, señor. —Una leve sonrisa asomó a los labios del anciano—. Usted cree, sin duda, que vivimos muy a la zaga de estos tiempos modernos —dijo—, pero los quinqués suscitaban en Mary la misma preocupación que los nuevos inventos nos generan siempre a los ancianos. Nacimos y crecimos en la era de las velas y esa clase de iluminación continuó siendo la preferida de los dos. Nuestro salón se alumbraba siempre con velas y sé que siempre era muy admirado cuando estaba iluminado así, incluso por quienes ya se habían habituado a la electricidad. Mi hijo habló hace poco de instalar luz eléctrica en la casa; Mary le rogó que pospusiera esa innovación hasta que ella muriera.

Como las anteriores, Duchlan hizo esa afirmación con una vehemencia que restó efecto a sus palabras. De nuevo, el médico tuvo la impresión de que actuaba como un mero portavoz. Incluso desde su lecho de muerte, su hermana parecía dirigir sus pensamientos y palabras. Tuvo que resistir la tentación de preguntarle cuál era su opinión personal sobre la educación infantil, los quinqués y la electricidad.

—¿Se ausentaba su hermana mucho del castillo de Duchlan a lo largo del año? —preguntó.

—Nunca. Su vida estaba aquí, en esta casa. Hace tiempo, viajaba a Edimburgo de vez en cuando y, muy rara vez, pasaba alrededor de una semana en Londres durante la temporada social. Pero últimamente había dejado por completo de viajar. —Duchlan se recostó en el sillón y cerró los ojos—. Todos los pormenores de la administración de esta casa y sus terrenos estaban en sus manos. No dejaba nada al azar; no se le pasaba nada por alto ni descuidaba nada. Era una administradora estupenda, una directora estupenda, un ama de casa estupenda. Asimismo, todo lo que hacía lo llevaba a cabo sin prisa ni alharacas, y sin derrochar. Le aseguro que, de no ser por sus admirables aptitudes y prudencia, habría tenido que irme de esta casa hace ya tiempo. Me habría visto obligado a renunciar a la temporada de caza y quizá a instalarme en una de las casas más pequeñas de la propiedad. Mary le tenía tal horror a ese cambio que siempre la inquietaba.

El médico se sacó una caja plateada del bolsillo del chaleco y, después de reflexionar un momento para sus adentros, la abrió y tomó rapé. Realizó aquel acto con suma elegancia, pero la expresión ausente de su rostro no cambió.

—¿Cómo han descubierto que había muerto? —preguntó.

—Lo hemos sabido cuando la criada, Flora, le ha subido el té que se tomaba a primera hora. Al parecer, mi hermana había cerrado la puerta con llave, lo que no hacía nunca. Flora no ha obtenido respuesta cuando ha llamado a la puerta. Ha avisado a Christina, y después a Angus, pero ellos tampoco han obtenido ninguna respuesta. Este último ha venido a buscarme. —El anciano se interrumpió y se quedó con la cabeza gacha—. Mi hijo había regresado durante la noche —continuó al cabo de un momento—. Ha estado destacado en Ayrshire. Lo he despertado. Hemos llamado a un carpintero, que ha serrado la cerradura. También hemos llamado al doctor McDonald, de Ardmore. Ha llegado antes de que abriéramos la puerta.

Duchlan se recostó en el sillón. Su cara, cuya piel parecía pergamino, estaba demacrada como la de un cadáver. Daba la impresión de que que le costara respirar.

—¿Está totalmente seguro de que la señorita Gregor no tenía costumbre de cerrar su habitación con llave? —le preguntó el doctor Hailey

—Completamente.

Los ojos negros le centellearon al responder la pregunta. El médico negó con la cabeza.

—¿Así que anoche cambió por completo las costumbres de toda una vida? —subrayó.

El anciano no respondió. Se removió inquieto en el sillón y se puso a tamborilear con los dedos en los brazos de madera. De golpe, se inclinó hacia delante y aguzó el oído. Oyeron que un coche se detenía delante de la casa.

# 4

## El inspector Dundas

El inspector Robert Dundas era un hombre joven de expresión astuta. Su manera de entrar en el salón de fumar del castillo de Duchlan dejó claro su afán de victoria. El saludo cordial y a la vez distante que dirigió al anciano lord indicó que no estaba dispuesto a permitir que nada lo distrajera del cumplimiento de su deber.

No era muy alto, pero su constitución delgada hacía que la falta de estatura pareciera insignificante. El doctor Hailey pensó en el término «nervudo»: el inspector le causaba una impresión tanto de resistencia como de agilidad. Tenía la frente y los ojos un poco femeninos, pero su boca parecía bien equipada para asestar un mordisco, con las comisuras tristes y los labios extraordinariamente delgados. El señor McLeod, que conocía al joven, se lo presentó a John MacCallien y al médico, y Dundas les hizo saber a todos que estaba encantado de conocerlos. No parecía para nada encantado.

—Como puede ver, fiscal, no he perdido el tiempo —le dijo al señor McLeod.

Sus modales eran discretos, con la contención forzada de un empleado de funeraria. Pero sus ojos azules inspeccionaron el salón. Se le heló la mirada cuando se enteró de lo que el doctor Hailey ya había hecho.

—Antes de subir, querría saber quién vive actualmente en

esta casa —observó. Se volvió hacia Duchlan y se sacó una libretita del bolsillo—. Quiero la lista completa, si me hace el favor.

Hizo esa última observación como un médico que evalúa síntomas cuyo alcance solo él puede entender. Duchlan se inclinó con gesto envarado.

—Será mejor que empiece por mí —dijo—. Aparte, están mi hijo Eoghan y su esposa. Solo tengo cuatro criados...

Dundas levantó una mano muy bien cuidada.

—Un momento, por favor. ¿Usted es el comandante Hamish Gregor, de los Highlanders de Argyll y Sutherland, y lord de Duchlan en el condado de Argyll? —Escribió con rapidez mientras hablaba—. ¿Cuántos años tiene, señor?

—Setenta y cuatro.

—¿Mayor o menor que su difunta hermana?

—Mayor.

—¿Y su hijo? Es oficial del ejército, ¿verdad?

—Eoghan es capitán en el Real Regimiento de Artillería.

—¿Está de permiso?

—No. Mi hijo regresó de Malta hace un mes. Pasó algo menos de un año allí. Ahora está desempeñando funciones especiales en Ayrshire.

—Entiendo. ¿Así que solo se quedará un par de días?

—Llegó anoche. No sé cuándo tiene que regresar.

—¿Años?

—Treinta y dos.

—¿Es su único hijo?

—El único.

—Tengo entendido que es usted viudo.

—Así es.

—¿Desde cuándo?

Duchlan frunció el entrecejo, pero la frente se le despejó poco después.

—Desde que mi hijo tenía cuatro años.

—Veintiocho años entonces.

—Exacto.

—¿Ha vivido su hermana con usted durante todo ese tiempo?

—Sí.

—¿Para educar a su hijo?

—Sí.

El atareado lápiz parecía haberse quedado rezagado, porque Dundas no formuló más preguntas hasta que terminó de escribir varios minutos después. Entonces alzó la cabeza con gesto brusco.

—¿Cuánto tiempo lleva casado su hijo? —preguntó.

—Tres años y unos meses.

—¿Hijos?

—Un niño de dos años.

—¿Nombre de la esposa? ¿Apellido de soltera?

—Oonagh Greenore.

—¿Irlandesa?

Una leve sonrisa asomó a los labios de Duchlan.

—Eso creo —respondió en tono serio.

—¿Acompañó la señora Gregor a su marido a Malta?

—No, se quedó aquí por su hijo.

—¿Fue a Ayrshire con él?

—No.

—¿Qué edad tiene?

—Veinticuatro años.

—¿Su hijo...? —La rubia cabeza de Dundas centelleó a la luz del quinqué cuando la alzó con el gesto brusco e irritante que parecía habitual en él—. ¿Su nuera se llevaba bien con su difunta hermana?

El doctor Hailey se removió inquieto en el sillón, pero observó atentamente el efecto de la pregunta en el anciano. Los ojos negros de Duchlan relampaguearon.

—Supongo que esa pregunta se la puedo disculpar considerando que usted no tuvo el privilegio de conocer a mi hermana —respondió.

—No pretendía ofenderle, señor.

—Eso imaginaba. —Duchlan se pasó la mano por la larga barbilla—. Mi nuera sentía por su tía el mismo respeto y cariño que le tenían todos los que la conocían —afirmó.

Dundas escribió en su libreta.

—Relación cordial —leyó de sus notas en un tono que dio dentera al doctor Hailey—. No puede decirse lo mismo en todos los casos —observó en tono tranquilizador—. De acuerdo. Pasemos ahora a los criados. Me figuro que, el que me ha abierto la puerta es su mayordomo.

—Mi gaitero, Angus MacDonald.

—Que también ejerce de mayordomo.

—Usted me perdonará, señor Dundas, pero parece que está mal informado sobre los usos y costumbres de las Tierras Altas. Angus es ante todo mi amigo, el amigo de mi familia. Fue el gaitero de mi padre, el difunto Duchlan, quien consideraba su amistad un honor; si fallezco antes que él, ruego a Dios que pueda servir a mi hijo. Nuestros gaiteros gozan de una posición muy distinta a la del servicio; pero en estos tiempos difíciles nos vemos obligados a pedirles que desempeñen un amplio abanico de funciones.

—¿No son tres cuartos de lo mismo, señor? —observó Dundas con frialdad—. Es decir, gaitero o no, ¿el anciano ejerce, de hecho, como mayordomo?

—No.

El policía se encogió de hombros. Tenía el aire de un mal constructor moderno que visita una catedral gótica; no

reconocía su belleza, pero, en cierto modo, respetaba su anti-
güedad y tamaño, atributos que más adelante exageraría. El
doctor Hailey estaba seguro de que Dundas presumiría de su
visita al castillo de Duchlan y adornaría su relato con detalles
inventados. Parecía que Duchlan no era ajeno a esa posibilidad, ya que su rostro expresó una cólera feroz que solo se observa en los hombres y en las aves de presa.

—Tenga la amabilidad, señor, de dejar en paz lo que no
entiende ni puede entender —exclamó—. Limítese al asunto
que le ha traído aquí.

—De acuerdo. ¿Qué edad tiene su gaitero?

—Sesenta y ocho años.

—¿Casado o soltero?

—Soltero.

—¿El resto del servicio?

Duchlan reflexionó un momento. Aún tenía la mirada ira-
cunda, pero volvía a ser dueño de sí mismo.

—Tengo una cocinera y una criada —explicó—. Son dos
hermanas que se apellidan Campbell. Además, está la anciana
niñera de mi hijo, Christina, que no es una criada propiamen-
te dicha.

Se calló, desafiando a Dundas a hacer el menor comentario.
El policía miró la alfombra.

—Christina tiene sesenta años. Es viuda. Se apellida Grae-
me. Desde hace un tiempo, también es la doncella de mi hermana, además de la niñera de mi nieto.

—¿Son las Campbell de aquí?

—Sí.

—¿Sus nombres de pila?

—Mary y Flora. Mary, la cocinera, tiene veintiocho años. Su
hermana, veinticinco.

El anciano facilitó aquellos datos y cifras en tono desdeñoso. Para el policía y su libreta, solo tenía miradas de desprecio y enseñó los dientes como un perro. Pero el médico pensó que, detrás de aquella máscara de desdén, el anciano Duchan parecía aliviado de que el cometido de resolver el asesinato se hubiera encomendado a una inteligencia tan limitada.

# 5
## Un ruido en el agua

Un silencio incómodo inundó el salón. Dundas lo rompió.

—Me queda una pregunta por hacer antes de subir —observó—. Es esta: ¿esperaban que su hijo regresara anoche?

—Esperábamos que regresara pronto.

—Por favor, responda a la pregunta.

—No sabíamos que vendría anoche.

—¿Cómo vino?

—En lancha motora.

—¿Cómo?

Los ojos de Duchlan volvieron a relampaguear.

—Vino en lancha motora.

—¿Es la manera más rápida?

—Eso debe preguntárselo a él.

El doctor Hailey acompañó a Dundas a la habitación de la señorita Gregor.

Antes de entrar, el policía le aclaró que tenía intención de llevar a cabo la investigación sin su ayuda.

—Conozco bien su buena reputación como detective aficionado, doctor —dijo—. Y, por supuesto, estoy en deuda con usted por el trabajo preliminar que ha realizado aquí. Me sentiré honrado si accede a estar presente mientras interrogo a los testigos. Pero quiero llevar yo las riendas. No debe haber más líneas de investigación que la mía.

Se calló al ver el rubor que había teñido las mejillas de su compañero.

—De acuerdo.

—Por favor, no se enfade. Póngase en mi lugar. Esta es la oportunidad de mi vida. Nunca tendré otra si fracaso. Y me gusta trabajar solo. No sé ir de la mano de nadie. No me concentro si me dan ideas. Mi mente sigue sus propios rastros, por así decirlo. Por tanto, mi propuesta es que venga conmigo, pero no me confunda. Y no me pase por encima. No pretendo ser grosero, sino honesto. —Su expresión era tan franca que compensó la falta de tacto en su discurso.

El médico sonrió.

—¿Tendré que mirar desde el banquillo, por así decirlo? —preguntó en tono cordial.

—Exacto. Como observador externo.

—¿Y si declino ese honor?

—Lo lamentaré. Pero no tanto como si usted hubiera empezado a trabajar en el caso por su cuenta.

El doctor Hailey asintió con la cabeza.

—Me quedo en Darroch Mor otra semana —explicó—. Puede solicitar mis servicios en cualquier momento durante ese período.

—¿No va a venir ni un día?

—No.

El doctor Hailey había recobrado su buen humor habitual. Su cara grande no expresaba ni hostilidad ni desprecio. Quizá no fuera un rostro expresivo en ningún momento, pero había una dulzura en su aspecto que no pasaba desapercibida. El médico suscitaba confianza y simpatía sin mover un solo músculo.

—Espero que su investigación sea todo un éxito —dijo en voz baja—. Nadie sabe mejor que yo cuánto depende el éxito del azar en casos como este. Es como jugar al *bridge*: una mala mano puede echar por tierra la mejor estrategia.

—Sí, eso es verdad.

El tono de Dundas dio a entender que, por el momento, la suerte no lo había abandonado. Pero su actitud había cambiado. Abrió una pitillera metálica gris y ofreció al médico un cigarrillo con una sonrisa que dejaba traslucir sus ganas de mostrarse cordial.

—Tengo la sensación de que puede pensar que he sido grosero y desagradecido con usted —se disculpó—. No es eso. Investigar es su *hobby*; en mi caso, es mi profesión. Si usted fracasa, nadie le va a culpar; si fracaso yo, enviarán a otro la próxima vez. —Hizo una pausa—. Y hay otra cuestión. Si trabaja conmigo y encontramos a nuestro hombre, el mérito será suyo, por modesto que sea. La gente adora a los aficionados. El éxito es determinante en mi profesión. Es todo lo que tengo.

—Le entiendo perfectamente. Yo no he impuesto mi presencia aquí, créame.

Dundas asintió con un gesto.

—¿Qué opina del caso? —preguntó de repente.

El médico respondió a aquel intento de acercamiento con una velada sonrisa de reproche.

—Amigo mío, si le diera mi opinión, ¿no estaría influyendo en su criterio? —preguntó.

Volvió a sonreír cuando el policía se ruborizó.

—Aun así, me gustaría conocerla —respondió Dundas—; es decir, si ya se ha formado una opinión.

El doctor Hailey negó con la cabeza.

—Todavía no. Cuando usted ha llegado, Duchlan me estaba hablando de su hermana. La única idea clara que he sacado de su detallada exposición es que la señorita Gregor gobernaba esta casa con mano dura. Parece que su hermano le dejaba hacer todo lo que quería; creo que no tenía ideas propias, sino solo las de su hermana. Ahora que ha muerto, parece aferrarse a sus ideas y preceptos como un discípulo que ha perdido a su maestro. No soporta la menor crítica a ninguno de ellos.

Dundas enarcó las cejas. Quedaba claro que no veía cómo podía ayudarle esa información tan personal.

—Me temo que mi interés debe residir en las personas que querían librarse de la señorita Gregor —reconoció—, no en las que tienen dificultades para vivir sin ella.

Se separaron. El médico bajó por la escalera. Pensó que era la primera vez que lo apartaban de un caso. Pero pretendía acatar la decisión. Informó a Duchlan y al resto de la situación con toda franqueza.

—Dundas es así —observó McLeod en tono compungido—. Siempre quiere hacerlo todo solo. Reconozco que, hasta ahora, la suerte ha estado de su parte.

—Esperemos que no lo abandone.

John MacCallien se levantó para marcharse. Estrechó la mano a Duchlan.

—Ya sabes cómo lo lamento —le dijo—. Me temo que ese policía es una carga más.

—Gracias, John. —Duchlan se volvió hacia el doctor Hailey—. Le estoy sinceramente agradecido, créame. Lamento que no haya podido continuar con su investigación. —Negó con la cabeza mientras hablaba.

Pero, pese a su expresión apesadumbrada, el médico tuvo la misma impresión que cuando se había despedido de Dundas. El lord de Duchlan, al igual que el policía de Glasgow, se alegraba de verlo partir. El anciano se levantó y miró el reloj de pared. Luego, se sacó un fino reloj de oro del bolsillo y también lo consultó.

—¿Pido que traigan el coche? —preguntó a John MacCallien.

—No, por favor, no.

—Entonces, ¿puedo acompañaros hasta el pabellón de caza? Siento que necesito aire.

—Mi querido Duchlan, es muy tarde. ¿Crees que es prudente aventurarte a salir?

—Ah, lo que me duele es estar aquí sentado, solo.

La luna había avanzado hacia el oeste y estaba muy alta en el cielo cuando salieron de la casa. Bajo aquella luz, el falso medievalismo del edificio era soportable, en gran parte porque ya no se veía. En el castillo de Duchlan había ocurrido lo mismo que en todas las Tierras Altas cuando los lores se hicieron ricos a mediados del siglo xix. A partir de entonces, se había intentado transformar las austeras viejas residencias de los jefes de los clanes en castillos feudales al estilo inglés. Los torreones, balaustradas y todos los otros elementos de la arquitectura feudal se habían añadido a la casa y habían desvirtuado su antigua belleza y sencillez, en beneficio del constructor local y en perjuicio de la comunidad.

El anciano andaba despacio y tardaron mucho en llegar al pabellón de caza. John MacCallien intentó entablar conversación con él en una o dos ocasiones, pero sus intentos fueron en vano. El doctor Hailey se fijó en que, cada vez que Duchlan se detenía, y lo hacía a menudo, se volvía hacia el fiordo y miraba el agua. En esas ocasiones, parecía que estuviera pendiente de oír algún ruido. Una vez, cuando un ave marina graznó, se le cayó el bastón. El médico empezó a observarlo y pronto decidió que aquella excursión no era fortuita. Pero ¿qué ruido esperaba oír? La noche estaba calma y silenciosa.

—A mi hermana le encantaba dar este paseo —les dijo a sus compañeros—. Había viajado mucho, pero sostenía que no había nada comparable a las vistas del pabellón de caza. Me gusta pensar que ahora puede estar observándonos. —Se dirigió al doctor Hailey—. Las gentes de las Tierras Altas —dijo en voz baja—, compartimos el espíritu de nuestras montañas y fiordos. Ahí radica el secreto de lo que la gente de las Tierras Bajas, que jamás nos entenderá, llama nuestro orgullo. Sí, tenemos orgullo; pero el orgullo de la sangre, de la familia; de nuestra amada tierra. Los habitantes de las Tierras Altas están dispuestos a morir por él.

Habló sin levantar la voz, pero en tono emocionado. Duchlan, sin duda, creía en la realidad de las ideas en las que se basaba su vida. Se había ido al extremo del fanatismo; pero un fanático, reflexionó el médico, siempre es un escéptico en el fondo.

Llegaron al pabellón de caza. El anciano encendió una cerilla y miró su reloj.

—Son las dos de la madrugada —anunció—, o eso me parece ver. ¿Qué dice usted, doctor?

—Me temo que se me ha parado el reloj.

John MacCallien alzó la muñeca hacia la luna.

—Sí —declaró—. Son justo las dos.

—Que tengan un buen día, caballeros.

El anciano se inclinó con solemnidad y dio media vuelta. Lo observaron hasta que su figura se perdió en la oscuridad.

John MacCallien estaba a punto de salir de la propiedad por los portones del pabellón de caza cuando el médico le puso la mano en el brazo.

—Me gustaría ver cómo llega a casa Duchlan —dijo.

—Oh, está en su terreno, ya sabes.

—Escúchame, amigo mío. Tú vuelve a Darroch Mor y no cierres con llave. Yo iré en cuanto me asegure de que todo está bien.

ANTHONY WYNNE

—Te acompaño.

El médico negó con la cabeza.

—Me perdonarás si te digo que prefiero ir solo. Y permite que te lo explique todo luego.

—Mi querido Hailey...

—Tengo buenas razones para lo que hago.

John MacCallien era de esas escasas personas que se contentaban con dejar que la gente hiciera las cosas a su manera. Asintió con la cabeza, sacó su pipa y se puso a cargarla.

—Está bien.

El doctor Hailey se despidió de él y se apresuró por el camino detrás de Duchlan. Tal como imaginaba, el anciano era capaz de andar rápido cuando lo requería la ocasión. No lo alcanzó. Cuando llegó a la casa, se aseguró de que Duchlan no había entrado; aún había luz en la ventana del despacho y la habitación estaba vacía. Con mucha cautela, se acercó a la ventana iluminada, pero sin pisar el macizo de flores que la separaba del camino.

¿Dónde había ido el anciano? Anduvo a lo largo de la fachada de la casa y pasó del camino al empinado terraplén que había visto desde la ventana de la señorita Gregor. Lo bajó, sin dejar de mirar a derecha e izquierda. Pero llegó al arroyo sin ver a nadie.

El riachuelo se ensanchaba más allá del embarcadero. La marea estaba alta y el agua era muy profunda. La lancha motora se veía con mucha claridad. El doctor Hailey alzó el monóculo para determinar si había alguien a bordo y concluyó que estaba vacía. Pensó en ir hasta el final del embarcadero, pero lo descartó porque cualquiera que estuviera entre los árboles de la otra orilla del arroyo podría verlo. Empezaron a acosarlo dudas sobre el razonamiento que lo había inducido a regresar al castillo de Duchlan; pero las apartó cuando recordó los motivos. Duchlan se había preocupado de mirar la hora tanto antes de salir de casa como en los portones del pabellón de caza. Había intentado por todos los medios que sus compañeros recordaran que ya habían dado las dos antes de separarse de ellos. Parecía justificado deducir que quería a toda costa que no le atribuyeran la autoría de algún suceso que debía ocurrir a las dos en punto.

Una ramilla se partió entre los árboles de la otra ribera. El doctor Hailey se volvió y aguzó el oído. Oyó abrirse una ventana. Se agazapó. Unos pasos se acercaron y pasaron de largo. Entonces, la luna le mostró una mujer que se dirigía al embarcadero.

Andaba despacio, como si vacilara en cada paso. El médico vio que era joven. Cuando llegó al final del embarcadero, la mujer se detuvo y se dio la vuelta. La luna le iluminó la cara y el doctor Hailey se fijó en la tensión que le agarrotaba el cuello. De repente, la joven alzó los brazos y los extendió hacia la casa. Se quedó en esa postura varios segundos. Luego, los dejó caer a los lados y se volvió hacia el agua que espejeaba alrededor del embarcadero. Un ruido cercano, parecido a una tos sofocada, hizo que el médico volviera la cabeza y escrutara las sombras de la otra ribera. Otro ruido, esa vez en el agua, le llamó la atención. La mujer había desaparecido.

# 6

## Oonagh Gregor

El doctor Hailey corrió hasta el final del embarcadero. La mujer se debatía en el agua a unos metros de distancia. Se quitó la chaqueta y saltó al agua.

La joven se hundió antes de que él la alcanzara, pero se zambulló y poco después la sacó a la superficie. A la luz de luna, le vislumbró la cara y vio que se había desmayado. La llevó a la orilla. Después de tenderla en la hierba, empezó a hacerle la respiración boca a boca.

No lo consiguió de inmediato e hizo una pausa para recuperar el aliento. Encendió la linterna y observó el rostro de la joven. Era hermosa, con el cabello de color negro azabache.

Se le escapó una exclamación. Dos moretones alargados le circundaban el cuello. Se inclinó para examinarlos. El color morado era intenso. Los moretones tenían más de doce horas. No cabía duda de que alguien había intentado estrangularla.

El descubrimiento lo estremeció, pero sabía que tenía que actuar rápido. Apagó la linterna y volvió a la carga. Por fin, la joven respiraba sola. Cuando paró para permitirle recobrar el ritmo de su respiración por sí sola, le pareció oír pasos a su espalda. Pero el haz de su linterna no le mostró a nadie. La joven respiraba de manera entrecortada y daba la impresión de que pudiera dejar de hacerlo en cualquier momento. El doctor Hailey siguió insistiendo durante lo que le pareció mucho tiempo antes de conseguir que sus jadeos entrecortados dieran paso a respiraciones regulares. Tenía el pulso más fuerte. Volvió a iluminarle la cara y le levantó un párpado para que el fuerte estímulo de la luz le llegara al cerebro. La joven se movió y cerró los ojos, resistiéndose. Se le escapó un gemido. Un momento después, el médico oyó las palabras: «por ti» y «fracaso».

Le dio unos palmaditas en la mejilla, llamándola. La joven abrió los ojos poco después. Miró la oscuridad con expresión ausente.

—Tenía mucho miedo.

Levantó la mano como pidiendo ayuda. El doctor Hailey se la cogió y la frotó. Notó sus dedos apretándole la suya.

—Tenía mucho miedo...

—No se preocupe. Ahora está bien.

La expresión ausente de los ojos de la joven se trocó en miedo. Retiró la mano con brusquedad.

—¿Dónde estoy? —gritó consternada.

—Está usted bien.

—Oh, no, no. —La joven recobró el aliento y, después, le apartó la mano con brusquedad para que el haz de la linterna dejara de alumbrarle la cara. —¿Me estaba ahogando?

—Sí.

—No debería haberme salvado.

Lo agarró con ambas manos.

—Me siento muy débil... fatal.

El doctor Hailey se sacó la petaca del bolsillo y la abrió.

—Beba un poco de esto —la instó.

—¿Qué es?

—Brandi.

La muchacha lo obedeció y el licor despertó su preocupación.

—¿Por qué me ha salvado? —se lamentó. De repente, añadió en tono de reproche—: ¿Quién es usted?

El médico se presentó. Cuando terminó, la joven se quedó varios minutos en silencio. Luego dijo:

—Soy Oonagh Gregor. La esposa de Eoghan Gregor.

—Lo imaginaba.

Ella no le dio más explicaciones. Oyó que se ponía a tiritar y la obligó a tomar otro trago de la petaca.

—¿Se siente con fuerzas para andar hasta la casa?

—No. No.

—No puede quedarse aquí.

Un sollozo asomó a sus labios.

—Por favor, no me pida que vuelva ahí. No... no puedo volver.

—¿Por qué no?

Le castañeteaban los dientes y respiraba de manera entrecortada. El doctor Hailey se dio cuenta de que estaba haciendo un gran esfuerzo por controlarse.

—Por favor, no lo me pregunte, doctor Hailey. No puedo volver.

—De acuerdo. Entonces, debe venir a Darroch Mor, de inmediato.

—Oh, no.

—Insisto.

El médico se levantó y, por primera vez, se dio cuenta de lo agotado y entumecido que estaba. La ropa se le pegaba incómodamente al cuerpo. Le tendió las manos, pero ella las rechazó.

—Por favor, déjeme —gritó—. Por favor, vuelva solo a Darroch Mor. —Le falló la voz. Su actitud expresaba puro desaliento.

—Escúcheme —insistió él con dulzura—. Fuera cual fuese su motivo para tirarse al agua, ha fracasado en el intento. La Providencia, si me permite decirlo, le ha conservado la vida. Y seguro que lo ha hecho por una razón. No puede volver a intentarlo porque, si hace falta, me quedaré aquí hasta que amanezca. Y soy más fuerte que usted. Por la mañana, la entregaré a la policía si creo que existe la menor probabilidad de que vuelva a intentarlo.

—Usted no lo entiende. Mi vida no vale nada. Le prometo que mi vida no vale nada.

—Está su hijo.

—¡No me lo recuerde! —gritó ella.

—Debo recordárselo.

—Se olvidará. No se acordará. No sabrá... —Se interrumpió y se retorció las manos.

—¿Lo dejaría en manos de extraños?

—Extraños. La extraña soy yo.

El doctor Hailey guardó silencio un momento antes de decir:

—Le he visto los moretones del cuello.

La joven se llevó las manos al cuello del vestido. Se lo ciñó más a la garganta. No le respondió.

—Un médico puede advertir a simple vista que ha sido víctima de una agresión en las últimas veinticuatro horas.

La joven siguió sin darle ninguna explicación. Al cabo de poco, el médico la instó a contarle lo que había ocurrido.

—Si es sincera conmigo, creo que podré ayudarla —dijo—. Hágame caso, es una insensatez no decir la verdad en casos como este.

—Preferiría no hablar de ello.

De repente, acercó su cara a la de él.

—En cierto modo, ¿su conocimiento de estos moretones está sujeto a secreto profesional? —preguntó.

—Es posible.

—Prométame que no le hablará a nadie de ellos.

El médico reflexionó un momento.

—De acuerdo —respondió. Le ofreció el brazo—. Insisto en

que ande. No debe quedarse quieta. Es su vida la que está en juego.

Ella se levantó y, tras un momento de vacilación, le cogió el brazo. El médico pensó que estaba recuperando las fuerzas, pero, poco después, se tambaleó y se habría desplomado si él no la hubiera sujetado.

—No creo que pueda andar.

—Debe intentarlo.

Volvió a darle la petaca y le hizo beber otro trago. Avanzaron con dificultad por la orilla del fiordo hacia una arboleda por la que pasaba el camino. Cuando llegaron al primer árbol, el doctor Hailey se detuvo para permitirle recobrar el aliento.

—Creo que la reconfortaría confesar por qué ha intentado quitarse la vida —sugirió.

—No.

—Duchlan sabía que usted iba a suicidarse.

La muchacha se apartó de él y se agarró al tronco de un árbol. En el silencio que se hizo entre ellos, el médico oyó que la lechuza seguía despierta junto a la casa.

—¿Como lo sabe?

—Ha bajado aquí hace un rato.

—¿Se lo ha contado?

—No. No me ha contado nada.

La joven suspiró aliviada. Volvió a cogerse de su brazo.

—Mi profesión consiste en adivinar lo que la gente no me dice —explicó él— y se ha convertido en una costumbre para mí. Si su suegro sabía lo que iba a hacer, debe de estar de acuerdo, ya que no se lo ha impedido. Eso solo puede significar que la relaciona de algún modo con la muerte de su hermana.

Hizo una pausa. Sabía que la joven lo había escuchado sin apenas respirar.

—¿Y bien?

—No puedo contarle nada.

—No niega la veracidad de mi razonamiento.

—No puedo contarle nada.

El médico reflexionó un momento, preguntándose si debía seguir intentando arrancarle el secreto. Por fin, dijo:

—Quizá esté equivocado, pero Duchlan me ha parecido un hombre que sacrificaría a cualquiera por salvar el orgullo de su familia. Imagino que se ha convencido de que su posición como cabeza de familia es una responsabilidad que debe desempeñar cueste lo que cueste. Estaba dispuesto a dejar que usted se ahogara. Concluyo, pues, que su vida constituía un peligro para su familia.

—Por favor, no siga. No... no puedo soportarlo. No ahora, al menos.

Su tono era más de súplica que de protesta. Se apoyaba en su brazo con todo su peso.

—Le pido perdón.

Llegaron al camino y torcieron a la izquierda con dirección a Darroch Mor. Después de unos pasos, ella se detuvo para respirar.

—¿No va a dejarme aquí?

—No.

—Ojalá lo entendiera.

—A lo mejor lo hago.

La joven pareció hacer acopio de todo su valor. Se puso de nuevo a andar y, a paso lento y cansino, llegaron al pabellón de caza en el que Duchlan se había dado la vuelta.

—No puedo ir a Darroch Mor.

El doctor Hailey creyó que la joven estaba a punto de intentar escapar, pero, cuando cayó de rodillas, comprendió hasta qué punto había sobreestimado sus fuerzas. Se agachó, la cogió en brazos y cargó con ella un tramo.

—¿Puede andar un poco ahora?

—Sí, creo que sí.

Lo intentó, pero no lo logró. El doctor Hailey volvió a cargar con ella y de nuevo se agotó.

—Nos hemos quedado demasiado tiempo en la orilla.

La joven no respondió. No parecía importarle qué ocurriera ni dónde la llevara, siempre que no fuera al castillo de Duchlan. Después de un tiempo que pareció eterno, llegaron al portón de Darroch Mor. De repente, ella retrocedió.

—No puedo entrar.

Estaba frente a él; parecía tan aterrada como una presa de caza.

—¿Cómo va a quedarse aquí fuera?

La joven negó con la cabeza.

—Usted no lo entiende.

—Me niego a dejarla aquí. El coronel MacCallien saldrá a buscarme enseguida.

La joven le agarró el brazo y se lo apretó con fuerza.

—¿Estaba solo cuando me ha salvado?

—Sí.

—Pero ¿Duchlan estaba mirando?

—Puede que sí.

—¿Le ha visto salvarme?

—No lo sé.

La joven miró la luna.

—Si estaba mirando, debe de haberlo visto todo. Sabrá que hemos venido aquí.

—Puede.

La joven se estremeció.

—Enviará a Eoghan.

Se calló de repente, mientras aguzaba el oído. Oyeron pasos que venían de la dirección del castillo de Duchlan.

El doctor Hailey se volvió y vio un hombre alto que se acercaba a grandes zancadas. Le alumbró la cara con la linterna. La joven gritó consternada.

# 7

## Como si hubiera visto un fantasma

La llegada de su marido tuvo un efecto singular en Oonagh. Pareció centrarse y recomponerse de inmediato. Cuando Eoghan le preguntó, en un tono tan indignado como preocupado, por qué se había ido del castillo de Duchlan, su respuesta fue:

—Porque tenía algo que contarle al doctor Hailey.

Dijo las palabras con una seguridad que, bajo aquella luna tan brillante, aún sorprendía más. Al doctor Hailey le parecía que Gregor tenía que ver en qué estado llevaba la ropa su esposa, pero, aparentemente, estaba demasiado alterado para darse cuenta de nada.

—¡Qué falta de consideración por tu parte! —exclamó— Sobre todo en un momento como este. Mi padre me ha despertado para que viniera a buscarte. Está muy preocupado.

—Él sabe que quería hablar con el doctor Hailey.

—Pero no a esta hora, supongo.

—¿Tu padre te ha dicho dónde encontrarme?

—Me ha dicho que podías estar aquí.

—Él sabía dónde estaba.

Eoghan se quedó callado, mirando a su esposa. Estaba de cara a la luna y el doctor Hailey vio que sus facciones expresaban una honda tristeza.

—Quisiera que volvieras conmigo ahora.

—No, Eoghan.

—¿Cómo?

—No puedo volver al castillo.

Una expresión perpleja mudó la cara del joven.

—¿Por qué no?

—No puedo.

—Debes volver.

Ella negó con la cabeza.

—El doctor Hailey va a pedirle a John MacCallien que me acoja esta noche.

—Oonagh...

Eoghan intentó agarrarla por el brazo. Ella se apartó

—Por favor, no.

—Doctor —gritó el joven—, usted no puede aprobar esta manera de comportarse, ¿no? Ya tenemos suficiente dolor en el castillo de Duchlan...

No terminó la frase. El doctor Hailey reflexionó un momento y después se volvió hacia él:

—Quisiera que entraran en la casa conmigo —respondió—. Tengo algo que contarles —Miró a Oonagh, cuya disconformidad era palpable en su rostro—. No intentaré convencerla en contra de su voluntad. Solo quiero poner en conocimiento de usted y su marido ciertos hechos.

—No quiero oírlos.

El doctor Hailey comprendió que temía que su intento de suicidio saliera a la luz y trató de buscar la manera de eludirlo. No la había. Sopesó los riesgos y tomó una decisión.

—Acabo de salvar a su mujer de morir ahogada —dijo a Eoghan sin más.

—¿Cómo?

—Ha oído bien. La orilla del arroyo que pasa por debajo del castillo tiene mucha pendiente y, como sabe, es fácil resbalar por ella. No hay nada que pare la caída hasta el agua, que, con la marea alta, es muy profunda en la desembocadura del arroyo. —Habló con mucha seguridad, y después añadió—: Por favor, no me hagan preguntas ahora mismo. No las responderé.

Observó al joven y vio que su expresión pasaba de la tristeza al miedo. Tenía los puños cerrados. De repente, agarró a su mujer del brazo, con fuerza. Esa vez ella no intentó soltarse. Echaron a andar en silencio hacia la puerta de la casa. Estaba entreabierta. El doctor Hailey entró el primero en el salón de fumar y encendió la luz. A Eoghan se le escapó un grito de consternación cuando vio a su esposa. Fue junto a ella y la rodeó con el brazo para acompañarla hasta una silla. La leña estaba preparada en el hogar; se agachó y la encendió. Oonagh siguió todos sus movimientos con la mirada, pero su rostro permaneció impasible.

Era un rostro interesante pese a su fragilidad. Incluso angustiada, la joven lograba transmitir una admirable impresión de vitalidad. El doctor Hailey miró a Eoghan. También había vitalidad en su cara, pero estaba empañada por su tristeza. Oonagh, pensó, era de las mujeres que necesitan la dirección de un hombre. ¿Era aquel joven capaz de brindarle el apoyo sin el cual su vitalidad podía constituir un peligro?

—Como saben, esta tarde-noche he tenido ocasión de inspeccionar el cadáver de la señorita Gregor —explicó—. Esa inspección me ha convencido de que la mató alguien muy fuerte que utilizó un arma sacada de un barco pesquero. Ese es el primer dato que quiero que conozcan.

Se sentó y se puso el monóculo en el ojo. Aunque la ropa se le pegaba al cuerpo de una manera bastante molesta, no había perdido sus modales amables.

—¿Por qué cree que sacaron el arma de un barco pesquero? —preguntó Eoghan.

—Porque he encontrado una escama de arenque cerca del borde de la herida.

Oonagh alzó la cabeza con gesto brusco.

—¿Significa eso que la escama estaba en la hoja del arma?

—Eso creo. No veo de qué otra manera podría haber acabado donde la he encontrado. Solo había una escama, así que deduzco que limpiaron el arma antes de usarla.

La joven acercó la silla al fuego. El médico vio que los nudillos se le ponían blancos al abrazarse a sí misma.

—Curiosamente, anoche le compré arenques a un barco pesquero cuando cruzaba el fiordo —explicó Eoghan—. Estaban recogiendo la red cuando pasé por su lado y no pude resistirme. La lancha está llena de escamas de arenque.

Habló con calma, pero sus palabras afectaron mucho a su esposa, que se acercó más al fuego, como si quisiera disimular su inquietud. Una llamarada reveló la expresión tensa de su rostro.

—Aun así, usted no fue a ver a su tía, ¿verdad?

—Sí que lo hice.

—Tengo entendido, por lo que ha dicho su padre, que esta mañana le ha despertado temprano para que le ayudara a entrar en la habitación de la señorita Gregor.

—Ah, sí. Pero anoche fui a su habitación antes de acostarme. La puerta estaba cerrada con llave.

El doctor Hailey alzó la mano para indicarle que en ese momento no iba a ocuparse de ese aspecto del caso.

—El segundo dato que quiero que conozcan —anunció— es que transcurrió algún tiempo entre el momento que se infligió la herida y la muerte de la señorita Gregor. Durante ese lapso, el asesino permaneció en la habitación. Eso es seguro, porque, si el arma se hubiera retirado de la herida antes de que muriera, la hemorragia habría sido mucho más profusa.

—¿Tiene alguna idea de cómo entraron en la habitación? —preguntó Eoghan.

—Posiblemente por la puerta. Por la mañana estaba cerrada con llave, pero...

—También lo estaba cuando intenté abrirla anoche a las once.

—Aun así, usted no sabe en qué momento exacto giraron la llave, ¿no?

—Yo sí —dijo Oonagh en voz baja.

—¿Cómo?

Se volvió hacia el doctor Hailey. Los ojos de la joven habían recobrado el entusiasmo.

—Fui a la habitación de la tía Mary poco después de las diez —explicó—. Llamé y después abrí la puerta. Christina estaba a punto de marcharse. Cogí la vela que llevaba en la mano y me dirigí hacia la cama donde estaba acostada la tía Mary. Cuando me vio, se incorporó y empezó a respirar de manera agitada. Me entró miedo, así que salí y cerré la puerta. La oí levantarse de la cama y correr a la puerta. Echó la llave. Christina ya no estaba.

Oonagh había alzado la voz, pero seguía hablando bajo. La seguridad de su tono transmitía convicción.

—¿Cómo sabe que la señorita Gregor echó la llave? —le preguntó el doctor Hailey.

—Porque tiré del picaporte. Pensé que a lo mejor estaba enferma y que debía volver a entrar.

—¿Está segura de eso?

—Totalmente. Tiré del picaporte varias veces.

—¿Llamó a la señorita Gregor mientras intentaba abrir?

—Sí. No me respondió.

El doctor Hailey se volvió hacia Eoghan.

—¿La llamó usted cuando tiró del picaporte?

—Así es. No obtuve respuesta. Pensé que estaba dormida.

—Parecía que la tía Mary me tuviera miedo —observó Oonagh—. Nunca en mi vida había visto a nadie tan aterrorizado.

—Y eso, aunque ella no se asustaba fácilmente, ¿verdad?

Una sonrisa asomó a los labios de la joven.

—Oh, no. —Añadió—: Hasta ese momento, la que le tenía miedo era yo.

—¿Cree que estaba pidiendo ayuda?

—No, eso es lo extraño. Creo que solo estaba aterrorizada. Muerta de miedo. Como si hubiera visto un fantasma. No intentó llamar a Christina.

El doctor Hailey se inclinó hacia delante.

—¿Cómo iba usted vestida? —le preguntó.

—En camisón. Llevaba una bata azul de seda.

# 8

# Marido y mujer

El salón se quedó en silencio. Oonagh se apartó el tupido flequillo que le tapaba la ancha frente.

—¿Por qué fue a la habitación de la señorita Gregor? —le preguntó el doctor Hailey.

La joven miró a su marido antes de responder.

—La tía Mary y yo nos habíamos peleado antes de cenar. Quería hablar con ella.

—¿Para hacer las paces?

—Sí.

El monosílabo estaba imbuido de firmeza.

El doctor Hailey asintió con la cabeza.

—Duchlan me ha explicado que usted se había acostado antes de cenar porque no se encontraba bien —dijo.

—Y así era. Pero eso se debía a mi pelea con la tía Mary.

El médico se levantó y sacó su caja de rapé.

—Mi posición es un poco complicada —declaró—. Le he dicho al inspector Dundas que no trabajaría en el caso por mi cuenta. Me temo que, si les hago más preguntas, estaré faltando a esa promesa. Como saben, mi objetivo al traerles aquí no era obtener información, sino dársela. Quería que comprendieran que este caso presenta enormes dificultades que sin duda pondrán a prueba los recursos de la policía.

Tomó un pellizco de rapé. Eoghan le preguntó:

—¿Por qué quería que lo supiéramos?

—Para que su esposa se sienta capaz de regresar al castillo con usted.

—Confieso que no le sigo.

El doctor Hailey miró a Oonagh. La joven negó con la cabeza. Tomó más rapé para no tener que responder de inmediato y después dijo:

—Creo que es mejor decir la verdad. Su mujer estaba intentando ahogarse cuando la he salvado.

Eoghan se levantó de un salto.

—¿Cómo? —La sangre abandonó sus mejillas—. ¿Es eso cierto? —le preguntó a Oonagh.

—Sí.

—¿Has intentado... ahogarte?

—Sí.

Eoghan miró al doctor Hailey con ojos de espanto.

—Insisto en saber toda la verdad. ¿Por qué está mi esposa con usted a estas horas? ¿Cómo sabe mi padre que ella estaba aquí con usted?

—No puedo responder a la última pregunta. La respuesta a la primera es que la he visto tirarse al agua desde el embarcadero y he corrido a socorrerla. Es posible que su padre nos haya visto.

El joven corrió junto a su esposa y le cogió la mano.

—¿Por qué lo has hecho? —gritó.

Su voz estaba cargada de angustia.

Oonagh siguió inclinada hacia el fuego, sin fuerzas para reaccionar.

Cuando su marido repitió su pregunta, bajó la cabeza, pero siguió sin decir nada. El médico tomó asiento.

—Creo que puedo responderle yo —declaró—. Su esposa temía que usted hubiera tomado parte en el asesinato de su tía.

—No le entiendo.

—Su suicidio se interpretaría sin ninguna duda como una declaración de culpabilidad. Le estaba protegiendo.

Eoghan se sobresaltó.

—Oonagh, ¿es eso cierto?

No hubo respuesta. El doctor esperó un momento y después se dirigió al joven:

—Quizá no era un miedo descabellado. No más descabellado, sin duda, que el temor que ahora le embarga a usted de que el intento de suicidio de su esposa fuera una declaración de culpabilidad. —Dulcificó la voz—: ¿Qué sentido tiene fingir en un momento como este? Cuanto más amamos, antes nos entra miedo, considerando que todos podemos, si nos provocan, perder el control. Le he hablado de mi examen de la herida de su tía para que comprenda que no puede haberla infligido una mujer. Su esposa no ha matado a su tía. Su temor de que pueda ser la asesina demuestra sin ninguna duda que usted también es inocente.

Hizo una pausa. Una inefable expresión de alivio había aparecido en el rostro de Oonagh. Alargó la mano hacia su marido, que se la cogió.

—Supongo que ambos tienen razones para sus temores —añadió el doctor Hailey—. Yo solo puedo especular sobre ellas. Sé, por cierto, que ya no duermen en la misma habitación. Tengan los motivos que tengan, no invalidan mi argumento.

Se volvió hacia Eoghan:

—Coja el coche de John MacCallien y lleve a su esposa a casa. La puerta del garaje no está cerrada con llave.

# 9

## La ola de calor

Después de su visita al castillo de Duchlan, el doctor Hailey pasó varios días sin tener noticias oficiales sobre el asesinato de la señorita Gregor. Pero las noticias sobre la actividad del inspector Dundas no le faltaron. El joven, como él mismo decía, estaba removiendo cielo y tierra. Había rodeado el castillo de policías; había prohibido a sus ocupantes abandonar la propiedad bajo ningún pretexto; y había requisado automóviles y barcos para ponerlos a su servicio. El servicio, o eso se decía, estaba aterrorizado. Y sus actividades no se limitaban al castillo de Duchlan; ninguno de los dos mil habitantes de Ardmore se libraba de sus sospechas.

—Y, aun así —le dijo el doctor McDonald, de Ardmore—, no ha hecho ningún avance. No ha encontrado ningún móvil para el asesinato; no hay sospechosos claros y no tiene la menor idea de cómo entró o salió el asesino de la habitación de la señorita Gregor.

El doctor McDonald habló con un rencor que indicaba cuánto había sufrido él mismo a manos de Dundas.

—Es tremendamente puntilloso —añadió—. No debe escapársele nada. Así que se le escapa todo. Siempre quiere tener más pájaros en mano de los que es capaz de desplumar.

El médico de Ardmore se sonrió de su metáfora.

—Los de las Tierras Bajas como Dundas —continuó—

siempre parten del supuesto de que los de las Tierras Altas somos unos necios o unos canallas, o ambas cosas. Siempre intentan enredarnos, asustarnos. Ninguno de esos métodos los lleva a ninguna parte porque el habitante de las Tierras Altas es, además de sutil, valiente. Flora Campbell, la criada del castillo de Duchlan, preguntó a Dundas si iba a detener a todos los arenques del fiordo hasta que les contara las escamas. Ahora, los pescadores llaman a las escamas de arenque «Dundases».

—A veces, ese método funciona, ¿sabe? —observó el doctor Hailey en tono afable.

—Oh, el método podría pasarse por alto si no fuera por ese hombre. Aunque no es mal tipo, la verdad sea dicha. Uno de los pescadores perdió los estribos con él y lo llamó «mequetrefe» a la cara, y él se lo tomó bien. Pero es inevitable tener la sensación de que está siempre al acecho, vigilándote para echarte el guante.

El doctor McDonald desenroscó la cazoleta de su pipa y empezó a limpiarla con un papel enrollado, una operación que pintaba mal desde el principio.

—Fumo demasiado —observó—, pero me calma los nervios. La voz de Dundas es difícil de soportar cuando no los tienes tan templados como debieras.

Retiró el papel e intentó soplar por el caño. Se lo veía bastante inquieto, pero la tarea parecía reconfortarlo.

—Es raro, ¿no? —continuó—, que, por muy inocente que seas, siempre te sientas incómodo cuando sabes que estás bajo sospecha.

—Sí.

—Dundas no tiene ni un ápice de la sutileza que podría hacer sentirse cómodo a un sospechoso y soltarle así la lengua. Todos, incluso los más parlanchines, se vuelven una tumba en su presencia porque ven a la legua que tergiversará y volverá en su contra cualquier cosa que digan. Creo que la señora de Eoghan se negó a responder sus preguntas porque Dundas empezó sugiriendo que ella sabía que su marido era culpable. Cuando le insinuó lo mismo a Duchlan, el anciano juró que no volvería a verlo y escribió a Glasgow, a la jefatura de policía, para que lo retiraran del caso.

—No van a retirarlo del caso por eso —observó el doctor Hailey en tono serio.

—Puede que no. Pero, en este país, a un policía no le hace ningún bien que un lord se queje de él. Se supone que Escocia es más democrática que Inglaterra, pero eso es una quimera. No creo que haya otro lugar del mundo en el que un lord tenga más influencia que aquí. Si Dundas fracasa, lo despacharán sin rodeos. Él es consciente de ello; ahora tiene los nervios de punta y cada día es peor.

El doctor Hailey tomó un pellizco de rapé.

—Si le soy sincero, me cayó bastante simpático —reconoció—. Aunque le faltó un poco de tacto, fue franco y amable.

—Usted es inglés.

—¿Y?

—La gente de las Tierras Altas es la más difícil de tratar en el mundo porque son las personas más susceptibles que existen. Lo que no soportan es que se rían de ellos, y Dundas empezó riéndose de ellos; burlándose de ellos sería una descripción más fiel. No se lo perdonarán, se lo aseguro.

El doctor McDonald asintió con la cabeza vigorosamente mientras hablaba. Era un hombre grande de rostro rubicundo y huesos prominentes con una pata de palo que le daba muchos problemas, un hombre que, como sabía el doctor Hailey, tenía fama de ser un tanto soñador, pero también de ser muy sabio en el desempeño de su profesión y en el conocimiento del ser humano. Sus ojos azules tenían un brillo especial.

—He prometido no entrometerme —adujo el doctor Hailey.

—Me lo ha dicho. No tiene muy buena opinión de los métodos aficionados para atrapar delincuentes.

—Eso me pareció.

El doctor McDonald entornó los ojos. Se inclinó hacia delante en la silla para colocarse la pierna en una postura más cómoda.

—¿Vio la antigua cicatriz en el pecho de la señorita Gregor? —preguntó.

—Sí.

—¿Qué le pareció?

El doctor Hailey negó con la cabeza.

—No debe preguntarme eso y lo sabe.

—De acuerdo. Pero esa es la pista a la que se ha agarrado Dundas. ¿Quién hirió a la señorita Gregor hace diez años? Cree que, si logra responder esa pregunta, sus problemas se habrán acabado. Y lo raro es que nadie puede o quiere decírselo. Ha deducido que la pobre mujer debía de estar en casa cuando la hirieron. Y, no obstante, ni Duchlan ni Angus ni Christina parecen saber nada de la herida.

El doctor McDonald hizo una pausa. Era obvio que esperaba avivar el interés de su colega, pero el doctor Hailey solo negó con la cabeza.

—No debe pedirme mi opinión.

—Hay otra cosa extraña: Dundas, como le he dicho, ha prestado mucha atención a la escama de arenque que usted descubrió. Encontró otra dentro de la herida. Dedujo que el arma homicida debió de salir de la cocina, y, como he dicho antes, ha tenido a las criadas aterrorizadas. Creo que encontró un hacha con escamas en el filo, pero la pista no lo llevó a ninguna parte.

»Su siguiente idea fue que el asesino podía ser el propio Duchlan. Intentó pensar en un móvil que encajara. Duchlan es pobre, como todos los lores, así que era posible que quisiera el dinero de su hermana. El viejo, por suerte, no se enteró de nada. Es buena persona, pero últimamente su genio es bastante imprevisible.

Una segunda mecha logró lo que no había conseguido la primera. McDonald montó la pipa y se la llevó a los labios. El gorgoteo que emitió no lo desconcertó en lo más mínimo. Empezó a cargar el tabaco en la cazoleta.

—Naturalmente, esta investigación ha reavivado muchos recuerdos —prosiguió—. Y un médico se entera de todo. Hay una anciana en el pueblo que tiene fama de ser bruja, como ya lo fue su madre. Creo que se apellida MacLeod, aunque todos la llaman «Annie Nannie». Sabe Dios por qué. Se acuerda de la esposa de Duchlan, la madre de Eoghan. Es caso es que ayer me contó que la pobre mujer fue una vez a pedirle consejo. «Me estuvo mirando mucho rato sin decir una palabra —explicó Annie Nannie—. Luego me preguntó si era cierto que podía predecir lo que iba a pasarle a la gente. Yo era joven en esa época y me asustaba tener a la joven esposa del lord en mi cabaña. Así que le dije que no era verdad». No obstante, al final la señora Gregor la convenció para que le adivinara el porvenir. Dice que le vaticinó males.

El doctor Hailey se encogió de hombros.

—Las mujeres casadas acuden a adivinas cuando no son felices —observó—. Puede que Dundas saque algo de esa información.

—La señora Gregor murió poco después. Lo curioso es que nadie sabe exactamente de qué. Pero su muerte fue repentina. He oído que dejó al pueblo conmocionado porque nadie sabía que estaba enferma. Duchlan no hablaba nunca del tema y nadie se atrevía a preguntarle.

—¿Dónde la enterraron?

—En el panteón familiar del castillo de Duchlan. Que yo sepa, no invitaron a nadie a funeral. Eso no tiene por qué querer decir nada, ya que la familia Gregor sigue la tradición de enterrar a sus muertos a escondidas, por la noche. Creo que el funeral del padre de Duchlan se ofició a la luz de las antorchas.

—Me gustaría saber si la señorita Gregor asistió al funeral de su cuñada —observó el doctor Hailey—. Si fuera Dundas, intentaría obtener información sobre eso.

McDonald negó con la cabeza.

—No le resultará fácil obtener esa clase de información. La sola mención de la esposa de Duchlan crea un silencio glacial.

—¿Habló ella de su cuñada con la bruja de Ardmore?

—Oh, no. No dijo nada. No le echó la culpa a nadie. Solo dijo que, siendo irlandesa, creía en la adivinación. Le aterraba que su marido se enterara de la visita, pero nunca lo hizo.

McDonald encendió la pipa.

—Annie Nannie habla muy bien de su clienta y no es muy dada a los cumplidos. A decir de todos, la esposa de Duchlan era una gran mujer. «Me rompió el corazón verla llorar en mi cabaña —explicó Annie Nannie—, con lo amable y bondadosa que era con todo el mundo».

El médico tomó un pellizco de rapé.

—Es curioso que tanto el padre como el hijo se hayan casado con irlandesas —observó.

—Sí. Y tan parecidas, además. Los que recuerdan a la madre de Eoghan dicen que era la viva imagen de su esposa. La señora Gregor es muy popular en el pueblo, mucho más, en realidad, de lo que era la señorita Gregor.

—¿Qué hay de las criadas del castillo de Duchlan?

—La adoran. Dundas también ha estado investigando eso; tiene la idea de que a las hermanas Campbell no les caía bien la señorita Gregor y ha estado intentando averiguar si alguna de las dos fue a su habitación la noche que la asesinaron. De hecho, no hay nada que demuestre que ninguno de los criados subiera a la habitación de la señorita Gregor después de que Christina, su doncella, la dejara acostada esa noche.

—¿Dundas aún tiene esperanzas de poder resolver el misterio? —preguntó el doctor Hailey.

—No. —El doctor McDonald volvió a cambiar la pierna de postura—. En cierto sentido —dijo—, he venido como embajador. Dundas quiere su ayuda, pero es demasiado orgulloso para pedírsela, después de lo que le dijo. Ha insinuado que, como colega suyo, podía traerle la rama de olivo.

—Lo siento, pero no.

—Espero que no se haga mucho de rogar... Lo tiene a su merced.

—No es eso. —El doctor Hailey tomó un pellizco de rapé—. Si voy al castillo de Duchlan ahora, me veré obligado a seguir la línea de investigación del inspector Dundas. No me cabe duda de que es buena, pero no es la mía. Solo lograría confundirnos a los dos.

—Entiendo. Insiste en tener vía libre.

—No exactamente. En realidad, lo que pido es tener el pensamiento libre. No quiero colaborar. Puede decirle a Dundas que, si le parece bien, investigaré por mi cuenta. Cualquier descubrimiento que haga se le atribuirá a él, por supuesto.

—No accederá a eso. Le dará vía libre siempre y cuando pueda acompañarle en todo lo que hace.

Tras un momento de silencio, el doctor Hailey se decidió.

—Dígale que no puedo aceptar esos términos —declaró—. Soy un aficionado, no un profesional, y, cuando investigo un crimen, solo lo hago porque me interesa. Cuando trabajo solo, mi mente busca a tientas hasta que encuentra algo que le atrae. A menudo sigo una línea de investigación sin saber exactamente por qué: sería insoportable tener que explicar y justificar cada paso. Y Dundas insistiría sin duda en que le diera explicaciones. El esclarecimiento de un crimen es, a mi juicio, un arte más que una ciencia, como la práctica de la medicina.

El doctor McDonald no le rebatió la idea; de hecho, parecía estar de acuerdo. Se marchó diciendo que regresaría si Dundas aceptaba sus términos. El doctor Hailey se unió a John MacCallien bajo los pinos de la parte delantera de la casa y se sentó en la tumbona vacía. Hacía un calor insoportable y corría tan poco aire que hasta Loch Fyne parecía una balsa en calma.

—¿Y bien?

—Lo ha enviado Dundas. Pero no puedo trabajar con él.

John MacCallien asintió con un gesto.

—Claro que no. He hablado con el cartero mientras estabas con el doctor. Dice que Dundas se ha puesto a todo el pueblo en contra. Ha sembrado el pánico.

—Eso ha sugerido McDonald.

—Dundas ha descubierto que Eoghan Gregor está endeudado. Eoghan es el heredero de su tía, así que ya te puedes imaginar qué conclusiones ha sacado. Pero le queda por resolver el asunto de la habitación cerrada. Ha pedido un inventario de todas las escaleras de mano de Argyll.

—Las ventanas tenían el cerrojo echado. Nadie pudo entrar en la habitación por ahí.

—No, ya lo suponía. Pero ya sabes cómo es Dundas y los que son como él: detalles y más detalles, hasta que los árboles no les dejan de ver el bosque.

La neblina que envolvía el pueblo de Otter a orillas del fiordo y desdibujaba los contornos ondulados de las colinas de Cowal parecía asfixiar el paisaje. Incluso a la sombra de los pinos, un vaho caliente se extendía por el suelo. El médico se quitó la chaqueta y se arremangó.

—No sabía que pudiera hacer tanto calor en las Tierras Altas.

Se recostó en la tumbona y miró los racimos de agujas de pino de color verde oscuro que pendían por encima de él.

—¿Conocías bien a la señorita Gregor? —preguntó a su amigo de repente.

—No muy bien. Desde que regresé de la India, la he visto muy poco. Lo que sé se remonta sobre todo a mi juventud. Mi padre siempre hablaba de ella como de una santa en vida, y supongo que adopté su opinión sin cuestionarla.

Se quedó pensativo unos minutos, que el médico pasó mirándole la cara afable con honda satisfacción. John MacCallien, reflexionó, era de uno de aquellos hombres que no cambiaban de opinión a la ligera y se mostraban especialmente reacios a replantearse las enseñanzas de sus padres.

—Mi padre tenía una mentalidad decimonónica en lo que respectaba a las personas —añadió—. Su código de conducta era muy estricto y no hacía concesiones. La señorita Gregor no solo se ceñía a ese código, sino que lo superaba. Su horror a lo que se describía vagamente como «indecoroso» era conocido y admirado en todo Argyll. Por ejemplo, creo que jamás hablaba de «hombres» o «mujeres», sino solo de «caballeros» o «damas». Las damas y los caballeros eran seres cuya principal preocupación era demostrar con su vida y modales que carecían de apetitos humanos.

—Lo sé.

John MacCallien suspiró.

—Supongo que ese punto de vista tendría su lado bueno —declaró—. Pero me temo que engendró mucha crueldad e intransigencia. Se justificaba todo lo que podía demostrarse que avergonzaba o hacía sufrir a los pecadores. Además, aquella gente de bien vivía engañada. No eran los espíritus desencarnados que pretendían ser, ni mucho menos. En consecuencia, sus emociones y apetitos reprimidos encontraban desahogos soterrados e incluso insospechados. —Hizo una pausa y añadió—: La crueldad, como he dicho, era uno, el más fácil y odioso.

—¿Era cruel la señorita Gregor? —le preguntó el doctor Hailey.

—¿Sabes que es una pregunta increíblemente difícil de responder? Sin pensarlo mucho, diría: «Claro que no». Pero lo cierto es que depende de a qué te refieras con «cruel». Estoy seguro de que su código moral estaba plagado de pecados imperdonables, pecados que echaban del redil a muchas personas. Por otra parte, podía ser increíblemente bondadosa y caritativa. Ya te he dicho que incluso los hojalateros y los gitanos la bendecían. Siempre se preocupaba por gente de ese tipo. Recuerdo una vez que un niño contrajo una neumonía en una de las tiendas que los hojalateros plantaban en la orilla del fiordo entre Darroch Mor y el pabellón de caza. Lo cuidó ella misma y le pagó la atención médica. Cuando el párroco quiso llevárselo al hospicio de los pobres de Lochgilphead, ella se opuso con todas sus fuerzas porque creía que esa gente no podía vivir entre cuatro paredes. Le dijeron que, si el niño moría, la acusarían de su muerte, pero esa clase de amenazas eran las que menos mella le hacían. El caso despertó mucho interés en Ardmore. Cuando el niño mejoró, todo el mundo pensó que le había salvado la vida.

El doctor Hailey asintió con la cabeza.

—Entiendo. En ese caso, su reputación personal estaba en juego, por así decirlo.

—Sí. Y no había posibilidad de pecado. —John MacCallien volvió a suspirar—. Era despiadada en lo que respectaba a los pecadores —añadió—, si sus pecados eran carnales. Me imagino que podría haber encontrado excusas para un ladrón: esos hojalateros son todos unos ladrones, ya sabes.

—¿Siempre que el ladrón no hubiera pecado?

—Exacto. Claro que no era la única que opinaba así. Mi padre pensaba igual.

—Todos pensaban como tu padre en este vecindario, ¿no?

—Sí. Todos.

MacCallien puso la espalda recta. Movió la cabeza con aire bastante triste.

—Cuando mi hermano y yo éramos pequeños —añadió—, a menudo veíamos a la señorita Gregor cuando salía en el carruaje. En esas ocasiones, nuestra niñera siempre nos decía que nos quitáramos la gorra y al final nos cansamos. Un día, cuando pasó por nuestro lado, le sacamos la lengua en vez de quitarnos la gorra. Aún veo la cara de horror de la pobre niñera. La señorita Gregor detuvo el carruaje, bajó y nos echó un sermón sobre buenos modales. Eso nos dio bastante igual, pero también escribió a nuestro padre. Recuerdo que pensé, mientras él nos castigaba, que no era lo que yo entendía por una santa.

Hizo un amago de sonrisa y, después, pareció sorprendido cuando vio con cuánta atención lo escuchaba el doctor Hailey.

—¿Qué edad tenía la señorita Gregor en esa época?

—Debía de ser bastante joven. Veintitantos o treinta y pocos, supongo.

—¿Qué pasó la siguiente vez que la visteis?

—Oh, nos quitamos la gorra, por supuesto.

—¿Y ella?

—Imagino que nos saludaría con la cabeza igual que antes. Aunque, curiosamente, apenas recuerdo nada de ella después de eso.

—¿Conociste a la esposa de Duchlan?

—Oh, sí, bastante. —De repente, se le había animado la voz—. Era una buenísima persona. La adorábamos. Recuerdo que mi hermano dijo que, si le hubiéramos sacado la lengua a la señora Gregor, ella no se lo habría contado nunca a nuestro padre. Murió antes de hora, la pobre.

—Dicen que la esposa de Eoghan Gregor se parece físicamente a ella, ¿no? —preguntó el doctor Hailey.

—Sí. Y con razón, creo, aunque la memoria de un niño no siempre es de fiar. Sé que, cuando vi a la señora Gregor por primera vez, tuve la sensación de que ya nos habían presentado. Y estoy seguro de que no la conocía. Duchlan y su hijo deben de tener algún rasgo de carácter que los predispone hacia las irlandesas. —Hizo una pausa antes de añadir—: Quizá no sea un rasgo muy saludable.

—¿Por qué lo dices?

—Me temo que ninguno de los dos matrimonios ha salido demasiado bien. Supongo que los atributos que representa la señorita Gregor son los dominantes en todos los miembros de su familia. La esposa de Duchlan, al igual que la señora Gregor, tenía más que ver con hombres y mujeres que con «damas» y «caballeros».

—Debió de ser muy difícil para ella tener a su cuñada siempre cerca, ¿no crees?

El doctor Hailey frunció el entrecejo mientras hablaba. Su compañero asintió vigorosamente con la cabeza.

—Debió de ser espantoso. Ninguna esposa podría ser feliz en esas circunstancias. De hecho, creo que la señorita Gregor administraba la propiedad y llevaba la casa ella sola. De principio a fin, trataron a la esposa de Duchlan como si estuviera de visita. Solo Dios sabe cómo lo soportó.

—¿Se hablaba mucho de eso?

—Sí, claro. Pero nadie osaba entrometerse. Personas

mayores que yo me han dicho que la vieron consumirse ante sus propios ojos. Creo que una mujer, la esposa de un anciano lord, se atrevió a sugerir que ya iba siendo hora de que hubiera cambios. Le respondieron que no se metiera dónde no la llamaban. A decir de todos, la señora Gregor era muy leal a su marido y no quería oír la menor crítica o ni tan siquiera una palabra de compasión. Pero, de todos modos, no me cabe ninguna duda de que la tensión socavó su estado mental.

El doctor Hailey se pasó la mano por la frente.

—¿De qué murió? —preguntó.

—Difteria, creo. Murió de manera muy repentina.

El doctor Hailey pasó la tarde en una hamaca, reflexionando sobre los detalles del misterio. No ocultaba su decepción por no estar autorizado a buscar una solución; por otra parte, las ideas que había desarrollado no eran una base sólida para sacar conclusiones. Volvió a hablar del tema con su anfitrión después de cenar, pero no esclareció nada.

—No me cabe duda de que Dundas ha descartado la probabilidad de que haya puertas y cámaras secretas —observó John MacCallien—. Estoy seguro de que habría destrozado la casa para encontrar una sola pista. Mi amigo el cartero se ha enterado por Angus, el gaitero de Duchlan, de que no ha encontrado nada. No hay cámaras secretas ni pasadizos ni trampillas.

—¿Ni ninguna otra manera de entrar o salir de la habitación?

John MacCallien alzó la cabeza.

—Sabemos que el asesino entró y salió de la habitación.

—Exacto. Y los milagros no existen.

El médico tomó un pellizco de rapé.

—Es la cuarta vez que me encuentro con un asesinato cometido en lo que parecía una habitación o espacio cerrados. Imagino que, en este caso, la verdad no será más difícil de descubrir que en los otros... —Una sonrisa asomó a sus labios—. La mayoría de los grandes misterios de asesinato de los últimos cincuenta años —añadió— han girado en torno a una coartada o a un espacio aparentemente cerrado. A efectos prácticos, ambas circunstancias son idénticas, ya que hay que demostrar que el asesino estaba en un determinado lugar en un determinado momento, aunque las pruebas digan justo lo contrario. Eso, créeme, es más difícil que demostrar que una determinada persona ha envenenado a otra o que lo que parece un accidente es, de hecho, otra cosa.

Se interrumpió porque oyeron llegar un coche. Un momento después, el doctor McDonald entró renqueando en el salón.

—Se hará a su manera, Hailey —dijo, estrechándole la mano—. Dundas reconoce la derrota. —Le dio la mano a John MacCallien y volvió a dirigirse al doctor Hailey—: ¿Puede venir al castillo de Duchlan esta misma noche?

# 10

# Todo un honor para Duchlan

El inspector Dundas recibió a los dos médicos en su dormitorio, una espaciosa habitación que estaba situada cerca de la que había ocupado la señorita Gregor y daba directamente al arroyo. Estaba sentado en la cama cuando ellos entraron, haciendo anotaciones, vestido solo con camisa y pantalón. Pero no parecía que acusara el calor.

—Es usted muy amable, doctor Hailey —dijo en tono agradecido—, porque yo no fui todo lo educado que debiera haber sido la primera vez que nos vimos. Después del orgullo viene la caída, ¿no?

—Al contrario, su actitud me pareció irreprochable.

El médico se sentó cerca de la ventana abierta y se enjugó la frente. Se dio cuenta de que Dundas había perdido su aire de seguridad. Incluso su actitud enérgica lo había abandonado. El cambio era bastante sorprendente, pues indicaba una falta fundamental de confianza en sí mismo. El policía había depositado toda su fe en su inteligencia y minuciosidad y, cuando le habían fallado, no tenía nada en lo que apoyarse.

—Quizá quiera que le ponga al corriente de mis avances —propuso Dundas—. He hecho algunas averiguaciones.

Habló en tono desanimado, sin entusiasmo. El doctor Hailey negó con la cabeza.

—Preferiría hacerle preguntas.

—De acuerdo.

El médico se levantó y se quitó la chaqueta; antes de volver a sentarse, miró el mar, blanco bajo la luna llena. La intensa claridad de aquellas tierras norteñas había retornado con la caída de la noche y la larga muralla de Cowal parecía el lomo de un animal monstruoso que se alzaba encabritado de las aguas resplandecientes. Escuchó el suave murmullo del arroyo que corría a sus pies, donde las risitas y los gorjeos se mezclaban en una deliciosa sinfonía. La sequía había amansado aquel fiero riachuelo y de él solo quedaba su risueño rumor. Siguió su curso alrededor de la casa hasta el fiordo, donde sus aguas se transformaban en plata. Las velas de barcos pesqueros tintaban la plata aquí y allá y vio que varios de ellos estaban cerca de la orilla, en la desembocadura del arroyo. Le llegaron las voces de los pescadores, apenas audibles en el aire en calma. Se volvió hacia sus compañeros.

—Parece que han echado una red ahí mismo.

El doctor McDonald miró por la ventana y se apartó con indiferencia.

—Sí.

—No tenía ni idea de que pescaban tan cerca de la costa.

—Oh, sí. Los bancos de arenques suelen acercarse a la orilla por la noche para alimentarse. Ardmore lleva más de un siglo viviendo de eso. Y bien, además. En los buenos tiempos, les daban dos o tres libras por caja y podían llenar doscientas con solo echar la red una vez. Pero ya no. El viejo arenque de Loch Fyne que todo el país conocía y disfrutaba comiéndose parece haber dejado de existir. Era azul y plano; la variedad moderna es mucho más pálida y redonda.

—¿Así que Ardmore pasa una mala época?

—Sí. Y con Ardmore, Duchlan y su familia. No es fácil pagar el alquiler si no ganas dinero.

—¿Ha provocado reacciones la crisis?

—¿Reacciones?

—Los tiempos difíciles suelen separar a los hombres honrados de los que no lo son.

Una sonrisa asomó a los labios de Dundas.

—¿Está pensando en la posibilidad de que uno de esos pescadores trepara hasta aquí? —preguntó—. Yo también barajé esa idea. Pero ahora estoy seguro de que no tiene fundamento. Nadie podría escalar estas paredes.

El doctor Hailey se sentó. Limpió el monóculo y se lo puso en el ojo.

—Lo siento, pero no pensaba solamente en eso —reconoció—. Los barcos, sobre todo los pesqueros, siempre me han atraído. Una de mis aspiraciones juveniles era pasar una noche con la flota de arenqueros. —Se inclinó hacia delante—. McDonald me ha dicho que vio la cicatriz del pecho de la señorita Gregor.

—Sí. Intenté seguir esa pista, pero no saqué nada en claro. Aquí nadie sabe nada de ella.

—¿No es eso bastante raro?

—Mucho. Pero, si le soy sincero, doctor, esta gente es imposible. No saben nada de nada. Cuando le dije a Duchlan que nadie podía ocultar una herida de ese calibre, su respuesta fue encogerse de hombros. ¿Qué se le va a hacer? La cicatriz es muy antigua. Puede que tenga veinte años.

—Sí. Pero representa lo que una vez fue una herida grave. Hace mucho tiempo, alguien quiso matar a la señorita Gregor. Desde que me formé esa opinión, he intentado obtener información sobre la dama. He hecho un descubrimiento.

—¿Sí? —El tono del policía fue brusco.

—Todos parecen creer que era una santa y nadie parece saber mucho de ella.

—Amigo mío —lo interrumpió el doctor McDonald—. Yo la conocía bien. Todo el vecindario la conocía bien.

—Como personaje, sí. No como mujer.

—¿Qué quiere decir con eso?

—¿Quiénes eran sus amigos íntimos?

El médico de Ardmore se acarició la pierna con ambas manos. Pareció desconcertado.

—Oh, los lores y sus familias.

—John MacCallien me ha dicho que solía verla cuando salía con el carruaje. Le enseñaron a tenerle mucho respeto. Reconoce que apenas sabe nada de ella.

—Está soltero.

—Sí. Pero va a todas partes. Uno de sus amigos me dijo ayer que se la tenía por una mujer introvertida. Hacía muchas buenas obras, pero no se confiaba a nadie. No tenía ningún amigo, ni hombre ni mujer. En un lugar como este, los chismes pasan de padres a hijos y de madres a hijas. Está claro que llevaba una vida solitaria.

El doctor McDonald frunció el entrecejo.

—Nunca me dio esa impresión —declaró con tozudez—. Por el contrario, no había nada que no le interesara. Sus intromisiones en los asuntos del pueblo, créame, podían ser muy molestas. En particular, le interesábamos los médicos y supervisaba nuestro trabajo, el mío, sobre todo, con infatigable celo. Ella lo llamaba «mostrar un amable interés», pero era pura intromisión.

Habló con acaloramiento. El doctor Hailey asintió con un gesto.

—No me refiero exactamente a eso, ¿sabe? —dijo—. Esas actividades no requerían ninguna implicación personal. En este país, las relaciones entre la clase noble y el pueblo llano están tan bien definidas que no hay peligro de familiaridad.

Imagino que la señorita Gregor ayudaba a sus vecinos más pobres como se ocupaba de sus animales de compañía. Estaban alejados de su vida. Las damas caritativas son siempre iguales; consienten a los que dependen de ellas y evitan a sus iguales.

—No anda desencaminado —convino McDonald—. A menudo observaba que, cuanto más dependiente era la persona, más se desvivía la señorita Gregor. Recibía muchos halagos de la gente que dependía de ella.

—Exacto.

—Educar a su sobrino era su principal propósito en la vida. Aún oigo claramente su voz cuando me dijo: «Doctor McDonald, saber que me habían confiado una vida tan joven me conmovió. ¡Sentí que debía vivir, trabajar, pensar y hacer planes sin otro objetivo que no fuera el bienestar de Eoghan en el sentido más elevado de la palabra!».

—¿Acaso no confirma eso lo que yo he sugerido? La verdadera vida de la señorita Gregor estaba aquí, en esta casa, entre estas paredes. —El doctor Hailey dejó que el monóculo le resbalara del ojo—. Me he estado preguntando en qué centró su interés antes de que naciera Eoghan —añadió—. Las mujeres inteligentes y activas siempre encuentran, créanme, algo o alguien que absorba su atención.

Nadie le respondió; Dundas había perdido todo interés. Llamaron a la puerta. Angus, el gaitero, entró con una bandeja cuyas copas tintinearon al unísono. El cuello dorado de una botella de champán sobresalía de una pequeña cubitera, como el cuello de un faisán en un gallinero.

—Será todo un honor para Duchlan, caballeros que acepten una copa de champán —anunció Angus.

Se quedó en la puerta aguardando su decisión. Dundas le hizo una seña para que dejara la bandeja en la cómoda.

—¿Abro la botella?

—Sí.

Angus desempeñó su función con mucha dignidad. Llenó las copas de la bandeja y se las ofreció a los tres hombres. El doctor Hailey aprovechó la ocasión para observarle la cara, pero le pareció inescrutable. El gaitero sabía guardarse lo que pensaba. Cuando hubo salido de la habitación, Dundas comentó que a él no le habían prodigado esa clase de atenciones.

—Empiezo a conocer a Duchlan —declaró—. Esta es su manera de decirme lo que piensa de mí. El champán no es para un policía normal y corriente.

Se rio y se le subieron los colores. Quedaba claro que, bajo su actitud inflexible, se escondía un carácter extremadamente sensible.

—Esta es la noche más calurosa del año, ¿sabe? —observó el doctor Hailey en tono afable.

—Oh, todas las noches han sido calurosísimas desde que llegué.

Dundas vació su copa de un trago, una ofensa, considerando que el espumoso era bueno. Hizo un chiste sobre un granjero al que habían servido champán en un banquete, pero sus compañeros no se rieron. El doctor Hailey tomó un sorbo de champán y observó las burbujitas que se agolpaban en su superficie, perlas élficas engarzadas hábilmente en oro. El espumoso estaba en su punto de frío y le supo a gloria.

—¿Qué opina de Duchlan? —preguntó tras un prolongado silencio.

—Es un lord de las Tierras Altas. Son todos iguales.

—¿Sí?

—Orgullo y pobreza.

—Tenía entendido que la señorita Gregor era rica.

Al policía se le iluminó la cara.

—¡Ah! —exclamó—, lo sabe, ¿verdad?

—Me lo dijo John MacCallien.

—Es cierto. Un tío, que hizo fortuna dedicándose a los negocios, le dejó mucho dinero hace unos diez años; no sé por qué. Duchlan no recibió nada.

El doctor Hailey asintió con la cabeza.

—¿Le ha ayudado Duchlan?

—No.

—¿Y Eoghan Gregor?

Dundas se encogió de hombros.

—Otro que tal. Pero no esperaba que me ayudara después de que descubriera que el tipo acababa de perder todo su dinero en el juego. —Se inclinó hacia delante de golpe—. Eoghan Gregor estaba arruinado el día que murió su tía. Y ella le ha dejado todo su dinero.

Se quedó expectante, observando el efecto de su revelación. El doctor Hailey no quiso darle esa satisfacción.

—Al fin y al cabo, lo crio su tía.

—Exacto. Sabía que ella se lo dejaría todo.

—¿No le habría prestado dinero si se lo hubiera pedido?

—No lo creo. En todo caso, no para pagar sus deudas de juego. Según dicen, la señorita Gregor estaba rotundamente en contra de cualquier tipo de juego de azar.

Dundas miró al doctor McDonald buscando confirmación.

—Consideraba que los juegos de azar eran un invento del demonio —declaró el médico de Ardmore—. Yo mismo la he oído decir que los naipes eran «los instrumentos del diablo». Estoy seguro de que, si hubiera sospechado que su sobrino jugaba, lo habría desheredado por principios.

El doctor Hailey asintió con un gesto.

—Entiendo.

—Mis conclusiones son estas —declaró Dundas—. De las

tres preguntas que hay que responder en todo caso de asesinato: ¿quién?, ¿por qué?, ¿cómo?, es posible que haya encontrado respuesta a dos: ¿quién? y ¿por qué? —Alzó la mano derecha en un gesto que recordó a un director de orquesta—. Pero la tercera se me sigue resistiendo. No cabe la menor duda de que la puerta estaba cerrada por dentro. Como saben, hubo que llamar a un carpintero para que serrara la cerradura. Me dijo que inspeccionó las ventanas y vio con sus propios ojos que tenían el cerrojo echado. El doctor McDonald aquí presente llegó antes de que el carpintero terminara y puede confirmarlo todo. En otras palabras, esa habitación, con sus recias paredes y su puerta de madera maciza, estaba cerrada a cal y canto. Habría sido imposible entrar sin usar la violencia. Y no hay ni rastro de violencia.

El policía se frotó la frente, nervioso.

—¿Se le ha ocurrido pensar que el asesinato pudo cometerse en otra habitación? —le preguntó McDonald.

—¿Cómo? Pero, en ese caso, ¿cómo metieron el cadáver en la habitación? Le aseguro que es imposible girar la llave de la puerta desde fuera. Soy una autoridad en todo tipo de llaves maestras. Ninguna llave maestra que se haya inventado podría abrir esa puerta. Y el extremo de la llave no sobresale de la cerradura. Todas las cerraduras de esta casa son asombrosamente ingeniosas. Me han dicho que las inventó el abuelo de Duchlan, que era un artista de la cerrajería.

—Como Luis XVI.

Dundas pareció desconcertado.

—No sabía que a Luis XVI le interesaran las cerraduras —dijo en un tono que anunciaba su ignorancia sobre todo lo concerniente al monarca.

—Pues sí. Y su interés creó una moda. Estoy casi seguro de que el Duchlan de esa época le cogió el gusto a la mecánica durante una visita a Londres o París. Hace algunos años realicé un estudio sobre esas cerraduras del siglo xviii. Muchas son tremendamente ingeniosas.

—Al menos, las de aquí lo son. —Dundas se levantó mientras hablaba y le llevó al médico la cerradura de la puerta de la señorita Gregor para que la inspeccionara. Le señaló el ojo del mecanismo—. Fíjese que la llave entra a un nivel distinto a cada lado de la puerta. Eso excluye la posibilidad de abrir la cerradura con una llave maestra o de girar la llave desde fuera con unos alicates. De hecho, podría decirse que hay dos cerraduras en vez de una sola, pero están conectadas.

El doctor Hailey inspeccionó el mecanismo con su monóculo y después se lo devolvió.

—Estoy de acuerdo con usted —dijo—. No cabe duda de que la puerta no se cerró ni se abrió desde fuera.

—Eso significa, no lo olvide, que la señorita Gregor echó la llave.

—Supongo que sí.

El policía negó con la cabeza.

—¿Cómo puede usted, o yo mismo, suponer nada más? Dado que las ventanas tenían el cerrojo echado por dentro. —Volvió a frotarse la frente—. No hago más que darle vueltas, pero nada —gritó—. Me refiero a que todo apunta a que la señorita Gregor se infligió esa herida espantosa ella misma, ya que no había nadie más con ella ni nadie pudo haber salido de la habitación. Y está claro que no se hirió ella misma.

—No.

Dundas había adoptado una expresión muy solemne. Aquel misterio, que tanto se había esforzado por resolver sin conseguirlo, parecía sumirlo en un estado de profundo desánimo. Movió la cabeza con aire apesadumbrado al rememorar las dificultades con las que había estado lidiando.

—Lo que no entiendo es por qué estaban cerradas las ventanas —arguyó el doctor Hailey—. Esa noche hacía muchísimo calor, tanto o más que hoy. Con esa temperatura, nadie dormiría con las ventanas cerradas. —Se volvió hacia el doctor McDonald—: ¿Sabe por casualidad si a la señorita Gregor le daban miedo las ventanas abiertas? Me refiero a un miedo irracional.

—No lo creo. Más bien, imagino que en verano dormía con las ventanas abiertas.

—En ese caso, seguro que pretendía dejarlas abiertas la noche que murió.

Dundas asintió con la cabeza.

—También he pensado en eso —dijo—. Sin duda, está en lo cierto; pero tendrá que responder a la pregunta de por qué las ventanas estaban, de hecho, cerradas. ¿Por qué las cerró la noche más calurosa del año? En mi opinión, si puede responder a esa pregunta, estará mucho más cerca de la verdad.

—Tengo entendido que la señora de Eoghan Gregor subió a la habitación justo después de que su tía se acostara —apuntó el doctor Hailey.

—Sí, eso me consta. Me lo contó ella misma. Me dijo que la señorita Gregor echó la llave delante de sus narices.

—¿No es probable que la señorita Gregor también cerrara las ventanas en ese momento?

—¿Por qué iba a hacerlo?

—Quizá por la misma razón que la indujo a cerrar la puerta con llave.

—¿Puede nombrar esa razón? —Dundas alzó la cabeza con gesto brusco al hacer la pregunta.

—La señora de Eoghan Gregor cree que a su tía le entró miedo al verla.

—¿De qué, de que entrara por la ventana?

—El pánico no atiende a razones, ya sabe. Se adelanta a la razón, guiado por el instinto. La única preocupación del instinto es levantar una barrera contra la causa del pánico. Un hombre que estuvo en Rusia durante el Terror Rojo me contó que, cuando escapó y regresó a Londres, se despertó una noche y atrancó la puerta de su habitación con todos los muebles que había allí. Y eso fue en su casa, entre los suyos.

Dundas pareció preocupado.

—¿Cree que la señorita Gregor se pasó la vida esperando a que volvieran a intentar matarla? —le preguntó.

—Sí. —El doctor Hailey tomó un pellizco de rapé. El pánico consta de dos elementos distintos —explicó—: un miedo inmediato y un terror diferido. No siempre es la conciencia lo que nos hace cobardes; a veces, es la memoria. Cuando llevamos años atemorizados por una posible eventualidad, perdemos por completo la cabeza cuando la vemos cerca.

—Pero ¿cómo es posible que esa mujer llevara años temiendo que la asesinaran?

—Recuerde que años antes la habían herido.

El policía negó con la cabeza.

—El tiempo borra esos recuerdos.

—Está muy equivocado. El tiempo los magnifica. Uno de los líderes de la Revolución francesa, que había conocido y temido a Robespierre, vivió hasta los noventa años. En su lecho de muerte, sesenta años después de la Revolución, suplicó a su bisnieta que no dejara entrar a Robespierre en su habitación.

Unos golpecitos en la puerta los interrumpieron. En respuesta a la invitación de Dundas de que pasara, entró Eoghan Gregor.

# 11

## La magia de los lazos familiares

Eoghan estaba pálido y parecía nervioso. Se dirigió al doctor McDonald.

—¿Puede venir a ver a Hamish? —le preguntó—. Creo que ha tenido otro ligero ataque.

Se quedó en el umbral de la puerta y dio la impresión, de que no veía a nadie más. El doctor McDonald se levantó de un salto y salió a toda prisa.

—Qué inoportuno —se lamentó Dundas. No parecía nada contento de que lo distrajeran del caso. Añadió—: Un ataque es lo mismo que una convulsión, ¿no?

—Son parecidos.

—Por lo visto, el niño es propenso a tenerlos. McDonald me dijo que sufrió un ataque unos días antes de que muriera la señorita Gregor. No parece pensar que revistan mucha gravedad.

—No, por lo general, no son graves.

—Muchos niños los tienen, ¿no?

—Sí.

Mientras conversaba, el doctor Hailey se dio cuenta de que, pese a lo mucho que le interesara el trabajo de investigación, su interés en la práctica de la medicina era mucho mayor. Le habría gustado que Eoghan Gregor lo hubiera invitado a acompañar a McDonald y, de golpe, se le pasaron las ganas de seguir hablando del caso. Se notó muy irritado cuando

Dundas le preguntó si los ataques eran un síntoma de debilidad nerviosa.

—Tengo la impresión de que tanto Duchlan como su hijo son muy excitables —sugirió el policía en el tono susurrante que los profanos siempre adoptan cuando hablan de enfermedades graves con los médicos—. No me importa confesar que he estado trabajando en esa línea. Duchlan, como es probable que ya sepa, es un buen lord, aunque un poco raro. Parece que su hermana, la señorita Gregor, tenía premoniciones, lo que aquí llaman la «segunda visión» de las Tierras Altas. Esa es la primera generación. Eoghan Gregor es la segunda y es adicto al juego. Luego viene el niño, la tercera generación.

Guardó un silencio expectante. El médico estaba tomando otro pellizco de rapé y terminó la operación antes de responder:

—Los ataques en los niños —declaró con frialdad— suelen estar causados por una indigestión.

—¿En serio? —Dundas estaba avergonzado.

—Sí. Lo más probable es que el niño haya comido bayas o manzanas verdes.

—McDonald ha dicho que teme que sea encefalitis.

El doctor Hailey no respondió. Le parecía oír llorar a un niño, pero no estaba seguro. Pensó que, de no ser por la curiosidad que le suscitaba aquel misterio, habría abandonado todo intento de resolverlo. La imagen de Oonagh Gregor, inclinada con preocupación sobre su hijo, una imagen que no lograba quitarse de la cabeza, no invitaba a hacer revelaciones que posiblemente solo conseguirían traerle más desdichas. Por un instante, le asaltaron dudas sobre la utilidad de las investigaciones policiales. ¿Qué importaba quién hubiera matado a la señorita Gregor, teniendo en cuenta que estaba muerta y ya no podía hacerse nada por ella? Entonces comprendió que sus dudas estaban originadas por sus sentimientos hacia Dundas. El perro de caza siempre es mucho menos adorable, mucho menos interesante, que su presa.

—No creo que pueda hacer más esta noche —dijo—. Me gusta consultar mis ideas con la almohada.

Se levantó mientras hablaba, pero la expresión de los ojos de Dundas lo hizo vacilar. El policía, comprendió en ese momento, estaba muy angustiado.

—Lo cierto es, doctor, que, si no llego a alguna conclusión en uno o dos días, me retirarán del caso —explicó—. Y hasta ahora he ido avanzando de caso en caso. Nunca tendré otra oportunidad si otro agente tiene éxito donde yo he fracasado. Hablo solo por mí, claro está, pero, desde ese punto de vista, no hay tiempo que perder. Lo sé porque hoy he recibido una carta de la jefatura de policía.

Mientras hablaba, se sacó del bolsillo una hoja de papel doblada y la desplegó. Leyó:

Es obvio que alguien entró en la habitación de la señorita Gregor, dado que no se suicidó. Su informe parece indicar que está perdiendo de vista ese punto fundamental para centrarse en aspectos de menor importancia. El éxito solo puede lograrse mediante la concentración. Pregúntese cómo entraron en la habitación; cuando encuentre una respuesta a esa pregunta, probablemente le costará poco contestar a la siguiente: ¿quién entró?

—Ese es precisamente el método que nunca me ha servido de nada en los casos difíciles —observó el doctor Hailey con afabilidad.

—Pero ve lo que implica la carta: se están impacientando. Los periódicos piden a gritos una solución y no tienen nada que ofrecer.

El doctor Hailey volvió a sentarse y se inclinó hacia adelante.

—Mi método siempre es ir de las personas al crimen y no al revés. Y la persona que más me interesa es, por lo general, y sin duda en el presente caso, el hombre o mujer asesinados. Cuando se sabe todo lo necesario sobre una persona que ha sido asesinada, se conoce la identidad del asesino.

Dundas negó con la cabeza.

—Creo que yo conozco la identidad del asesino. Pero saberlo no me ha ayudado.

El médico se frotó la frente como un hombre cansado que intenta alejar la tentación del sueño.

—¿Se fijó que la habitación de la señorita Gregor era como una vieja tienda de curiosidades? —le preguntó.

—Parecía bastante llena de cosas. Los dechados de la pared...

—Exacto. Estaba llena de objetos de los que la mayoría de la gente habría preferido deshacerse. Y todos guardaban alguna relación con ella. ¿Le interesa el folclore?

Dundas negó con la cabeza.

—No, lo siento.

—A mí sí. Me pasé años estudiándolo. Una de las creencias más antiguas y arraigadas de los pueblos primitivos es que la virtud de un hombre o mujer, su esencia vital, por así decirlo, se transmite de manera sutil a los objetos materiales. Por ejemplo, la espada que ha portado un soldado acaba imbuyéndose de su personalidad. Reconozco que todos aplicamos esa idea hasta cierto punto; pero la mayoría no vamos más allá de utilizar lo material como símbolo de lo espiritual. Una madre de hoy en día guarda la espada de su hijo fallecido como un recuerdo; no supone que está imbuida de la personalidad de su vástago. Pero aún hay personas, probablemente siempre las habrá, que no se detienen ahí. En su caso, los objetos que han confeccionado o utilizado ellas o sus parientes adquieren un carácter sagrado que les hace insoportable la idea de separarse de ellos. Lo material se transmuta mediante un proceso mágico en algo distinto de lo que parece ser. Es evidente que la señorita Gregor otorgaba tanta importancia a sus labores y a las pertenencias de sus antepasados que no estaba dispuesta a perder de vista ninguna de ellas. A menos que esté muy equivocado, ese era el rasgo predominante de su carácter.

Hizo una pausa. El policía parecía desconcertado pese a sus esfuerzos por seguir la lógica de su razonamiento.

—¿Y bien? —le preguntó.

—Su carácter estaba enraizado en el pasado. Lo abrazaba, se nutría de él, era su sustento. Pero también se proyectaba hacia el futuro; porque el futuro es el heredero de todas las cosas. Su hermano Duchlan pensaba igual que ella. Pero ¿podía estar segura de que la próxima generación mantendría la tradición? ¿Qué sería de sus preciadas y sagradas pertenencias después de su muerte? Ese pensamiento, créame, persigue a los hombres y mujeres que han sucumbido a la magia de los lazos familiares. El hijo de Duchlan, Eoghan, es la próxima generación. ¿Cómo era la relación de la señorita Gregor con su sobrino?

—Le hizo de madre.

—Sí. Y eso plantea otra pregunta: ¿cómo era la relación de Eoghan con su madre? No olvide que la esposa de Duchlan era irlandesa, lo que significa que no seguía las tradiciones de las Tierras Altas. Si hubiera vivido y hubiera criado a su hijo ella, ¿habría heredado él los verdaderos principios de la familia? En otras palabras, ¿qué clase de mujer era la esposa de Duchlan? ¿Cómo le fue en esta casa? ¿Qué relación había entre ella y su cuñada? Voy a intentar obtener respuestas a todas estas preguntas.

—No las obtendrá. El viejo está decidido a no hablar de su

familia. Ya le he dicho que declara no saber nada de la cicatriz del pecho de su hermana. Y sus criados son tan poco comunicativos como él.

—Amigo mío, un lord es un lord. Siempre hay personas que saben lo que pasa en las casas nobles.

Dundas se encogió de hombros.

—Yo no he encontrado ninguna en Ardmore, y me he empleado a fondo buscándolas.

El doctor Hailey se sacó un cuaderno del bolsillo y destapó su estilográfica. Estuvo escribiendo unos minutos y después explicó que había observado que, si anotaba sus pensamientos sobre un caso cuando le venían a la cabeza, el conocimiento sobre este parecía ampliarse en su mente.

—El acto de escribir tiene un efecto curioso en mi cerebro. Cuando lo hago, las cosas adquieren una proporción nueva y distinta.

Dejó la pluma junto a las copas de champán y se recostó.

—Investigar crímenes es como mirar un rompecabezas. La solución está ahí, ante nuestros ojos, pero no la vemos. Y no la vemos porque algún detalle, más llamativo que los demás, nos impide enfocar la mirada en el detalle que verdaderamente importa. A menudo pienso que un pintor podría pintar un cuadro en el que una determinada cara u objeto fuera invisible al espectador mientras no alcanzara un cierto grado de concentración o distanciamiento. La habitación de la señorita Gregor, por ejemplo, nos parece una caja cerrada en la que nadie puede haber entrado y de la que nadie puede haber salido. La consecuencia de esa idea es que no podemos concebir cómo asesinaron a la pobre señora. Pero, créame, el método de su asesinato está ahí, escrito claramente en los detalles que ambos hemos observado. Cuando escribo, adquiero un nuevo punto de vista que no logro adquirir cuando hablo. Por ejemplo... —Volvió a inclinarse hacia delante y le enseñó el cuaderno—. Aquí he escrito que Duchlan y sus criados le parecen extremadamente reacios a hablar del pasado. Cuando me lo ha dicho, solo me he preguntado cuál podía ser la razón. Ahora veo que, en la cabeza de todos ellos, debe de existir una conexión entre el presente y el pasado. De ahí se deduce que la cicatriz del pecho de la fallecida es la clave de un gran trastorno en el seno de la familia, un trastorno cuyos efectos aún perduran y tuvieron tanto impacto que incluso el asesinato se acepta como un resultado posible o incluso probable.

—Desde luego, cabe esa posibilidad.

—Estoy dispuesto para ir un paso más allá y decir que debe ser así.

Dundas se tiró de la camisa con nerviosismo.

—Cuesta creer que alguien haya esperado veinte años para asesinar a esa pobre anciana —objetó— o que un hombre como Duchlan se haya quedado de brazos cruzados durante todo ese tiempo ante un peligro así.

—No me refiero a eso. El asesinato, como cualquier otra empresa humana, se piensa sin que por ello acabe cometiéndose...

—¿Cómo?

—Sabemos muy poco sobre el carácter de la señorita Gregor, pero no cabe duda que era una mujer egocéntrica y muy dominante. Las personas de ese tipo, sobre todo si son mujeres, generan mucho rechazo. Este adopta diversas formas. Los caracteres débiles tienden a elogiarlas y someterse; los caracteres más fuertes se exasperan; los que son aún más fuertes se enfrentan a ellas. Pero, aunque las conductas difieran, su origen es el mismo: la antipatía. El adulador servil es un enemigo en el fondo y entiende perfectamente cómo se siente el oponente violento. Dicho de otra forma, en esta casa, todos odiaban a la señorita Gregor.

—¡Amigo mío!

—Lo sé, está pensando en Duchlan y Eoghan. Creo que ambos la odiaban.

—¿Por qué?

—Porque era odiosa.

Dundas negó con la cabeza.

—Nadie secundará esa idea en Ardmore.

—Seguramente. Lo que intento argüir es que el asesinato lleva años sobre la mesa, por así decirlo. Es lo mismo que cuando la gente dice: «¡Es un milagro que nadie lo haya asesinado!», y, en el fondo, está pensando: «Tengo ganas de asesinarlo yo». Esas ganas son la conexión entre la vieja herida y la nueva, y la razón de que nadie hable. Es un tema del que no puede hablarse.

El policía se encogió de hombros. Se llevó la mano a la boca y bostezó. Era evidente que esa clase de especulaciones le parecían una completa pérdida de tiempo. Repitió que había interrogado a todos los criados sobre hechos del pasado.

—Angus y Christina eran mi principal esperanza —se lamentó—, pero parecen pensar que es un pecado mortal incluso insinuar que la hermana de Duchlan podía tener enemigos. No pude sacarles una palabra.

—¿Qué opina de ellos?

Dundas volvió a encogerse de hombros.

—Supongo que pertenecen a un orden de seres superiores que se miden por un rasero distinto al de los comunes mortales —respondió con una sonrisa amarga—. Yo soy de las Tierras Bajas y todos pensamos lo mismo de estos montañeses. Me parecen gente torpe con muchos perjuicios y la cabeza hueca. Angus habla de Duchlan como si fuera un dios. En cuanto a Christina, parece que el cerebro no se le haya desarrollado desde su más tierna infancia.

Se pasó la mano por el pelo de color maíz. Su mirada expresaba irritación y desconcierto, el inmemorial conflicto del sajón cuando se enfrenta al celta. El doctor Hailey pensó que era difícil imaginar una peor elección de un policía para llevar aquel caso.

—¿Negaron todo conocimiento de la primera herida? —le preguntó.

—Por supuesto.

—Probablemente, eso solo significa que no tenían conocimiento directo de ella.

—Dios sabe qué significa eso.

—Creo que se les podría persuadir para que hagan memoria.

El doctor Hailey se volvió de golpe mientras hablaba. El doctor McDonald había entrado en la habitación y se había quedado detrás de él. Se levantó.

—Me gustaría que viniera a ver al niño —dijo McDonald—. Es uno de esos casos desconcertantes a los que cuesta poner nombre. —Vaciló antes de añadir—: Puede que solo sea una indigestión pasajera. Por otra parte, podría ser el cerebro. Hasta ahora, he procedido suponiendo que se trata de eso.

El doctor Hailey prometió a Dundas que regresaría por la mañana. Cogió el sombrero y siguió a McDonald. Cerró la puerta al salir. Cuando llegaron al pie de la escalera que conducía al cuarto del niño, recordó que se había dejado la estilográfica y se lo dijo a su compañero.

—Voy a por ella —se ofreció McDonald.

El médico de Ardmore se alejó a toda prisa por el pasillo iluminado. Al momento, el doctor Hailey le oyó gritar su nombre con la voz cargada de angustia y horror. Regresó a la habitación de Dundas a grandes zancadas.

El policía estaba ovillado en el suelo junto a la cama. Había una inquietante mancha en su pelo de color maíz.

# 12

## El segundo asesinato

El doctor McDonald estaba arrodillado junto al policía, intentando aparentemente encontrarle el pulso. Cuando su colega
entró en la habitación, lo miró horrorizado.

—¡Está muerto!

—¿Cómo?

—¡Está muerto!

El doctor Hailey miró a su alrededor y, al no ver nada, lo
hizo por segunda vez, como si presintiera una presencia que
eludía los sentidos humanos. Después, tocó la mancha de la
rubia cabeza. Retrocedió, sobresaltado.

—Tiene el cráneo roto —gritó—, roto como una cáscara de
huevo. ¿Estaba cerrada la puerta de la habitación?

—Sí.

—No nos hemos encontrado con nadie en el pasillo. No hay
ninguna otra puerta ni lugar donde esconderse.

El doctor Hailey se aseguró de que Dundas estaba muerto. Luego se dirigió a la ventana abierta. La noche estaba en
calma. Aguzó el oído, pero no oyó nada aparte del gorgoteo
del riachuelo bajo la ventana y el rumor más discreto de las
olillas que lamían los guijarros. Los barcos pesqueros seguían
fondeados cerca de la orilla.

Miró la lisa pared, cuya distancia hasta el suelo era mayor
en esa parte de la casa que desde la ventana de la señorita Gre-

gor por el empinado terraplén que descendía hasta el arroyo. Nadie había entrado por ahí.

McDonald se había levantado y estaba mirando el cadáver del policía. Tenía las mejillas pálidas, los ojos llenos de espanto. De vez en cuando, se humedecía los labios resecos.

—No hay señales de lucha —dijo en un ronco susurro.

El doctor Hailey asintió con la cabeza. Las copas de champán estaban donde las habían dejado y, aunque la botella se había hundido un poco en la cubitera, no la habían tocado.

—¿No ha oído ningún grito?

—No he oído nada.

—¿Cuánto tiempo cree que ha pasado desde que nos hemos ido?

—Medio minuto. No más.

—Estos quinqués proyectan sombras muy alargadas y densas. Y no íbamos buscando posibles asesinos...

Mientras hablaba, el doctor Hailey salió al pasillo. Encendió su linterna y dirigió el haz a derecha e izquierda. El pasillo terminaba en una ventana que daba al mismo lado que las ventanas del dormitorio de Dundas y había un espacio de alrededor de un metro entre esa ventana y la puerta del dormitorio que parecía lo bastante grande para servir de escondrijo. Apagó la linterna. Los rayos del quinqué próximo al rellano, pese a lo débiles que eran, arrojaban suficiente luz sobre esa zona. Llamó al doctor McDonald.

—Usted habría visto a alguien ahí —dijo.

—Por supuesto. Nadie podría esconderse en ese lugar.

—¡Tiene que haberse escondido en alguna parte!

El tono del doctor Hailey fue imperioso, como el de un maestro que interroga a un alumno sospechoso.

—Por supuesto. No nos hemos cruzado con nadie.

—Con nadie.

Se miraron. Los dos percibieron el creciente horror que asomaba a los ojos de su compañero. Se volvieron a derecha e izquierda.

—Solo es cuestión de registrarlo todo más a fondo —observó McDonald—. Está claro que se nos ha pasado algo. Los nervios...

Se interrumpió. Miró a su alrededor. Abrió la boca, pero ninguna palabra afloró a sus labios. Fue a la ventana, se asomó y regresó junto a su compañero.

—¿Cierro la puerta? —le preguntó.

—Aquí no hay nadie.

—Tiene que haber alguien. Si dejamos la puerta abierta, podría escapar.

McDonald cerró la puerta. Se puso a dar vueltas por la habitación como un tigre enjaulado. Sus ojos, pensó el doctor Hailey, tenían la expresión característica de los animales privados de libertad. Estaba aguardando, expectante. Pero también sin esperanza. Miró en el armario, debajo de la cama y de nuevo en el armario. Después, lo cerró con llave.

—Tengo la sensación de que no estamos solos —declaró.

No dejaba de toquetearse la corbata. El doctor Hailey negó con la cabeza.

—Me temo que es inútil —observó.

—¿No tiene la sensación de que hay alguien a nuestro lado?

—No.

McDonald se llevó la mano a la frente.

—Deben de ser los nervios. Pero no se alcanza a ver... Hay mucha distancia hasta el suelo y no he oído nada —Siguió haciendo comentarios confusos y deslavazados. Su rostro había perdido su habitual expresión alegre; revelaba una honda inquietud fruto del miedo y del horror que sentía—. Creo que deberíamos bajar para asegurarnos de que no han usado una escalera o una cuerda —soltó de golpe.

—De acuerdo.

El doctor Hailey regresó junto al muerto y volvió a examinarle la herida. Después acompañó a su colega. Encontraron a Duchlan y a su hijo esperándolos en el rellano de la escalera.

—Le agradezco que suba, doctor Hailey —dijo Eoghan Gregor. Advirtió la palidez del doctor McDonald y se puso tenso—. ¿Ocurre algo?

—Acaban de asesinar a Dundas.

Padre e hijo dieron un paso atrás.

—¿Qué?

—Le han fracturado el cráneo... —McDonald les comunicó aquel dato médico con voz entrecortada y después añadió—: Hailey y yo estamos bajando a... a inspeccionar el suelo bajo la ventana.

Parecía que Duchlan quería hacer más preguntas, pero desistió. Se apartó para dejar pasar a los médicos. Bajó la escalera detrás de ellos y Eoghan lo siguió. El doctor Hailey les preguntó si tenían una linterna y le respondieron que no.

Eoghan encabezó la marcha hacia el lugar que quedaba justo debajo de la ventana de Dundas. El doctor Hailey encendió la linterna y alumbró el escarpado terraplén con su potente haz. No vio nada inusual. Dirigió la linterna hacia la fachada de la casa y advirtió que había una puerta acristalada justo debajo del dormitorio de Dundas.

—¿Qué habitación es esa? —le preguntó a Duchlan.

—La salita de escritura.

—¿No han oído nada?

—Nada.

Duchlan le puso la mano en el brazo.

—Hace un momento, me ha parecido ver algo que brillaba ahí, a la izquierda de los barcos —explicó.

—¿De veras?

El anciano miró el mar durante unos minutos y después se volvió de nuevo hacia ellos.

—La luz de la luna siempre es engañosa —declaró—, sobre todo cuando se refleja en el agua.

—Sí.

—Parece imposible que alguien haya podido llegar a la habitación de ese pobre joven. Eoghan y yo tendríamos que haberlo visto si hubiera intentado bajar por la escalera.

El médico asintió con un gesto.

—Nadie ha salido de la habitación —declaró con convicción.

—Ni ha entrado.

—No.

Duchlan respiró hondo.

—Dicen que hay partes de Loch Fyne donde el mar no tiene fondo—observó sin venir a cuento—. Abismos insondables sobre los que nuestra tradición local abunda en historias inquietantes. —Bajó la voz hasta susurrar—. Oí a mi padre, el difunto Duchlan, hablar de nadadores, mitad hombre, mitad pez, cuya misión era...

Se interrumpió. Su tono sobrecogido dejó patente la naturaleza del miedo que lo dominaba. Miró de nuevo el mar, esperando, según parecía, volver a vislumbrar el objeto brillante que ya había visto.

—Nuestra superstición es de sobras conocida en las Tierras Bajas —añadió momentos después—. Allí se burlan de nosotros. Pero también los ciegos podrían burlarse de quienes poseen el don de la vista. Si nuestros científicos estuvieran ciegos, créanme, presentarían pruebas irrefutables de que la vista no es más que una ilusión de los simples.

—¿Cómo era el objeto que brillaba? —preguntó el doctor Hailey en tono impaciente.

—Como un pez. Cuando salta, un salmón brilla de esa manera bajo la luna; pero este era más grande que cualquier salmón. Y no ha salido del agua.

—¿Solo lo ha visto una vez?

El anciano asintió con la cabeza.

—Sí, solo una vez. He estado observando el mar por si volvía a verlo, pero ha desaparecido.

Su tono no dejaba ninguna duda de su convicción de que lo había presenciado no era un mero reflejo de la luna en el agua. El médico observó las emociones que le mudaban el rostro y comprendió que ya había sacado sus propias conclusiones sobre los asesinatos. Se volvió hacia Eoghan y McDonald y les preguntó si ellos habían visto algo.

—Nada —respondió Eoghan.

—¿Y usted, doctor?

—Yo no he visto nada en absoluto.

McDonald tenía la voz temblorosa. Miraba la fachada de la casa como si esperara que le aclarara las ideas. De repente, se volvió e hizo visera con la mano sobre los ojos. Señaló los barcos pesqueros.

—Si no están todos dormidos, deben de haber visto algo —observó.

El doctor Hailey estaba ocupado con su linterna. Alumbró la pared.

No había indicios de que hubieran intentado escalarla. Se desplazó a cierta distancia a derecha e izquierda e inspeccionó esas zonas. En la hierba no había ninguna marca como la que habría dejado una escalera si se hubiera utilizado para llegar a la ventana. Se volvió hacia Duchlan, que estaba a su lado.

—El fiscal me dijo que inspeccionó el suelo bajo la ventana de su hermana —señaló.

—Lo hizo, sí. Yo estaba con él. En esa ocasión, teníamos la

ventaja de que era de día y, también, de que hay un macizo de flores bajo la ventana. No encontramos nada. Ni pisadas ni marcas de escalera.

—Parece que aquí tampoco hay nada.

—Nada de nada.

Se quedaron uno frente al otro en silencio. Un suave murmullo de voces les llegó desde los barcos pesqueros. El doctor Hailey se dio la vuelta y bajó el terraplén hasta la orilla del agua. Saludó al barco más cercano y le respondieron con el suave acento de las Tierras Altas.

—¿Han visto a alguien en esa ventana iluminada de ahí arriba?

—No. Estábamos durmiendo. Nos han despertado sus voces.

—¿Han oído algo?

—No, señor.

El doctor Hailey, exasperado por la calma del hombre, le contó lo que había sucedido. La noticia fue recibida con una retahíla de exclamaciones.

—Pensaba que su vigía podría haber visto algo en la ventana.

—No hay vigía cuando fondeamos en la costa. Pero todos tenemos el sueño ligero. Como le he dicho, han sido sus voces las que nos han despertado. No ha habido gritos que salieran del dormitorio. Ni ningún otro ruido.

Regresaron a la casa y entraron en el despacho de Duchlan. El doctor Hailey le dijo a Eoghan Gregor que quería ver a su hijo antes de seguir ocupándose del caso de Dundas, y él y McDonald dejaron a padre e hijo juntos y subieron a la última planta de la casa. Oonagh los recibió en lo alto de la escalera.

—Ha tenido otro episodio —gritó en tono angustiado.

Hizo una breve pausa antes de la palabra «episodio». El

doctor Hailey comprendió que había querido decir «ataque». El término la atemorizaba demasiado para poder pronunciarlo. Oonagh entró la primera en una habitación espaciosa que tenía las paredes repletas de pasajes de la Biblia. El niño estaba acostado; cuando el doctor Hailey se acercó a la cuna, una anciana con cofia y delantal, que hasta ese momento estaba inclinada sobre el niño, se enderezó y se apartó para dejarlo pasar. Su cara, ancha y con profundas arrugas, estaba surcada de lágrimas. El doctor Hailey retiró la bolsa de hielo de la frente del niño y le miró los ojos, abiertos como platos. Encendió la linterna y, de improviso, le enfocó la carita con el haz. Cuando el paciente hizo una mueca, asintió con la cabeza de manera tranquilizadora.

—¿Lo ha explorado en busca de signos? —le preguntó a McDonald.

—Sí, son todos negativos.

—¿También los de Kernig?

—Sí.

El doctor Hailey le acarició la mano al pequeño, que la tenía cerrada en un puño sobre la colcha. Le preguntó cómo se llamaba y obtuvo una respuesta clara.

—Hamish Gregor de Duchlan.

Según parecía, a los pequeños del castillo de Duchlan también les enseñaban a subrayar la importancia de sus derechos territoriales.

—¿Quién te enseñó tu nombre? —preguntó.

—La tía Mary.

El médico se agachó y le pasó la uña por el antebrazo con suavidad, un procedimiento que la niñera observó con mucha atención. Al cabo de un momento, apareció una roncha roja en esa zona de la piel. La roncha se volvió rápidamente más marcada y palideció en el centro, como si hubieran fustigado el brazo con una tralla. Oonagh y la niñera exclamaron consternadas.

—¿Qué significa? —preguntó la madre.

—Nada.

—¿Cómo?

—Indica un determinado tipo de temperamento nervioso, nada más. Los ataques se deben a lo mismo. Pronto pasarán, aunque podrían volver. —El doctor Hailey intercambió una sonrisa con su paciente, que estaba mirándose la roncha con asombro. Y añadió—: No hay absolutamente nada que temer, ni ahora ni en el futuro.

Oonagh le dio las gracias con innegable sinceridad. Parecía haber cambiado desde la noche que la había salvado, pero, aun así, el doctor observó que tenía los nervios a flor de piel. Se preguntó si el niño habría heredado su debilidad de ella, pero decidió que lo más probable era que Dundas estuviera en lo cierto. La joven gozaba de buena salud física pese a la severa tensión mental a la que estaba sometida. Escuchó las instrucciones sobre el tratamiento de su hijo con un dominio de sí misma admirable y las repitió para orientar a la anciana niñera.

—Supongo que ha observado —le dijo el doctor Hailey a la niñera— que al niño le salen moretones con facilidad, y algunas veces con más facilidad que otras.

—Sí, doctor. —El rostro grave y atractivo de la anciana se ensombreció—. A veces le digo que es un patosillo porque siempre va lleno de moretones. Y algunos le salen solos. No sabía que era por los nervios.

Su voz era melodiosa y apremiante como un riachuelo en plena crecida. Y su tono daba a entender que solo estaba convencida a medias. Duchlan no mentía cuando había descrito a sus criados como amigos de la familia.

—Se le pasará con la edad.

La niñera vaciló un momento. Luego, la sangre le oscureció las arrugadas mejillas.

—Debo decirle, doctor —observó—, que Hamish ha empeorado últimamente. Está apagado y deprimido. A veces creo que le tiene miedo a algo o a alguien. Los niños son más sensibles que las personas mayores.

Se interrumpió y miró a Oonagh como si temiera haberse excedido. Pero la joven asintió con la cabeza.

—Yo también me he dado cuenta —dijo—. Está «con flojera», como decimos en Irlanda.

—Los niños son más sensibles que las personas mayores —repitió Christina—. Parecen saberlo cuando algo los amenaza. Se preocupan y les entra miedo. No sirve de nada negarlo. ¿De qué medios disponemos para saber todo lo que pasa por la cabeza de un niño?

Habló con dulzura, sin ningún ánimo de ofender. Quedaba claro que la preocupación era lo único que dictaba sus pensamientos.

—Me temo que disponemos de muy pocos medios —convino el doctor Hailey.

—Sí, muy pocos. Usted, que tiene los conocimientos, sabe que los ataques se deben a los nervios, pero ¿qué es lo que le está afectando los nervios? Eso es lo que me gustaría saber.

El médico negó con la cabeza.

—Eso es muy difícil de decir —reconoció—. A veces, el reumatismo provoca esta clase de irritabilidad nerviosa. Pero existen otras causas, sin duda. Una vez vi un caso que se debía sin ninguna duda a un susto muy fuerte y en otra ocasión pude identificarlo como un agotamiento nervioso provocado por la angustia. A aquel pobre niño lo aterrorizaba su padre, que era un borracho.

La anciana niñera se ruborizó violentamente.

—En las Tierras Altas —dijo—, creemos que existen más causas para los problemas de las que puede encontrar cualquier experto.

Habló de manera críptica, pero con total sinceridad. El doctor Hailey vio asomar una sonrisa a los labios de McDonald. ¿Se trataba de una alusión velada a la relación que existía entre Eoghan y su esposa? Los ojos de Oonagh sugerían que a ella se lo parecía.

—¿Cree usted que los niños son capaces de saber y entender lo que sienten los mayores? —le preguntó el médico a Christina.

—Sí, doctor. Es más, creo que se puede envenenar una mente igual que se envenena un cuerpo.

Cuando salieron de la habitación, McDonald puso la mano en el brazo de su compañero.

—Ya ve cómo somos la gente de las Tierras Altas —declaró—. No hemos cambiado.

—No son ustedes los únicos supersticiosos en lo que respecta a las enfermedades nerviosas, ¿sabe? —replicó el doctor Hailey—. La humanidad entera les tiene miedo. En la Edad Media, se veneraba a las personas que tenían facilidad para que les salieran moretones. Hay miles de casos documentados de hombres y mujeres que podían producirse los estigmas de la Cruz en las manos, los pies y la frente. Se suponía que esas personas estaban en íntimo contacto con seres divinos. Otras llevaban marcas que se atribuían popularmente a la caricia del diablo o a un mal de ojo. Por ejemplo, parece cierto que la verdadera razón de que Enrique VIII se deshiciera de Ana Bolena tan deprisa fue que le vio unas marcas en la piel que presuntamente solo tenían las brujas. Era más supersticioso que cualquiera de ustedes.

Regresaron al salón de fumar para reunirse con Duchlan y su hijo. En ese momento, Angus el gaitero apareció en la puerta. Anunció que un joven pescador deseaba hablar con el señor.

—Hazlo pasar, Angus.

Entró un hombre alto con un jersey azul. Llevaba una boina escocesa en la mano. Cuando estuvo en mitad del salón, se detuvo y se puso a tironear de la gorra como haría una mujer que descose una costura. Duchlan lo saludó con cordialidad.

—Dime, Dugald, ¿qué te trae por aquí esta noche? —le preguntó e, inmediatamente después, antes de que el joven pudiera responder, lo presentó como el hermano de «mis dos buenas amigas y asistentas, Mary y Flora Campbell».

Dugald recuperó el aplomo poco a poco. Explicó que sus amigos le habían dicho que el lord deseaba hablar con un pescador que no hubiera estado dormido durante esa última hora y que, por tanto, hubiera podido ver lo que sucedía en el castillo.

—Yo estaba en el barco más alejado —añadió— y no dormía. He visto la casa todo el tiempo.

Angus le acercó una silla y el joven tomó asiento. El doctor Hailey le preguntó:

—¿Estaba mirando la casa?

—Sí.

—¿Qué ha visto?

—Había una ventana con luz. Se ha asomado un hombre grande y, después, al cabo de mucho rato, uno pequeño.

—¿No les ha visto la cara?

—No, señor. Porque estaban a contraluz. La luna daba en las ventanas, pero la luz de la habitación era más fuerte.

El médico asintió con la frente, manifiestamente de acuerdo con aquella acertada reflexión.

—Exacto. ¿Recuerda cuál de los dos hombres que ha visto se ha quedado más tiempo en la ventana, el grande o el pequeño?

—El grande, señor.

El doctor Hailey se volvió hacia sus compañeros.

—Me he asomado a la ventana después de entrar en la habitación. Tenía calor y me he quedado un buen rato ahí. Así que, de momento, parece que vamos bien. —Se dirigió al pescador—: ¿Puede describir lo que ha visto del hombre pequeño?

—Lo he visto en la ventana. Se ha apartado enseguida

El médico se inclinó hacia delante.

—¿No ha notado nada raro en cómo se ha asomado o se ha apartado de la ventana?

—No, señor.

—Piénselo bien, por favor.

—No, señor, no he notado nada. Se ha asomado y se ha apartado, como el hombre grande.

—¿No ha oído un grito?

—No he oído ninguno.

—¿Era la única ventana de la planta que estaba iluminada?

—Sí, señor.

—¿Está completamente seguro?

—Sí, señor.

—¿Qué opina, Duchlan?

El anciano inclinó la cabeza.

—Lo que dice es totalmente cierto. Yo estaba aquí con Eoghan. La ventana del cuarto de Hamish no da al mar.

El doctor Hailey se puso el monóculo en el ojo.

—Ha dicho que la luna iluminaba directamente la casa. ¿Ha visto algo extraño en la pared o en el tejado?

—No, señor, nada en absoluto.

—¿Cree que, si alguien hubiera utilizado una escalera para encaramarse a la ventana, ¿lo habría visto?

—Oh, sí, seguro.

—¿A pesar de la luz de la ventana?

—Sí. Si un gato hubiera trepado hasta allí, lo habría visto. No había ninguna escalera.

—¿Pondría la mano en el fuego?

—Sí, señor.

—Dime, Dugald —le preguntó Duchlan—, ¿has visto flotar algo cerca de tu barco más o menos mientras el hombre pequeño estaba en la ventana?

Una expresión de miedo asomó a los ojos del joven. Enarcó las cejas y después frunció violentamente el entrecejo.

—No, señor.

—Algo que brillaba.

—No, señor.

Dugald tironeó con más fuerza de su gorra escocesa. El miedo de sus ojos se había vuelto más intenso. Era obvio que conocía bien las historias sobre los nadadores que parecían peces. Miró a Duchlan con expresión interrogante.

—Me ha parecido ver brillar algo cerca de uno de los barcos —explicó el anciano—. Pero con la luna nunca se sabe.

El malestar de Dugald iba en aumento.

—No he visto nada, señor, nada en absoluto. Pero Sandy Dreich ha dicho que la noche iba a ser mala porque nos hemos cruzado con cuatro mujeres cuando bajábamos a los barcos. Y, claro, no ha habido pesca. Sandy ha visto un banco a poca distancia del arroyo y hemos echado la red. Pero la hemos recogido vacía.

Les comunicó aquella información con extrema seriedad. Y así la recibió Duchlan. Noble y pescador parecían coincidir en la probable causa de la mala pesca.

—¿Da mala suerte encontrarse con mujeres cuando se dirigen a los barcos? —preguntó el doctor Hailey.

—Sí, señor; muchos dan media vuelta cuando les pasa.

El médico miró a Duchlan.

—Los pescadores de Holy Island, en la costa de Northumberland, no salen si oyen decir a alguien la palabra «cerdo». Ellos no la pronuncian jamás. Todos los cerdos de Holy Island son criaturas, *craturs*, como los llaman allí.

El anciano inclinó la cabeza con gesto grave. No hizo ningún comentario y quedó claro que el tema le parecía inoportuno en las presentes circunstancias.

Pidió a Angus que le ofreciera una copa al pescador. Cuando se hubo marchado, Duchlan despertó del letargo en el que parecía haberse sumido.

—Doctor Hailey, ¿usted mismo puede atestiguar que no ha entrado nadie en la habitación después de que saliera? —le preguntó.

—Sí.

—¿Así que tanto la puerta como las ventanas estaban igual de bien cerradas que si les hubieran echado la llave y el cerrojo?

—Eso parece.

—¿Igual de bien cerradas que las ventanas y la puerta de la habitación de mi pobre hermana?

—Sí.

El anciano se irguió en el sillón.

—¿Puede sugerir alguna explicación para esas dos tragedias? —preguntó.

—No, ninguna.

—¿Son exactamente iguales?

—Sí.

—¿Exactamente iguales en su concepción y ejecución?

—Sí.

—¿Así que deben ser obra de la misma mano?

—Eso parece.

Se hizo el silencio; ambos se miraron con preocupación.

—A primera vista, es imposible que haya podido cometerse un asesinato en ninguno de los dos casos —dijo Duchlan por fin.

Su voz se fue apagando. Empezó a removerse inquieto en el sillón. Su costumbre de atribuir tantos acontecimientos de su vida a agentes sobrenaturales era sin ninguna duda la causa del miedo que se palpaba en sus facciones.

—Habrá que volver a llamar al señor McLeod —observó el doctor Hailey—. Puedo estar equivocado, pero presiento que no tenemos tiempo que perder. Lo que ha ocurrido dos veces puede suceder tres.

Parecía que sus compañeros estuvieran pensando lo mismo. El doctor McDonald miró a su alrededor con aire incómodo mientras Duchlan se enjugaba la frente. La manera en la que Eoghan prometió ir de inmediato a la comisaría de Ardmore también reflejó su premura.

# 13
## «Sobre esta casa pesa una maldición.»

El doctor Hailey dedicó la mañana siguiente a inspeccionar el terreno bajo la ventana de Dundas. El calor había compactado tanto la hierba que era inútil esperar que le diera muchas pistas; no le dio ninguna. Por muy compacta que estuviera, tendría que haber quedado algún rastro de una escalera que hubiera soportado el peso de un hombre. Miró el escarpado terraplén con ojos inexpresivos; luego, su mirada recorrió la hierba hasta el arroyo y más allá, al fiordo. Negó con la cabeza y regresó al castillo de Duchlan, donde lo esperaba el señor McLeod, recién llegado de Campbelltown. El fiscal parecía muy afectado por la nueva tragedia.

—¿Qué manera de matar es esta, doctor —le preguntó—, que atraviesa puertas cerradas? —Su tono era acusador. Luego añadió—: Duchlan me ha dicho que no hacía ni un minuto que usted y McDonald habían dejado al pobre hombre cuando lo mataron. ¿Es así?

—No creo que transcurriera un minuto desde que nos fuimos hasta que murió.

El gran rostro del señor McLeod palideció.

—Está diciendo que a Dundas lo fulminaron, no que lo asesinaron —exclamó sobrecogido.

Habían entrado en el despacho. El fiscal se sentó y se quedó cabizbajo. Después de permanecer durante unos minutos en esa humilde postura, explicó que había pedido ayuda a Glasgow.

—Enviarán a su mejor hombre, cuente con ello.

—Eso espero.

—¡Pobre Dundas! —se lamentó con voz entrecortada—. Este caso iba a hacerlo famoso. Qué poco sabemos, doctor Hailey, de los inescrutables designios de la Providencia. —Hizo una pausa y después añadió—: He oído que sobre esta casa pesa una maldición.

Parecía aquejado de una especie de parálisis, ya que se hundió aún más en la silla. Siguió asintiendo con la cabeza y mascullando como repitiéndose verdades ingratas que intentaba aceptar. El doctor Hailey tuvo la impresión de que le aterraba que pudieran arrebatarle la vida en cualquier momento.

—He hablado con Duchlan al entrar —continuó McLeod—. Me ha dicho que le pareció ver un objeto brillante en el agua momentos después de que muriera Dundas.

—Sí.

—También se lo ha contado, ¿no?

—Sí.

El tono del doctor Hailey era seco, para no alentar al fiscal.

—De ser cierto, es muy extraño. —El venerable fiscal se enjugó la cara—. Hay historias extrañas sobre Loch Fyne, como quizá ya sepa. A veces, los pescadores cuentan cosas raras.

—Eso creo.

El señor McLeod se levantó.

—Sí —exclamó en tono afable—, es fácil decir que son meros cuentos de viejas. Pero estos hombres son observadores perspicaces con los sentidos muy bien desarrollados y entrenados. ¿Quién sabe si son capaces de ver, oír y sentir más de lo que usted o yo podríamos ver, oír o sentir? Se pasan la vida mirando la superficie del agua, que es el espejo de los cielos.

El médico asintió con un gesto. Observó que el señor McLeod se debatía, en su temor, entre su tendencia innata a la superstición y las ideas que había adquirido durante su vida. Esas se basaban en pesimistas reflexiones sobre la insignificancia y fugacidad de la vida humana procedentes de los profetas hebreos menores. ¡No le extrañaba que el fiscal encontrara el whisky imprescindible para su bienestar!

Lo dejó en el despacho y subió a la habitación de Dundas. No habían movido el cadáver. Un rayo de sol le acariciaba los rubios cabellos. Era fácil apartar el pánico de McLeod y de los demás, pero no lo era tanto eludir las influencias que lo habían provocado. Cogió una de las libretas que el policía había rellenado con detalles de su investigación. Lo entristeció leerla. Las páginas estaban cuajadas de observaciones negativas; lo había descartado todo: la puerta, las ventanas, las paredes, el techo, el suelo. El último apunte no estaba exento de un cierto patetismo: «Habrá que volver a empezar».

Dejó la libreta en su sitio y se limpió el monóculo. Lo acercó a la cabeza del muerto, a la parte donde le habían fracturado el cráneo, y volvió a asombrarse de la violencia del golpe. En la habitación no había ninguna arma capaz de infligir una herida tan grave, de eso estaba seguro. Ya había examinado todos los objetos que podrían haberse empleado. El asesino se había llevado su propia arma o, mejor dicho, armas; un hacha, quizá, en el caso de la señorita Gregor, y una cachiporra o un puño americano en el de Dundas. La primera arma, si se hubiera usado en el segundo asesinato, le habría partido el cráneo de cuajo. Se asomó otra vez a la ventana y volvió a mirar el escarpado terraplén que descendía hasta el riachuelo. El otoño ya había empezado a vestirse de escarlata y azafrán; el aire había adquirido la luz mágica que solo se observa en los días menguantes del año y parece de la misma textura que los colores que baña. Observó el espeso follaje de los castaños de la otra orilla del arroyo, dorado y verde pálidos. Las hojillas de los abedules parecían susurrarle al viento, livianas como las lentejuelas de un vestidito infantil; las hayas y robles se asemejaban vinosos y ebrios bajo el azote del viento; los serbales estaban teñidos por el rubor de sus frutos. Desde ahí, era fácil arrojar un arma a esa colorida maraña o incluso al arroyo. Pero no, lo había registrado todo a fondo y sabía que no había ninguna arma escondida en ninguno de esos lugares. Se apartó de la ventana. Se agachó y de una zancada se acercó rápidamente al muerto.

La luz había revelado un destello plateado entre los dorados cabellos. Vio que se trataba de otra escama de arenque.

# 14

## Una omisión extraña

El descubrimiento de la escama de arenque en la cabeza de Dundas llevó al doctor Hailey a visitar a McDonald en Ardmore. La casa del médico se encontraba en un espolón rocoso que dominaba el puerto. Cuando enfiló el camino, que ascendía en zigzag hasta la puerta, pudo ver aquella singular cuenca natural en toda su extensión, con sus islas y bahías. La mayor parte de la flota pesquera estaba fondeada lejos de la costa, frente al pueblo, pero la superficie del agua estaba salpicada de esquifes que navegaban en parejas. Se fijó en sus líneas sobrias y delicadas, en perfecta armonía con sus cortos mástiles inclinados. Parecían gaviotas jóvenes con su primer plumaje gris, vivaces, entusiastas. Oyó el motor de un práctico que llegaba desde el fiordo. Esperó hasta verlo atravesar la estrecha bocana del puerto. A su paso, las algas que rodeaban las islas se alborotaron y el agua se rizó en las orillas. El olor a barcos, algas y pescado le impregnó las fosas nasales. Oyó voces distantes en el caluroso aire en calma. Subió otro trecho y se dio otra vez la vuelta. Desde aquella altura, las cabrias, con algunas redes que colgaban como cadáveres en la horca, ofrecían un espectáculo macabro, como los pecios de un gran barco escorado. Pero el color de las redes contrastaba gratamente con el pinar del cabo Garvel, al otro lado de la bahía.

La casa era de arenisca roja y tenía un tejado del mismo color que se perfilaba contra la colina que había detrás. Las ventanas daban al puerto, pero las vistas quedaban limitadas por las rocas y el brezo que rodeaban la casa, un mosaico de tonos morados, verdes y grises, yermo y desolado, incluso bajo el sol. Llamó al timbre y salió una mujer joven cuya tez rubicunda y lustrosos cabellos oscuros se correspondían con el canon de belleza tradicional de las Tierras Altas. Lo hizo pasar a una espaciosa habitación y solo entonces anunció que su señor aún no había regresado de su paseo matutino.

—Pero volverá de un momento a otro, así que a lo mejor puede quedarse a esperarlo.

Se marchó de inmediato, sin oír su respuesta. Hailey se dirigió a la librería que ocupaba una pared de la habitación y echó un vistazo a los libros. Al parecer, McDonald era un lector de gustos católicos, ya que allí estaban casi todos los clásicos de la literatura europea, sobre todo la francesa: Balzac, Flaubert, De Maupassant, Montaigne, Voltaire, Sainte-Beuve. Sacó uno o dos volúmenes. Estaban muy desgastados. No había libros de medicina en ninguno de los estantes. El dueño de la biblioteca era claramente un romántico, aunque había templado su entusiasmo con otros intereses. Le costaba armonizar al hombre que conocía con sus libros. La habitación era cómoda tal como los hombres entienden la palabra; estaba provista de sillas grandes y todo lo necesario para leer y fumar. Había una escopeta apoyada contra la pared en un rincón, de un modelo bastante anticuado y con los cañones muy bien engrasados. Un jarrón lleno de cartuchos adornaba la repisa de la chimenea. Las paredes tenían cuadros de barcos, todos del mismo artista, sin duda, y todos igual de mediocres. El doctor Hailey examinó uno. Lo firmaba el propio McDonald.

Se sentó y tomó un pellizco de rapé. La profesión médica,

reflexionó, estaba repleta de hombres que pasaban toda su vida deseando no haberse dedicado a ella. No obstante, muy pocos de ellos lograban escapar porque, a pesar de tener un temperamento artístico, carecían de la fuerza expresiva necesaria o quizá de la destreza requerida. La práctica de la medicina exigía demasiado tiempo y esfuerzo para compaginarse con cualquier otro interés. Como McDonald pintaba cuadros, seguramente también escribía novelas o poesía. Era poco probable que su talento como escritor fuera mejor que su talento como pintor. ¿Por qué no se había casado?

Tomó otro pellizco de rapé para responder a esa última pregunta, pero, antes de poder hacerlo, el propio McDonald entró a zancadas en la habitación.

—Annie me ha dicho que me esperaba un hombre muy alto —exclamó—. He pensado que debía de ser usted. —Le estrechó la mano—. ¿Alguna novedad?

—Poca cosa... Había una escama de arenque en la cabeza de Dundas.

—¡Santo Dios! ¿Así que han usado la misma arma en ambos casos?

El doctor Hailey negó con la cabeza.

—No me parece probable —respondió—, aunque, por supuesto, la hoja de un hacha podría infligir una herida así.

McDonald pareció vacilar. Se quedó en mitad de la habitación, con el entrecejo fruncido y toqueteándose la barbilla. Por fin, negó con la cabeza.

—Esas escamas son bastante misteriosas —declaró—, pero, en mi opinión, el verdadero misterio no van a resolverlo ellas ni nada relacionado con las armas. Hasta que pueda explicar cómo entraron y salieron de esas dos habitaciones, estará trabajando a ciegas.

El doctor Hailey se quedó pensativo.

—Es obvio que Duchlan ha decidido que los asesinatos son obra de un poder sobrenatural —señaló.

—Eso seguro que iba a hacerlo de todas formas.

—Sí. Y, por eso mismo, es difícil que el asesino no haya caído en la tentación de aportar pruebas de ese poder sobrenatural. Las mismas que tenderían a paralizar a sus perseguidores.

—No le sigo. ¿Qué pruebas de un poder sobrenatural ha aportado?

—Las escamas de pescado.

McDonald lo miró sin comprender.

—¡Escamas de arenque en Loch Fyne! ¿Cómo pueden ser una prueba de un poder sobrenatural?

—A Duchlan le pareció ver algo que brillaba bajo la luna y se alejaba de la desembocadura del arroyo después de que asesinaran a Dundas.

El médico de Ardmore silbó.

—Así que se trata de eso, ¿eh?

—¿De qué?

—De los nadadores. Cada vez que sucede en Loch Fyne algo que no puede explicarse, les echan la culpa a los «nadadores». Molestan a los bancos de arenques para que la pesca sea mala o llaman a los peces para que salgan de las redes cuando están a punto de recogerse. Uno puede señalar que esas pérdidas se deben a descuidos hasta ponerse lívido. Pero nadie te cree. ¿Qué pueden hacer los meros mortales contra semejantes seres?

El doctor Hailey asintió con la cabeza.

—Ardmore vive del mar —apuntó McDonald.

—La mayoría de las supersticiones, como sabe, plasman la mala suerte. En los distritos agrícolas, los demonios arruinan las cosechas y secan los pozos...

—Exacto.

—En nuestro caso, lo importante es que pueden haber introducido las escamas en las heridas a propósito para sugerir que los asesinatos no son obra de ningún ser humano. De ser así, quizá podamos encontrar a nuestro hombre mediante un proceso de eliminación. Utilizar la superstición como tapadera de dos crímenes demuestra un grado de inteligencia considerable.

—Sé a qué se refiere. Los criados, por ejemplo, no pensarían en hacer eso.

El doctor Hailey asintió con la cabeza. Se reclinó en la silla

—¿Cuánto tiempo lleva siendo el médico del castillo de Duchlan? —le preguntó.

—Más de diez años.

—¿Y, no obstante, no sabía que habían herido a la señorita Gregor?

—No. Nunca le exploré el pecho. —McDonald fue a zancadas hasta la ventana y regresó—. Padecía resfriados a menudo y hace dos años tuvo una bronquitis grave, pero nunca me dejó auscultarla. Antes de visitarla por primera vez, Duchlan me dijo que les tenía un horror casi obsesivo a los reconocimientos médicos y que debía hacer todo lo posible por tratarla sin generarle angustia.

—¿Así que él sabía lo de la cicatriz? Dundas me dijo que negó todo conocimiento de ella.

—Cabe la posibilidad de que la señorita Gregor diera a su hermano las mismas excusas que a sus médicos, ¿no? Quizá Duchlan creía que no soportaba que la exploraran.

El doctor Hailey asintió con la cabeza.

—Es cierto. Pero debe reconocer que es extraño que sufriera una herida tan grave sin que nadie de la casa se enterara. —Frunció el entrecejo—. Sigo pensando que, cuando cerró la puerta con llave, era víctima del pánico. ¿Hay algún retrato de la esposa de Duchlan en la casa?

—Yo no he visto ninguno.

—Lo busqué en todas las salas comunes y en algunos de los dormitorios, y no lo encontré. Para un hombre que se aferra a sus pertenencias con tanto tesón, es una omisión extraña. Cualquier otro acontecimiento de la vida de Duchlan se celebra de algún modo en sus paredes.

McDonald se sentó y movió la pata de palo hacia delante con ambas manos.

—¿Adónde quiere llegar? —preguntó.

—Empiezo a pensar que la esposa de Duchlan tuvo algo que ver con la herida de la señorita Gregor. Eso explicaría la ausencia de su retrato y el deseo de ocultar la cicatriz. Podría justificar el pánico de la señorita Gregor al ver a la esposa de Eoghan. Recuerde que tanto el padre como el hijo se casaron con irlandesas. La repentina aparición de la señora de Eoghan en su habitación pudo haber recordado a la anciana una grave crisis de su vida.

—La señorita Gregor, créame, era una mujer muy cabal.

—Seguro que sí. Pero los traumas de esa clase, como ya sabe, dejan cicatrices imborrables en la mente, de manera que cualquier cosa que los recuerda ocasiona una postración nerviosa.

—De acuerdo. —McDonald volvió a cambiar la pierna de postura y se inclinó hacia delante—: ¿Y qué pasó entonces después de que echara la llave?

—Creo que cerró las ventanas y les echó el cerrojo. Es lógico suponer que estaban abiertas por el calor.

—¿Y luego?

—Luego la asesinaron.

El médico rural suspiró.

—Luego la asesinaron —repitió. En tono abatido, añadió—: ¿Cómo? ¿Por qué? ¿Quién?

Alzó sus afables ojos grises para mirar a su colega a la cara. El doctor Hailey desestimó sus preguntas con un gesto de impaciencia.

—Olvídese de eso. Volvamos a la señora de Eoghan. Me contó que fue a la habitación de su tía con una bata azul de seda porque había discutido con ella antes de cenar y quería hacer las paces. Pudo darse una secuencia de hechos parecida en el caso de la esposa de Duchlan.

McDonald puso ahora cara de preocupación.

—¿No estará sugiriendo —preguntó en tono impaciente— que esa herida espantosa la infligió una muchacha?

—No. —El doctor Hailey negó con la cabeza—. Corre demasiado, amigo mío. Olvídese de la habitación por un momento, bórrela por completo. He aquí una pregunta más interesante: ¿fue la pelea de la señorita Gregor con la esposa de su sobrino de la misma índole que la que tuvo con la esposa de Duchlan? La respuesta depende, obviamente, de la señorita Gregor. Hay mujeres, muchas mujeres, que son incapaces de vivir en paz con las esposas de sus parientes, que las consideran intrusas y cuyo principal objetivo pasa a ser distanciar a sus maridos de ellas, a veces incluso a sus hijos. ¿Era la señorita Gregor una de esas mujeres?

Su reflexión dio paso a un prolongado silencio. El malestar de McDonald pareció aumentar por momentos. No paró de removerse en la silla y de cambiarse la pata de palo de postura con cada movimiento del cuerpo. Un fuerte rubor le había teñido las mejillas.

—Era una de esas mujeres —dijo por fin.

# 15

# La verdadera enemiga

McDonald se levantó y se quedó de espaldas a la chimenea vacía.

—De hecho —añadió—, sé de buena tinta que los celos de la señorita Gregor le hicieron la vida imposible a la señora de Eoghan en el castillo de Duchlan. Casi desde el momento en el que Eoghan se marchó a Malta, su tía empezó a atormentar y perseguir a su esposa. Su mayor queja era que no estaba educando bien al pequeño Hamish, el heredero de Duchlan.

El doctor hizo una pausa y se dio la vuelta para coger la pipa de la repisa de la chimenea. Se la llevó a la boca y abrió un tarro de tabaco.

—Lo sé por la propia señora de Eoghan —explicó—. Supongo que puedo considerarme uno de los dos únicos amigos que tiene en este vecindario.

Sacó un puñado de tabaco del tarro y empezó a cargar la pipa con una lentitud que no logró disimular su embarazo. El doctor Hailey vio que le temblaban las manos.

—Créame: el ambiente del castillo de Duchlan estaba cargado de recriminaciones, no pasaba ni un solo día en el que no hubiera alguna reprimenda. La señorita Gregor infligía sus heridas sin levantar la voz, en un tono que pronto se hizo insoportable. Nunca daba órdenes, sino que suplicaba. Pero sus súplicas eran como bofetadas. Tenía un ingenio increíble para descubrir los puntos débiles de su antagonista y un tesón incansable para sacarles provecho. Las cosas explotaron hace un mes.

La pipa estaba cargada. La encendió con cuidado.

—Hace un mes, el pequeño Hamish tuvo un ataque. Me llamaron. No tengo tanta experiencia en enfermedades nerviosas como usted y reconozco que me asusté. Supongo que la madre del niño percibió mi temor. Sea como sea, me confesó que estaba segura de que la causa del problema era su propio estado nervioso y que había decidido marcharse del castillo de Duchlan. «Eoghan ya casi ha terminado su trabajo en Ayrshire —explicó— y le he dicho que, si no nos vamos de aquí después de eso, lo abandonaré». Vi que no podía más. Intenté tranquilizarla, pero ya nadie podía convencerla. Cuando bajé del cuarto del niño, la señorita Gregor me estaba esperando. «Es su madre, pobrecillo —se lamentó—. Mi querida Oonagh quiere lo mejor para él, por supuesto, pero no tiene experiencia. Ninguna experiencia».

Se le cayó la pipa y se agachó para recogerla del suelo.

—Aún oigo su voz —declaró. Negó con la cabeza despacio y asomaron lágrimas a sus ojos—. «Hemos hecho todo lo que el amor puede hacer, doctor —me dijo—. Pero, por desgracia, nuestros esfuerzos no han sido bien recibidos. El padre de Eoghan está consternado. No se imagina cómo estoy yo. Ya sabe que siempre he tenido a Eoghan por un hijo y lo he querido como tal». Entonces me hizo la insinuación que yo estaba esperando: «¿No podría valerse de su autoridad para insistir en que mi querida Oonagh necesita reposo absoluto? Sus hermanas y hermanos se alegrarían mucho de verla y no tendría que preocuparse por el pequeño Hamish en ningún momento. Christina y yo nos dedicaremos a su cuidado». ¿Qué podía decir? Le respondí que esos planes debían esperar hasta que el niño se recuperara.

Hizo una pausa. El doctor Hailey, que lo observaba con atención, le preguntó:

—¿Cómo recibió ella su respuesta?

—Mal, es decir, con exquisita resignación. «Por supuesto, doctor —fueron sus palabras—, todos debemos acatar su opinión en un asunto como este. Solo usted posee los conocimientos necesarios para tomar una decisión. Pero siento que es mi deber ponerle al corriente de cuestiones de índole personal que ningún médico puede averiguar por sí solo». En otras palabras: «Si está de parte del enemigo, le haré la vida imposible». Lo vi en sus ojos. Y ella supo que lo había visto.

—No obstante, se mantuvo firme, ¿verdad?

El tono del doctor Hailey era esperanzado.

—Sí. Esa vieja despertaba mi instinto de lucha. Su voz quejumbrosa me ponía los pelos de punta. Solía engolar la voz y siempre pronunciaba mal el nombre irlandés de la señora de Eoghan, aunque la habían corregido cientos de veces. Su carácter obstinado tenía un fondo cruel, una esencia perversa que disfrutaba haciendo daño a las personas que le caían antipáticas. Uno miraba a la santa o a la mártir y sabía que había un pequeño diablo observándolo desde esos ojos llorosos. —McDonald's tenía el rostro arrebolado. Negó con la cabeza—. De haber habido otro médico en el pueblo, lo habría mandado llamar. Pero no lo hay. Tuvo que conformarse conmigo. Cada vez que nos veíamos, sentía que su antipatía aumentaba. Y no podía sentir antipatía sin criticar. Cuando una persona entraba en su lista negra, no tardaba en decir de ella que «no era como había que ser», una frase que sabía cómo utilizar para transmitir una impresión de desviación moral. Estaba seguro de que no tendría que esperar mucho para ver pruebas de sus ganas de castigarme...

El doctor Hailey levantó la mano.

—Un momento, por favor. ¿Siguió visitando a Hamish?

—Sí.

—¿Y negándose a permitir que la señorita Gregor se entrometiera?

—No consentí en que la señora de Eoghan dejara a su hijo y se marchara a Irlanda. Un día le dije que pensaba que la madre de un niño siempre era la mejor enfermera que se le podía procurar. La señorita Gregor se estremeció al oírlo y, solo por un momento, me dio lástima.

—Comprendo.

El nerviosismo de McDonald aumentó. Intentó volver a encender la pipa, pero desistió.

—Una semana después, hace tres semanas —prosiguió—, alguien llamó a mi puerta una noche justo cuando estaba a punto de acostarme. Abrí. Era la señora de Eoghan.

Un profundo silencio se cernió sobre la habitación. Lo quebró el agradable ruido de poleas y aparejos, el izado de velas. El doctor Hailey asintió con la cabeza sin hacer ningún comentario.

—La joven se hallaba en un estado lamentable, llorando, histérica, medio loca. Se desplomó en el recibidor cuando abrí la puerta. La cogí en brazos. Parecía que se hubiera vestido de cualquier manera. La hice entrar y la senté en esa silla —señaló con gesto brusco la misma que ocupaba el doctor Hailey—. Me dijo que se había ido del castillo de Duchlan para siempre. Más tarde, cuando se hubo recuperado un poco, me contó que había tenido una violenta discusión con la señorita Gregor. Dijo que Hamish había tenido otro ataque. «La tía Mary me ha acusado de maltratarlo... de estar matándolo. He perdido por completo el control».

—¿Le sorprendió que hubiera perdido el control? —le preguntó el doctor Hailey.

—No, no. Más bien me sorprendía que hubiera aguantado a la señorita Gregor durante tanto tiempo.

—No me refería a eso. ¿Cree que tiene un carácter histérico?

McDonald vaciló.

—Histérico no; excitable. Tiene la mente extremadamente ágil y es muy franca. La hipocresía de la señorita Gregor la exasperaba hasta el delirio. Me dijo que no le importaba lo que pudiera pasar. —Se tapó los ojos con la mano—. Encendí la chimenea porque la habitación se había quedado fría. Puse agua a hervir y preparé té. Al cabo de un rato, se calmó y me explicó lo que había ocurrido. Se habían acostado todos. La niñera la había llamado porque parecía que Hamish respiraba mal. Había corrido arriba y había encontrado a la señorita Gregor dándole una dosis de sales volátiles. Puede imaginarse el resto. Yo había dejado instrucciones de que no se le administraran estimulantes.

—Entonces ¿la señorita Gregor había propuesto darle sales volátiles?

—Sí. Esa misma mañana. La señora de Eoghan le ordenó que saliera del cuarto de su hijo. La señorita Gregor obedeció, pero despertó a su hermano y se lo llevó arriba para que luchara su batalla por ella. Duchlan era arcilla en sus manos; como la mayoría de los cobardes, tiene una vena cruel.

McDonald se interrumpió. Su malestar iba en aumento. Dejó la pipa y clavó los ojos en los cuadros de la pared.

—Naturalmente, la señora de Eoghan se refirió a mis instrucciones y exigió mi presencia. Duchlan dijo: «En mi opinión, y tu tía piensa como yo, el doctor McDonald ya ha venido suficientes veces últimamente». No cabía duda de lo que insinuaba. Ella no se defendió. Los dejó en el cuarto de su hijo y vino aquí.

—Entiendo.

El doctor Hailey cambió de postura en la silla. Alzó la vista y vio que su compañero seguía mirando los cuadros. Se le marcaban los músculos del cuello; tenía los brazos tensos.

—¿Hizo ese comentario influido por la señorita Gregor?

—Por supuesto. Ella siempre pensaba por su hermano. La señora de Eoghan descubrió que Duchlan no era el único al que intentaba influir...

—¿Cómo?

—La señorita Gregor escribía a Eoghan con regularidad.

—Y, aun así, la señora Oonagh vino aquí. Con eso estaba poniéndose en manos del enemigo, ¿no?

El doctor Hailey evitó mirarlo sin saber muy bien por qué. Su pregunta dio paso a un prolongado silencio. Por fin, McDonald respondió:

—Me figuro que Eoghan debió de escribirle una carta poco amable.

—¿Culpándola de llamarle a usted tan a menudo?

—Quizá acusándola de estar enamorada de mí.

El doctor Hailey se enderezó en la silla.

—¿Me está diciendo que estaba dejando a su marido e hijo cuando vino a su casa? —exclamó.

—Sí.

Oyeron izarse otra vela. El aire les trajo el ruido de remos en el puerto y, después, el insoportable pitido de un silbato de vapor.

—¿Por qué acudió a usted? —le preguntó el doctor Hailey.

—Para que le diera consejo y cobijo. —McDonald se dio la vuelta y volvió a coger la pipa. Su malestar parecía haberlo abandonado. Prendió el tabaco y empezó a fumar—. Como es natural —continuó—, usted quiere saber cuánta verdad había en la insinuación de la señorita Gregor. En lo que respecta a la señora de Eoghan, la respuesta es: ninguna en absoluto. Pero no es así en mi caso. Quiero que sepa —se volvió hacia su compañero— que me enamoré de ella casi desde la primera vez que la vi. Su marido se encontraba en Malta en ese momento. Ella estaba sedienta de amistad y ayuda y yo le procuré ambas cosas. No soy un niño. Sabía qué me había ocurrido. Y sabía que no tenía ninguna posibilidad, ya que Oonagh estaba enamorada de verdad de su marido. Pero conocer la causa del dolor no ayuda cuando es inevitable tener que soportarlo. Sí me resultó útil, en cambio, intentar facilitarle las cosas... —Negó con la cabeza—. Ella creía que mis motivos eran exclusivamente profesionales. Eran buenos motivos, que conste, ya que la pobre tenía los nervios crispados, destrozados. Pero la señorita Gregor no era tan ingenua. Yo había osado cuestionar su manera de proceder. Era un obstáculo en su camino. Peor aún, era un peligro. Como le he dicho hace un momento, me odiaba. —Respiró hondo—. ¿Sabe, Hailey, que había algo grande en el carácter de esa vieja malvada? Yo no podía evitar admirarla. El empeño con el que se afanó en desacreditar mis motivos, primero en su cabeza y después en la de Duchlan, ¡qué perseverancia! Y que conste que también me daba lástima. Eoghan era su hijo. Quería retenerlos a él y a su vástago para siempre. Lo veía en sus perspicaces ojos castaños. Yo tenía en mi contra más que el orgullo y la astucia de las Tierras Altas. Más que su voluntad de toro. La maternidad, ávida, insatisfecha, implacable, era mi verdadera enemiga. Un abismo llamaba a otro. Yo la conocía, y ella a mí. Solo cometió un error, lo que no es extraño en una mujer. Oonagh no estaba enamorada de mí y no sabía, no imaginaba, lo que yo sentía por ella. Esa es mi desgracia. Soy el único médico en un radio de veinte kilómetros. Oonagh siguió pidiendo que viniera, por ella o por Hamish, y yo pude acallar mi conciencia escudándome en mi sentido del deber. Pero los ojos de la vieja lo veían todo. Cuando Eoghan regresó de Malta, la tensión se hizo intolerable; de no haberse ido a Ayrshire, la ruptura habría sido inevitable. No la acusó de andar detrás de mí en ese momento, pero la idea ya debía de rondarle por la cabeza, donde se la había metido su tía. Pero la culpó de no ser agradecida con sus parientes y de ser demasiado laxa con la educación de Hamish. No se dirigían la palabra cuando Eoghan se marchó del castillo de Duchlan. Ese día, Oonagh me mandó llamar y me confió que tenía miedo de lo que la señorita Gregor pudiera hacerle.

# 16

## El inspector Barley

La confesión pareció librar al doctor McDonald de su yugo. Su actitud, hasta entonces pesimista y reservada, cambió.

—He sido franco con usted, Hailey —explicó—, porque, antes o después, va a enterarse de las sospechas que la señorita Gregor inculcó en tantas cabezas. Quiero que sepa la verdad. Oonagh ama a Eoghan. Su lealtad hacia él no ha vacilado ni por un instante. Venir aquí fue un gesto, su manera de protestar cuando sus temores por Hamish y su dolor porque su marido se hubiera puesto en su contra la llevaron al borde de una crisis nerviosa.

Tomó asiento y volvió a mover la pierna hacia delante.

—Por suerte, todo terminó mejor de lo que empezó. Yo estaba intentando convencerla de que me permitiera llevarla de regreso al castillo de Duchlan cuando llegó un coche. Era la anciana niñera, Christina, enviada como mediadora, porque, para entonces, Duchlan y su hermana ya tenían verdadero miedo. La anciana estaba muy afectada. Usted la vio anoche. Miró a Oonagh con esos ojos negros tan extraños y le dijo que Hamish no paraba de llamar a su madre. No sé qué fue, si su tono o algún otro rasgo de su voz, pero ella no pudo resistirse. Usted ha visto al niño, ha oído su voz. Oonagh cedió de inmediato. Entonces la niñera la consoló y le prometió que sus problemas se acabarían pronto. Era imposible no creerla.

Pero ella sirve a los Gregor. Percibí que, en su fuero interno, sospechaba de mí igual que la señorita Gregor. Curiosamente, me creó un sentimiento de culpa que jamás había sentido con la señorita Gregor.

Negó con la cabeza.

—Y no me equivocaba. Christina había adivinado mi secreto. Metió a Oonagh en el coche y volvió a entrar para coger el chal que se había olvidado en esta habitación. Yo me quedé junto al coche, pero, al ver que no regresaba, entré por si le había ocurrido algo. Ella se volvió y me miró igual que a Oonagh, pero con una expresión muy hostil. «Lo que Dios ha unido —dijo en tono solemne—, que no lo separe el hombre». Luego cogió el chal y marchó a toda prisa.

—¿Sabe qué pasó después de que la señora de Eoghan llegara a casa? —le preguntó el doctor Hailey.

—Oh, sí, la recibieron con alivio, aunque sin efusión. El alivio se pasa rápido. El sentimiento que quedó fue la vergüenza de que los hubiera humillado públicamente: el pecado imperdonable. Visité al niño a la mañana siguiente. La señorita Gregor estaba con él; me dijo que la señora de Eoghan se había acostado porque le dolía la cabeza.

—¿Se había rendido?

McDonald entornó los ojos. Negó con la cabeza.

—Yo no lo expresaría así. Oonagh no es irlandesa en vano. Estaba esperando el momento propicio. Comprendí que la verdadera batalla se libraría cuando regresara su marido. Pero también sabía que esa espera sería muy angustiosa para ella. Es de esas mujeres que no saben actuar solas; necesita un amigo que la aconseje y la ayude a reunir fuerzas. —Levantó la mano derecha, con la palma en horizontal y los dedos abiertos—. Supongo que todos dependemos en alguna medida de los sentimientos que nos impulsan en cada momento. Solo cuando nos encontramos en planos emocionales superiores podemos ser héroes. —Bajó la mano—. Aquí abajo hay debilidad y vacilación. Creo que lo cierto es que acudía a mí para que le diera fuerzas. Unos días después, me dijo que solo se sentía viva cuando hablaba conmigo. —Se inclinó hacia delante—. Aunque no era mi fuerza la que quería, sino la suya. Yo le ayudaba a hacer acopio.

El doctor Hailey asintió con la cabeza.

—Lo sé. La humanidad, además de química, tiene sus catalizadores.

—Exacto.

El doctor Hailey se levantó para marcharse.

—¿Puedo explicarle lo que me ha contado al nuevo policía de Edimburgo?

—Sí.

Se despidió con un apretón de manos. De repente, se dio la vuelta.

—¿Sabe por qué motivo Eoghan regresó de Ayrshire con tanta prisa?

La cara de McDonald perdió su entusiasmo: un lento rubor le tiñó las mejillas.

—Supongo que vino a pedir dinero. Pero Oonagh había mandado a buscarlo.

—¿Para que la sacara del castillo?

—Sí.

—¿Y él se negó?

El doctor Hailey hizo la pregunta como si ya conociera la respuesta.

—No lo sé.

—Eoghan es como su padre, ¿no?

McDonald negó con la cabeza.

—En algunos aspectos. No en todos. Por ejemplo, no es supersticioso. La formidable lógica de los irlandeses choca con ese elemento de las Tierras Altas.

—Cuando me lo presentaron —explicó el doctor Hailey—, me di cuenta de que era difícil de calar. No me formé una idea muy clara de su carácter aparte de que estaba enamorado de su esposa.

—Yo tampoco sé qué decirle al respecto.

—¿Y su esposa?

—Está enamorada de él.

El doctor Hailey suspiró.

—A veces —reconoció con bastante pesar—, me pregunto qué significa eso. ¿Se ven los amantes como son? ¿No son más bien sus ilusiones lo que contemplan?

No hubo respuesta. McDonald se pasó la mano por la frente con gesto de desaliento.

—Quizá los amantes lo ven todo y se lo perdonan todo —aventuró.

Después de despedirse de McDonald, el doctor Hailey se dirigió a pie a la casa parroquial próxima al puerto. Era un gran edificio cuadrado que estaba apartado de la carretera y rodeado de árboles achaparrados muy expuestos al viento. Llamó al timbre. Le abrió la puerta una niña que le informó de que su padre estaba en casa. Un momento después, un hombre bajo y fornido vestido con *clergyman* entró en el recibidor. Avanzó hasta la puerta y, con gesto afable, dio permiso a su hija para irse.

El doctor Hailey se presentó y el reverendo John Dugald lo invitó de inmediato a pasar. Lo condujo a su despacho y cerró la puerta. Una vez allí, trasladó de sitio un voluminoso sillón y pidió a su visitante que tomara asiento. Después de echar un vistazo a la impresionante colección de libros que ocupaban las cuatro paredes, el médico obedeció.

—¿En qué puedo ayudarle? —preguntó el pastor con un marcado acento de las Tierras Altas. Su cara afable estaba seria, pero los ojos le brillaban expectantes.

—Quiero que me hable del doctor McDonald.

—¿En serio? —El reverendo John tuvo que hacer un esfuerzo para contener su curiosidad—. McDonald no es miembro de mi congregación —dijo—. De hecho, no lo es de ninguna. Pero siempre me ha parecido un buen hombre, sí, y también competente. Cuando mi hijo pequeño tuvo una bronquitis el invierno pasado, le salvó la vida.

El doctor Hailey inclinó la cabeza.

—Estoy seguro de que es buen médico. Francamente, lo que me interesa es su carácter. Su manera de ser.

—No es una pregunta fácil de responder, señor. —El pastor se tomó un momento para reflexionar—. Si me la hubiera hecho hace seis meses —continuó—, le habría respondido que McDonald es un poeta y un pintor que perdió el rumbo y se hizo médico. Le habría dicho que su único interés eran sus libros y escribir.

Se interrumpió. Una expresión preocupada le mudó el rostro.

—¿Y ahora?

—Ahora es distinto. Han corrido rumores. Habladurías.

—¿Por ejemplo?

El reverendo John se movió incómodo.

—Seré franco con usted. El pueblo ha empezado a hablar de su estrecha relación con la señora de Eoghan Gregor. Y no solo el pueblo.

Se inclinó hacia delante. Bajó la mano derecha para coger la pipa, que estaba sobre una coquera de madera junto a su silla. Se la llevó a los labios.

—La difunta señorita Gregor era una de mis feligresas

—continuó—. Hace unos días, acudió a mí muy angustiada para pedirme consejo. Parece que había sorprendido a su nuera paseando por la orilla, de noche, con McDonald. Lo que la preocupaba era si estaba o no obligada a informar a su sobrino.

—Entiendo. ¿Qué le aconsejó?

—Le dije que fuera a ver al doctor McDonald y hablara con él.

—¿Y bien?

—Me replicó que apenas se dirigían la palabra.

El doctor Hailey frunció el entrecejo.

—¿Insinuó que McDonald estaba tan enamorado de la señora de Eoghan que era improbable que la escuchara? —preguntó.

—Sí.

—¿Qué le aconsejó en esa situación?

—No me sentí capaz de recomendarle nada. Pero me ofrecí a hablar personalmente con el médico. La señorita Gregor no aceptó mi ofrecimiento y se marchó diciendo que debía consultarlo con su propia conciencia.

—¿Fue usted el único al que confió esa información?

El pastor negó con la cabeza.

—No creo.

—En otras palabras, ¿cree que era un intento sistemático de manchar la reputación de la señora de Eoghan?

No hubo respuesta. El doctor Hailey volvió a echarse hacia delante.

—Dígame, ¿se inclina por creer la insinuación que le hizo? —le preguntó.

—No.

—¿Confía en McDonald?

—Sí, y en la señora de Eoghan.

El médico asintió con la cabeza.

—¿Y en la señorita Gregor? —le preguntó.

El silencio se cernió sobre el despacho. Por fin, el reverendo John respondió:

—La señorita Gregor, como le he dicho, era una de mis feligresas. Creo que pensaba que tenía buenos motivos para lo que hacía y decía. Al menos, eso espero. Pero siempre me ha parecido que había algún rasgo de su carácter que era difícil de conciliar con los ideales cristianos. A menudo he intentado identificarlo. No puedo decir que lo haya logrado. No era una mujer dura de corazón ni mezquina. Pero tenía algo...

Se interrumpió. El doctor Hailey se levantó y le estrechó la mano.

—Los celos —observó— no nos vuelven duros de corazón ni mezquinos salvo cuando se dirigen contra determinadas personas.

El policía que habían enviado de Glasgow para sustituir a Dundas ya había llegado cuando el doctor Hailey regresó al castillo de Duchlan. Estaba en el despacho con Duchlan. Cuando el médico entró, se levantó de un salto y alargó la mano con el ímpetu de un hombre que aparta a un niño de un peligro.

—El doctor Hailey, supongo. Soy el inspector Barley. Thompson Barley.

Le dio un vigoroso apretón de manos y le dirigió una ancha sonrisa que mostró unos dientes grandes y manchados.

—Encantado de conocerle, doctor —gritó—. Aunque sea por un *contretemps* tan trágico como este. —Puso un énfasis exagerado en la palabra «trágico»—. Duchlan estaba diciéndome lo amable que es usted. ¡Qué desgracia! ¡Qué desgracia! —Movió la mano en un gesto de reproche dirigido a los dioses—. ¡Qué desgracia!

El doctor Hailey se sentó a la mesa. Aquel escocés tan poco escocés le había llamado la atención. Barley, que llevaba una vistosa gabardina de cuadros blancos y negros, se paseaba como si fuera el gallo del corral y hablaba como un actor de teatro venido a menos que alardea de sus glorias pasadas en la barra de un *pub*, pero detectó otros atributos que le resultaron gratos. El inspector Barley tenía unos afables ojos grises; la frente bonita, cuadrada y muy ancha, y las manos expresivas. ¡Qué lástima que se hubiera teñido el pelo con jena!

—Voy a permitirme pedirle un resumen del caso —empezó Barley—. Después, espero que podamos colaborar en todo. —Se volvió hacia Duchlan e inclinó la cabeza ante él—. Seguro, señor, que usted conoce bien la distinguida reputación de la que goza el doctor Hailey, tanto en los círculos médicos como en los criminológicos. Pero permítame decirle que solo la élite de ambas profesiones sabe apreciar su verdadero valor. Solo la élite.

Bajó la cabeza con gesto enérgico al repetir la última frase. Tenía la boca entreabierta y una expresión ausente que, paradójicamente, resultaba muy expresiva.

Duchlan lo miró con vivo asombro.

—Sin duda.

El inspector Barley se volvió de nuevo hacia el médico. Escuchó su descripción de los dos asesinatos con el semblante grave, sin hacer ningún comentario, pero asintiendo con la cabeza en ocasiones cuando tomaba nota de un dato especialmente interesante. Su expresión era inescrutable. Sus facciones más bien toscas y su bigote hirsuto añadían un toque grotesco a sus modales ceremoniosos. Cuando el doctor Hailey terminó, se recostó en la silla y cerró los ojos.

—Misterioso. Muy misterioso —observó con una rapidez que rebajó el significado de sus palabras—. Parecen asesinatos de un nuevo género. De un nuevo género. Pero lo más probable es que no lo sean. El asesinato, como usted sabe, solo cambia de forma en aspectos que no son fundamentales. *Plus ça change, plus c'est la même chose.* Cuanto más cambia, más se parece.

Su acento francés era mejor que su inglés y explicaba en parte su teatralidad. Se levantó y se dirigió a la chimenea andando como si flotara por encima de la alfombra. Luego se apoyó en la repisa.

—Por supuesto, ya debe de haber pensado, doctor Hailey —exclamó—, que hay una persona que tuvo claramente la oportunidad de asesinar al pobre Dundas.

Hizo una pausa. Miró a sus dos compañeros. Ninguno dijo nada, aunque el doctor Hailey frunció el entrecejo.

—Me refiero al doctor McDonald, que regresó solo a la habitación de Dundas para coger su estilográfica.

Un sonido similar a un gruñido quebró el silencio.

Duchlan tenía la barbilla apoyada contra el pecho. Se bamboleó en el sillón y después se deslizó hasta el suelo.

# 17

# «¡Qué gran actriz!»

El inspector Barley, como Napoleón, a quien, según dijo, admiraba *à outrance*, sabía que el tiempo era oro. Solo le llevó unos minutos enterarse por Oonagh de que el doctor McDonald había visitado a su hijo la noche de la muerte de la señorita Gregor, una visita que, como el doctor Hailey se vio obligado a reconocer, se había pasado por alto en todas las investigaciones anteriores.

—Por supuesto, McDonald no ha ocultado sus frecuentes visitas al castillo de Duchlan —recalcó—. Y, como le he dicho, estaba presente cuando forzaron la puerta de la habitación de la señorita Gregor.

—Sí. Seguro que carece de importancia. —Barley se inclinó ante Oonagh, que estaba sentada en un sillón, disculpándose aparentemente por haberla interrumpido—. Le ruego que continúe, señora Gregor.

La joven miró al doctor Hailey y después bajó los ojos. Volvió a dar cuenta de su comportamiento en la noche del asesinato de su tía en una voz tan baja que apenas se la oía. Parecía extremadamente incómoda. Tenía ojeras y no paraba de pasarse la mano por la frente.

—En mi humilde opinión, y corríjame si me equivoco —exclamó Barley cuando Oonagh hubo terminado—, lo que acaba de referir puede resumirse de la manera siguiente: se había acostado temprano porque estaba indispuesta. La niñera, Christina, la avisó a eso de las nueve de que su hijo volvía a estar enfermo. Llamaron al doctor McDonald y, cuando él se marchó, usted quiso informar del resultado de su visita a su tía, la señorita Gregor, que ya se había metido en la cama, donde la estaba atendiendo como de costumbre la niñera, Christina. Por alguna razón que usted desconoce, la señorita Gregor se asustó al recibir su bienintencionada visita y echó la llave delante de sus narices. —Se reclinó en la silla e introdujo los dedos pulgares en las sisas del chaleco—. ¿Es así?

—Sí.

—¿El doctor McDonald ya se había marchado cuando usted fue a ver a la señorita Gregor?

La sangre abandonó poco a poco las mejillas de Oonagh.

—Se quedó con Hamish mientras yo iba a ver a mi tía —respondió con evidente esfuerzo—. Porque Christina estaba con ella.

—¿Y luego?

—Me esperaba en lo alto de la escalera. Bajamos juntos.

—¿Al despacho?

—Sí. El doctor McDonald quería darme algunas indicaciones sobre el tratamiento.

Barley paseó la mirada por el despacho y finalmente la clavó en el techo.

—Esta habitación está justo debajo del dormitorio de la señorita Gregor, ¿no es así? —le preguntó.

—Sí.

Tras un silencio, el policía se levantó y señaló a la joven con el dedo.

—Sostengo que el doctor McDonald la acompañó a la habitación de la señorita Gregor —exclamó—. ¿Es así?

—No.

—Tenga cuidado, señora Gregor.

—No me acompañó a la habitación de la señorita Gregor, Christina lo corroborará.

Oonagh le mantuvo la mirada; su belleza brilló con la fuerza de la convicción que reflejaba su rostro. Barley sofocó un grito de admiración.

—¡Qué gran actriz! —exclamó con insolencia.

Volvió a tomar asiento y no pareció darse cuenta de cuánto había ofendido su grosería. Hizo una seña a Oonagh para indicarle que ya podía marcharse. De pronto se levantó, le abrió la puerta e hizo una reverencia cuando ella salió. Tocó la campanilla y volvió a sentarse.

—El doctor McDonald la acompañó a la habitación de su tía —aseveró—, ya lo verá.

Angus, el gaitero, acudió a la llamada. Barley le ordenó sentarse con tanta ceremonia que el habitante de las Tierras Altas pareció pensar que se burlaba de él. Su rostro solemne expresó un vivo resentimiento.

—¿Vio usted al doctor McDonald la noche que asesinaron a su señora? —le preguntó el policía.

—Sí, señor.

—¿Dónde?

—En esta casa, señor.

—¿Dónde exactamente?

Angus se volvió y señaló la puerta con un gesto que combinaba magníficamente la deferencia con el desdén.

—Le abrí la puerta.

—¿Lo vio después?

—No, señor. El doctor me dijo que no lo esperara levantado porque ya le abrirían la señora Gregor o Christina cuando se fuera.

—¿Lo oyó marcharse?

—No. Mi habitación está en el otro extremo del castillo.

—¿Lo oyó alguien marcharse?

Angus vaciló. Se alisó la falda escocesa con la mano grande y enrojecida.

—Christina me dijo que lo oyó bajar a la primera planta, pero no al recibidor.

Barley dio un respingo y se inclinó hacia delante.

—¿Qué quiere decir?

—El doctor McDonald tiene una pata de palo, señor.

—Pídale a Christina que venga de inmediato.

Cuando la puerta se cerró, el policía ya no intentó disimular su júbilo. Empezó a pasearse de acá para allá con las manos entrelazadas en la espalda y la cabeza y los hombros echados hacia delante. Cada pocos pasos, se detenía para soltar un comentario, igual que hacen los pavos para gluglutear.

—¡Una pata de palo! Eso no me lo ha comentado. Pero, por supuesto, es un mero detalle... Mi querido doctor, creo que la resolución de este misterio ya no puede demorarse mucho. Y quizá sea desagradable, dolorosa. —Se encogió de hombros—. *Que voulez-vous?* Imagine la escena: ¡la pata de palo retumbando en la escalera de madera! La anciana aguzando el oído. Oyendo el «toc, toc, toc» hasta la primera planta. Después silencio. Un silencio más elocuente que las palabras. —Se acercó al doctor Hailey y se quedó enfrente de él—. El marido regresa a casa: ella tiene algo que decirle. —Negó con la cabeza—. No olvide que la señorita Gregor fue la madre adoptiva de Eoghan. *In loco parentis.* En mi humilde opinión, las mujeres soportan peor que nadie ver cómo traicionan a los hombres que han cuidado como madres cuando ellos no están.

Dejó de hablar porque la puerta del despacho se había abierto. Christina entró cojeando. Llevaba cofia y delantal. Miró a

Barley con franca hostilidad y se sentó en el borde de la silla que él le ofreció. El inspector fue directo al grano.

—¿Oyó al doctor McDonald bajar del cuarto del niño la noche que asesinaron a su señora? —preguntó.

—Sí.

—¿Lo oyó bajar al recibidor?

—No.

—Dígame exactamente qué oyó.

La anciana entrelazó las flacas manos en el regazo y se las miró con atención.

—Lo oí bajar un piso —respondió.

Barley se puso a asentir con gesto vehemente.

—Eso significa que no llegó a la planta baja. De haberlo hecho, usted habría oído su pata de palo en la escalera.

—Yo no estaba pendiente de él. —La anciana negó con la cabeza—. Es muy probable que sí bajara al recibidor. Yo había cerrado la puerta del cuarto del niño.

Barley frunció rápidamente el entrecejo.

—Una pata de palo hace mucho ruido en un suelo de madera —exclamó.

—Sí, si se está cerca.

—¿Por qué le contó a Angus que solo oyó bajar un piso al doctor?

—Porque solo lo oí bajar un piso. Después, cerré la puerta del cuarto de Hamish.

Christina tenía la cara seria, pero al doctor Hailey le pareció atisbar una sonrisa asomándose entre sus arrugas. Las gentes de las Tierras Altas, reflexionó con cierta satisfacción, tenían un sentido del humor propio. Barley no intentó disimular su irritación por el toque de atención que acababa de recibir; pero, llevado por su enfado, no moderó su elocuencia.

—Lo oyó bajar a la primera planta. Retomó sus obligaciones. *Ça va bien*. Angus, el gaitero, nos ha dicho que él ya se había acostado. La pregunta es: ¿quién cerró la casa después de que el doctor se marchara?

—No lo sé.

—El doctor se quedó con el niño cuando usted bajó a acostar a su señora, ¿no?

—Él y la señora de Eoghan Gregor se quedaron con Hamish.

—Ahora tenga cuidado en su respuesta a esta pregunta: ¿fue la señora de Eoghan Gregor a la habitación de la señorita Gregor?

—Sí, y yo volví al cuarto del niño, donde se había quedado el doctor.

Barley se inclinó hacia delante. Levantó la mano como haría un director de orquesta.

—¿Qué ocurrió —preguntó— cuando la señora de Eoghan Gregor entró en la habitación de la señorita Gregor?

—No vi lo que pasó.

—Pero ¿estaba allí?

—Sí, aunque me marché. La señora de Eoghan cogió la vela que yo llevaba en la puerta. Yo quería volver con Hamish.

—¿Oyó salir a la señora de Eoghan de la habitación de la señorita Gregor?

Christina negó con la cabeza.

—No.

—¿Qué pasó después de que regresara al cuarto del niño?

—El doctor McDonald salió y bajó la escalera.

—La señora de Eoghan Gregor dice que la señorita Gregor la echó de su habitación y después cerró con llave.

—Sí.

—¿Se lo contó ella?

—Sí.

Barley volvió a gesticular.

—Que usted sepa, ¿podría el doctor McDonald haber ido a la habitación de la señorita Gregor?

—La señora de Eoghan no me dijo eso. Me contó que...

—Sí, ya sé qué le contó. —El policía la cortó con un amplio gesto de la mano—. Dígame —continuó—: ¿oyó a la señora de Eoghan cerrar la puerta de la casa cuando el doctor se fue?

—No. Oí la lancha motora del señor Eoghan que entraba en el embarcadero.

—¿Cómo? ¿Así que el señor Eoghan llegó justo cuando el doctor McDonald se iba?

—Sí.

—¿Se encontraron?

Christina negó con la cabeza.

—No lo sé.

Barley le indicó que ya podía irse y se dirigió al doctor Hailey:

—Reconozco que no he demostrado todo lo que esperaba probar —exclamó—. Pero sin duda algo ha surgido de mi investigación. ¡Algo! —gritó con voz atropellada.

De pronto, se sacó un peinecito del bolsillo y se atusó el bigote con cortos movimientos descendentes que se lo dejaron erizado. Después del peine sacó una pipa de madera muy oscurecida con la que se acarició un lado de la nariz.

—Primer punto —declaró, señalando a su compañero con el cañón de la pipa—: el doctor McDonald es la única persona que pudo asesinar a Dundas. Segundo punto: es muy posible que el doctor McDonald entrara en la habitación de la señorita Gregor. Solo tenemos la palabra de la señora de Eoghan de que no lo hizo y esta, en mi humilde opinión, es dudosa. Tercer punto: entre estas dos asociaciones se establece una conexión. ¿Qué sabía la señorita Gregor? He aquí una joven esposa, a la que su marido ha dejado en unas circunstancias poco hospitalarias. Su hijo está enfermo. Llama al médico local, que visita la casa con regularidad. La amistad se troca en un sentimiento más tierno. *A côte de l'amour...* —La pipa describió un gran círculo—. El carácter celta no conoce otra cosa que no sea la pasión. El sentimiento se desborda en un día, en una hora. Nada más parece importar. Ah, ¡es la quintaesencia del amor!

Barley miró al techo con expresión extasiada. Le costaba fijar la mirada y puso los ojos en blanco como si hubiera bebido más de la cuenta y pudiera salir con cualquier cosa. Claramente, otorgaba importancia a un lirismo que él creía poseer, pues citó algunos versos sobre el amor, cuya autoría no reveló. Su voz se tropezó, vaciló y volvió a tropezarse como una anciana criada que intenta atravesar una concurrida vía pública.

—Pero ahí estaba la señorita Gregor para echar a perder ese fruto prohibido —prosiguió—. Su carácter austero y puritano debía de arder sin llama ante el espectáculo del doctor y su paciente...

—Estoy seguro —lo interrumpió el doctor Hailey— de que los sentimientos de la señora de Eoghan por McDonald eran meramente los de una madre preocupada...

—Mire los hechos. ¿Cómo lo expresa nuestro bardo inmortal, si conoce usted el poema de Robert Burns?

—«Los hechos son compañeros que no pueden ser derribados».

—La señora de Eoghan había huido a la casa de McDonald por la noche. ¿No es eso suficiente para justificar lo que acabo de decir? «El amor crece como el Solway», reza el verso de sir Walter Scott. ¿Acaso cree que a los perspicaces ojos de la señorita Gregor se les habría pasado por alto lo que era tan evidente?

—No, pero...

—Ah, mi querido doctor Hailey, es obvio que su información sobre la dama no es tan exacta como debiera. En cuanto a mí, he puesto empeño, todo mi empeño, en informarme sobre ella. Era una puritana, créame, de la clase más estricta. En su larga vida jamás tocó un naipe ni puso un pie en un lugar de entretenimiento público. ¿Cómo lo sé? —Hizo una pausa. Sus anchas fosas nasales se dilataron—. Tengo un amigo en Glasgow que conoció bien a la familia Gregor hace muchos años. Un militar retirado. De una magnífica familia. Un hombre encantador, de lo más culto. Me explicó que, en una ocasión, convenció a la señorita Gregor, que en esa época era una veinteañera, para que lo acompañara a ver a actuar a sir Henry Irving en *Hamlet*. Cuando llegaron al teatro, lo primero que ella vio fue un cartel destinado a los músicos donde ponía AL FOSO. Le recordó tanto al infierno que no hubo manera de convencerla para que entrara en el edificio. Así esa la señorita Gregor. ¿Qué misericordia podían esperar la señora de Eoghan y McDonald de una mujer así?

El doctor Hailey no respondió. De inmediato, Barley interpretó su silencio como aquiescencia. El rostro se le endureció cuando adoptó una expresión aún más grave.

—¡El eterno triángulo! —anunció con pomposidad—. Y, en el medio, una mujer tan implacable como el profeta Samuel cuando cortó al rey Agag en pedazos ante el Señor en Gilgal. ¿No son esos los vibrantes ingredientes de la tragedia? Póngase en la piel de McDonald, en la de la señora de Eoghan. ¿No habría tenido muchísimo miedo tanto del marido que regresaba como de la mujer que lo esperaba para informarle en cuanto llegara? Créame: ese miedo es lo que debe concentrar toda nuestra atención.

Otro gesto puso al cielo como testigo. El doctor Hailey siguió guardando silencio.

—Como psicólogo —le aseguró Barley—, es imposible no conocer el efecto desmoralizante del miedo incluso en las personalidades más fuertes. Corroe, como el óxido corroe el hierro. Desmoraliza. El crimen es vástago del miedo. Como lo es de la codicia. Y los celos. McDonald tenía miedo; la señora de Eoghan tenía miedo. Eran ratones en presencia del gato. Se acercaba el momento en el que el gato se abalanzaría sobre ellos...

Se echó hacia atrás en la silla con la mirada perdida y la boca abierta. Pareció que las ideas se le enroscaran en la cabeza como volutas de humo.

—Además, estaba Dundas —añadió—. Dundas el topo, escarbando, desenterrando un hecho tras otro. ¿Qué había descubierto Dundas? ¿Qué iba a contar?

—No creo que Dundas hubiera descubierto nada —intervino el doctor Hailey—. Él mismo reconoció que se había topado con un muro.

—Dundas, mi querido doctor Hailey, era de esos hombres peculiares que disfrutan... disfrutan echando tierra a los ojos de sus rivales. ¿Cabe dudar de que viera un rival en un aficionado de su excepcional reputación? Yo no abrigo duda alguna de que solo le llamó cuando estuvo seguro de su éxito. Emplear a McDonald como mensajero casa perfectamente con su carácter.

—Puede que sí. Pero me pareció entender que sus sospechas recaían en Eoghan Gregor, no en McDonald. Como ya le he dicho, Eoghan había perdido muchísimo dinero.

Barley negó con la cabeza. Cargó la pipa con rapidez y la encendió con asombrosa destreza.

—Un tipo encantador, Dundas —exclamó—, y muy honesto. Pero hermético, celoso, *difficile*. —Le enseñó las manos abiertas—. Mis cartas, como ve, están sobre la mesa. Las suyas estaban debajo. —Volvió a peinarse el bigote—. ¿Las cosas se demuestran con hechos? De acuerdo. Yo seguiré mi teoría y usted, mi querido doctor Hailey, juzgará el resultado. Volvamos a llamar a la señora de Eoghan.

# 18

## Encuentros clandestinos

El doctor Hailey no podía evitar sentir admiración por el inspector Barley. Aquel hombre tenía una rapidez mental extraordinaria y una imaginación excepcional que parecía no escapar nunca al control de su sentido común. Por otra parte, su instinto teatral y su poca sensibilidad social le permitían formular sus temibles preguntas de una manera que servía admirablemente a su propósito. Las personas a las que interrogaba se ofendían o perdían la calma; y él sabía sacar provecho de ambas reacciones. Su peine, y su método de acariciarse la nariz con la pipa, aportaban la nota de vulgaridad que todo charlatán necesita para triunfar.

No obstante, era inquietante ver a Oonagh a merced de semejante personaje. Cuando empezó su segundo interrogatorio, el médico ya la compadecía. No muchos minutos después, se había convertido en su aliado, ya que la frase que más repetía Bailey era el insulto que ya le había lanzado: «¡Qué gran actriz!». El policía seguía descartando de antemano la sinceridad de expresión que era la defensa de la joven.

—Quiero que entienda, señora —dijo con afectación— que el carácter íntimo y delicado de las preguntas que estoy a punto de hacerle no está motivado por una curiosidad vulgar. Le ruego que aparte por completo de su mente esa inmerecida sospecha. La situación reviste tal gravedad, tiene repercusiones de tal calibre, que, en mi humilde opinión, cualquier pregunta, por embarazosa que sea, está sobradamente justificada.

Se quedó callado; sus palabras les zumbaron en los oídos como un enjambre de insectos en primavera. Cuando le pareció que habían surtido efecto, preguntó en voz baja:

—¿Cuál era su relación, señora, con el doctor McDonald?

A Oonagh le temblaron los labios. Un rubor de vivo resentimiento asomó a sus mejillas. Miró al doctor Hailey como una mujer avasallada por un matón que pide ayuda a un buen hombre. Después, la mirada se le ensombreció y se preparó para librar batalla.

—¿Qué quiere decir? —preguntó en tono incisivo.

Barley estaba demasiado en guardia para morder el anzuelo. Se levantó y se irguió en toda su estatura.

—Créame, señora —exclamó—, estoy más que dispuesto a ignorar todas las calumnias que han levantado contra usted. Pero ¿cómo puedo hacer eso si me niega la información que le pido? Sabe tan bien como yo que su amistad —recalcó esta última palabra— con el doctor McDonald ha dado pie, en esta casa y fuera de ella, a habladurías, a especulaciones, quizá a difamaciones.

—El doctor McDonald se ha portado muy bien con mi hijo.

Oonagh midió sus palabras; su rostro había recobrado su expresión serena. Con el corazón encogido, el doctor Hailey comprendió que esa calma no tardaría en volver a perturbarse. ¡Qué hermosa estaba la joven en su infortunio! Barley se sentó con la brusquedad que caracterizaba todos sus movimientos.

—Solo hay cuatro personas que pudieron matar a su tía —afirmó—. Duchlan, el gaitero Angus, el doctor McDonald y su marido, ya que ese golpe terrible no pudo asestarlo una mujer. Duchlan es un débil anciano: lo descarto. Quedan Angus, el médico y su marido. Pero no se trata únicamente del asesinato de su tía. Tenemos que considerar también el asesinato de Dundas. El único hombre que pudo asesinarlo, la única persona que tuvo acceso a él en el momento de su muerte es McDonald. En mi humilde opinión, McDonald también tuvo acceso a su tía la noche que la asesinaron. Y los dos crímenes parecen ser obra de la misma mano—. Se interrumpió y señaló a la joven—: ¿Qué razón podría tener McDonald para asesinar a su tía? —le preguntó en voz muy alta.

—Yo no conozco ninguna.

—Recapacite, señora.

Oonagh se quedó callada con los labios apretados. Pero estaba palideciendo.

—¡La señorita Gregor sabía que entre usted y el médico había una relación sospechosa!

Lanzó su provocación como quien ofrece una sugerencia. Pero su efecto fue el de una acusación contra la que no es posible defenderse. La joven perdió visiblemente el ánimo.

—¿Tengo razón?

—Mi tía lo malinterpretó todo.

La mentalidad práctica del policía se abalanzó sobre Oonagh como un gato sobre su presa.

—Tenga la bondad de describir las circunstancias que su tía malinterpretó —le preguntó.

Oonagh vaciló durante un buen rato antes de responder:

—Yo no era feliz en esta casa —dijo—. El doctor McDonald era el único amigo al que podía acudir en busca de consejo. Lo veía a menudo.

—¿Aquí?

—Aquí y en otros lugares.

—¡Ah! —Barley se inclinó hacia delante—. ¿Se refiere a que tenían reuniones en privado, encuentros clandestinos?

—Nos veíamos en privado.

—¿En los jardines?

—En la orilla. El doctor McDonald tiene un barco.

El doctor Hailey vio un brillo triunfal en los ojos del policía.

—La señorita Gregor los sorprendió en uno de esos encuentros, ¿no es así?

—Nos vio hablando en una ocasión.

—¿Deduzco que amenazó con contarle a su marido lo que había visto?

No hubo respuesta. De pronto, Oonagh alzó la cabeza.

—Le he dicho que mi tía lo malinterpretó todo —repitió en tono sincero—. Estaba dispuesta a ver maldad en todo lo que yo hacía porque quería controlar a mi hijo y yo me negaba. El doctor McDonald nunca ha sido nada aparte de un buen amigo. Si me veía obligada a encontrarme con él en secreto, solo era porque no tenía manera de verlo en público sin levantar las sospechas de mi tía o, mejor dicho, sin darle munición para crearnos problemas a mi marido y a mí.

—¿Qué razones podía tener usted para querer verse con el doctor McDonald?

—Era mi único amigo.

—¡Pero tiene a su marido!

—Eoghan no estaba.

—Estaba en Ayrshire. Se puede escribir a Ayrshire.

—Él no lo habría entendido. Eoghan siempre se ha fiado mucho de su tía. Lo crio ella.

Barley adoptó una expresión grave. Con una mano, se alisó el pelo teñido, sin brillo.

—¿Me permite preguntarle sobre qué temas consultaba al doctor McDonald? —inquirió en tono sarcástico.

—Me estaba planteando dejar a mi marido. Él intentaba convencerme de que no lo hiciera.

—Magnífico consejo, sin duda. Magnífico consejo. *Les*

*femmes n'ont d'existence que par l'amour.* Las mujeres solo existen por el amor. —Barley se llenó la boca con la cita, cuya vaguedad parecía producirle una gran satisfacción. Hizo una breve pausa antes de continuar—: ¿Estaba planteándose dejar a su marido porque no se llevaba bien con sus parientes? Perdóneme, señora, pero, en mi humilde opinión, ese no es motivo para dar un paso tan reprobable.

—Al final decidí no dejarlo.

Oonagh estaba amilanándose y ya no parecía capaz de oponer una resistencia efectiva al bombardeo del policía. Se tiró del cuello del vestido y arrugó la fina tela en varios lugares. Barley se apresuró a consolidar su triunfo.

—Su explicación no se sustenta ni en la razón ni en la experiencia —declaró—. Quienes buscan consejo lo hacen abiertamente. Pero estoy dispuesto a creer que al final decidió quedarse con su marido. Es, si me permite decirlo, lo que suelen hacer la mayoría de las mujeres en una situación similar. Usted sabe, sin duda, que un médico que se ve mezclado en una demanda de divorcio con la esposa de uno de sus pacientes no puede seguir ejerciendo su profesión. —Hizo una pausa para que Oonagh pudiera asimilar aquella cruda verdad—. Cuando la señorita Gregor les sorprendió en su *tête-à-tête*, tuvo en su mano el modo de buscarles la ruina. En ese momento, el doctor McDonald supo que su vida profesional pendía de un hilo. Me atrevería a decir que, cuando oyó que la lancha de su marido venía hacia aquí la noche del asesinato, comprendió que la balanza se había inclinado en su contra. —Una vez más, la señaló con dedo acusador—. ¿Por qué, si se puede saber, regresaba su marido a esa hora y por esa vía?

Oonagh negó con la cabeza.

—Creo que esa pregunta debería hacérsela a él —respondió.

—No, señora. Debo hacérsela a usted. A usted, que, según me han informado, ya le había dado un ultimátum a su marido.

—No le entiendo.

—Había amenazado con dejarlo a menos que se plegara a sus condiciones.

—Le había dicho que quería tener mi propia casa.

Barley se puso rígido.

—El emperador Napoleón solía decir que la mejor defensa es el ataque —exclamó en un tono que sugería que hablaba de un viejo amigo—. Sostengo que su exigencia de tener su propia casa solo pretendía contrarrestar la acusación que la señorita Gregor había formulado contra usted.

—No.

—Acaba de reconocer que había exigido a su marido tener su propia casa.

—Todas las madres quieren eso, ¿no?

—Sin duda. Pero hasta entonces había consentido en vivir aquí. Solo se lo exigió cuando vio que corría peligro, un grave peligro, de perder su derecho a cualquier casa, a su marido, a su hijo.

La manera en la que Barley movió el brazo, como si asestara una estocada, imprimió contundencia a su acusación. Oonagh palideció aún más.

—Siempre he querido tener mi propia casa —objetó con vehemencia—. Siempre, desde el día que me casé con Eoghan.

—Yo sostengo, por el contrario, que usted no tenía ningún problema con vivir aquí hasta que intimó con McDonald. —Barley acercó su cara al rostro de la joven—. ¿Niega que se ofreció a McDonald y que él la rechazó?

Oonagh se levantó de un salto. Los ojos le ardían de dolor y resentimiento.

—¿Cómo se atreve? —gritó en un tono que no logró disimular el dolor que le habían infligido sus palabras.

Barley le enseñó los dientes.

—Corrió a la casa de McDonald en plena noche, ¿recuerda? —dijo—. Duchlan me lo ha contado. Y luego permitió que la trajeran de regreso. Fue después de esa humillación cuando empezó a insistir en tener su propia casa, ¿no es así?

# 19

## Acusación

El doctor Hailey había hecho unas cuantas anotaciones durante el interrogatorio al que Barley había sometido a Oonagh y, a
su término, sintió un fuerte impulso de poner algunas objeciones a la teoría de su compañero. Pero verle la cara de triunfo lo
convenció para postergar la consecución de ese deseo. Barley
ya se había transportado a una esfera de autocomplacencia en
la que no podía penetrar la menor duda o crítica. Tenía los ojos
entornados, la boca ligeramente abierta y la cabeza ladeada.
Permaneció unos minutos en aquel estado de éxtasis antes de
volver en sí y peinarse el bigote.

—Nos estamos acercando a la verdad, mi querido doctor
—dijo—. Lo noto. —Frunció el entrecejo y negó con la cabeza—. No me resulta nada grato, créame, tener que interrogar
de este modo a estas personas encantadoras. Pero *que voulez
vous? Que voulez vous?* Ahora debo ocuparme de Eoghan Gregor. ¡Qué tragedia que sea necesario interrogar a un joven de
su posición por el buen nombre de su esposa!

Tocó la campana y se dejó caer en un sillón, como si los re-
mordimientos lo hubieran dejado sin fuerzas.

—He estudiado sus métodos, doctor —afirmó—. Admirables; pero difícilmente aplicables en el presente caso. Como ve,
mi método es distinto. Usted va del carácter al suceso; yo sigo
una pista y voy improvisando, recurriendo a todo el poder de

mi imaginación. Me parece que, en casos en los que el asunto es complicado, usted tiene las de ganar; pero, donde hay claros obstáculos físicos, como estas habitaciones cerradas, yo le saco ventaja. Creo que ya me entiende. La oportunidad pesa más que el carácter cuando una persona tiene la posibilidad de matar y la otra no.

Permaneció en su lánguida postura. Una vez había expuesto su filosofía, suspiró hondo varias veces. Pero, cuando Eoghan entró, se despabiló de inmediato.

—Pase, pase —gritó—. Veamos, usted es el comandante Gregor, ¿no?

—Capitán.

La indolente apostura de Eoghan no lo había abandonado. Miró a Barley y, por un momento, pareció que fuera a escapársele la risa. Después, el aire de melancolía que tan poco le costaba adoptar lo libró de incurrir en aquella falta de respeto.

—Acabo de comentarle al doctor Hailey con cuánta desgana estoy llevando a cabo la presente investigación —se disculpó Barley—. Pero «la necesidad obliga». Permítame decirle que, si le ofende alguna de las preguntas que me veo en el deber de formularle, estará en su derecho de negarse a responderlas.

Acompañó sus palabras de abundantes gestos ampulosos e inclinaciones de cabeza.

El doctor Hailey tomó debida nota de la diferencia entre el método que utilizaba para interrogar a Eoghan y el que había empleado con Oonagh y tuvo que reconocer que los caracteres de marido y mujer lo justificaban plenamente. Eoghan estaría menos en guardia si creía que estaba tratando con un necio; el punto débil de Oonagh era su nerviosismo.

—De acuerdo —dijo Eoghan.

—La pregunta que más me interesa formularle es esta: ¿por qué regresó de Ayrshire tan de repente?

—Porque quería pedirle dinero a mi padre.

—¿Cómo? ¿Y tenía que venir en lancha para eso?

—Siempre voy a Ayrshire en lancha en esta época del año. Es, con mucho, el medio más rápido.

—¿No podría haberle escrito?

—No.

—¿No tenía otra razón para su inesperada visita?

—No.

—Créame, no querría insistir más allá de lo razonable —declaró Barley—, pero me veo obligado a pedirle más información de la que parece dispuesto a darme. *Suaviter in modo, fortiter in re.* Suave en las formas, firme en el fondo. Tengo motivos para creer —hizo una pausa dramática— que sus asuntos domésticos y familiares le tenían un tanto preocupado.

Eoghan negó con la cabeza.

—Pues se equivoca.

—Me refiero a la relación de su esposa con su tía y, como consecuencia de ello, con usted.

—Disparates.

La primera nota de irritación asomó a la voz de Eoghan. El doctor Hailey vio que el policía reaccionaba como un perro que avista una presa.

—Su esposa me ha contado que apenas era capaz de soportar las intromisiones de tu tía —continuó.

—Así es.

—Más aún, que pidió consejo al doctor McDonald de Ardmore sobre si debía dejarle a usted, en caso de que se negara a llevársela de aquí.

—¡No diga idioteces! —exclamó Eoghan en un tono que reveló su creciente malestar.

—Amigo mío, si cree que estoy hablando por hablar, o tirándome un farol, comete un grave error. Un error, me temo, que pronto tendrá ocasión de corregir. Su esposa ha manifestado de manera inequívoca que se planteó dejarle. Tenga ese hecho muy presente. La razón que ha dado es que usted no le había procurado un hogar propio. Muy bien. Ahora tengo que preguntarle cuándo fue la primera vez que su esposa se quejó de ese fracaso suyo.

Barley habló despacio, revistiendo cada palabra de la debida importancia. Mantuvo los ojos clavados en el rostro de Eoghan.

—¿Qué tiene eso que ver con la muerte de mi tía? —preguntó el joven.

—Mucho, créame.

—¿El qué?

—No, me niego a que me conteste con otra pregunta. Debe responder a la mía o atenerse a las consecuencias de negarse a hacerlo. —Barley se recostó en el sillón. Repitió—: ¿Cuándo fue la primera vez que su esposa se quejó de que usted no le hubiera procurado un hogar?

Eoghan se removió incómodo en la silla. Fijó la mirada en el doctor Hailey y después la dejó vagar por el despacho. El médico tuvo la impresión que estaba calculando, fríamente, los probables efectos de diversas respuestas. Por fin, pareció tomar una decisión.

—Mi esposa me dijo hace muy poco —declaró— que creía que había llegado el momento de que tuviéramos nuestra propia casa.

—¿Qué significa «hace muy poco»?

—Unos quince días.

Un destello de triunfo iluminó los ojos de Barley.

—¿Sabe que su esposa huyó de esta casa una noche? —preguntó.

—Sí.

—¿Quién se lo contó?

—Ella misma.

Las respuestas de Eoghan eran hoscas. Pero su tono no afectó al policía.

—¿Su tía también le informó de ello? —preguntó.

—Sí.

—¿Por carta?

—¿De qué otra manera iba a hacerlo?

Barley asintió con un gesto.

—¿Le dijo usted a su esposa que su tía le había informado? —preguntó.

—No, señor.

—En todo caso, ¿su esposa era consciente de que usted lo sabía?

—Eso no tiene lógica, ¿no?

Eoghan estaba recobrando su aplomo. Era evidente que no tenía la menor idea de cuál era el propósito de las preguntas de Barley. Al igual que su esposa, había cometido el error de subestimar la capacidad de su oponente; como ella, seguro que pagaría su error. El doctor Hailey pensó que una apariencia de necio, cuando escondía una mente de sabio, era una ventaja de incalculable valor.

—Yo creo que sí la tiene —replicó Barley—. Después de ver a su esposa, he llegado a la conclusión de que sabía cuánta manía le tenía su tía. Era muy consciente de que su tía no dejaría de informarle a usted de nada que la perjudicara a ella.

—¿Adónde quiere llegar? ¿Qué importa si mi esposa sabía o no que mi tía me había informado del incidente?

—Si lo sabía, solo se sinceró con usted porque no le quedaba otro remedio.

—¿Y bien?

Barley se inclinó hacia adelante.

—Su esposa quería hacer las paces con usted. Su situación era precaria. Adoptó el método preferido de las mujeres en tales circunstancias. Le atacó porque usted no le había procurado un hogar. Al mismo tiempo, reconoció abiertamente lo que, de cualquier modo, era imposible ocultar. Pero había un dato, el único fundamental, que no le dio.

El silencio se cernió sobre el despacho. Eoghan intentó aparentar indiferencia, pero su rostro lo traicionó. Hizo un pequeño gesto con la mano derecha.

—Lo siento —declaró—, pero sus conjeturas sobre las ideas y motivos de mi esposa me interesan bien poco.

—Todo lo contrario.

—¿Qué quiere decir?

—El dato fundamental que su esposa le ocultó es que, cuando huyó de esta casa, lo hizo para ofrecerse al doctor McDonald. Él la rechazó.

Eoghan palideció. Las manos, que tenía apoyadas en los brazos de la silla de madera en la que estaba sentado, empezaron a crispársele.

—Deje a mi esposa fuera de la conversación —le ordenó con una voz ronca que reveló la violencia de sus sentimientos.

—Imposible. Mucho me temo que pronto me veré obligado a acusarla de ser cómplice del asesinato de su tía.

—¿Qué? —Eoghan se levantó de un salto.

—De ser cómplice del doctor McDonald de Ardmore.

El joven se plantó frente al policía de una sola zancada. Lo agarró por los hombros y lo miró de hito en hito.

—Le juro que está completamente equivocado —exclamó—. Oonagh no ha tenido nada que ver con la muerte de mi tía. ¿Me oye?

—Haga el favor de soltarme, señor.

—No hasta que jure que retirará esa acusación grotesca.

Barley dio un paso atrás para separarse del joven.

—Siéntese —le ordenó en un tono que reveló una faceta de su carácter que aún no había mostrado. Los ojos le ardían de ira.

Pero Eoghan no obedeció.

—Quiero que sepa —dijo— que fui yo quien mató a mi tía. Estoy dispuesto a explicarle cómo lo hice.

## 20

# Eoghan se explica

El tono de Eoghan fue tan firme, su actitud tan flemática, que incluso Barley se quedó desconcertado. Dio un paso atrás y, cuando se hubo serenado, tomó asiento y adoptó su actitud más policial.

—¿Entiendo que está confesando haber asesinado a la señorita Gregor? —le preguntó.

Eoghan había palidecido, pero tenía tal dominio de sí mismo que apenas se le notaba. El doctor Hailey pensó que guardaba un gran parecido con su padre; no obstante, la dureza de las facciones de Duchlan estaba suavizada por una cualidad que procedía sin duda de su madre irlandesa. El joven parecía un noble del siglo XVIII un poco desmejorado, pero con el orgullo intacto. Sus mejillas y boca bastante femeninas acentuaban, en todo caso, la firmeza de su expresión y la fría resolución de sus ojos.

—Antes que nada, permítame observar —declaró Barley— que usted solo ha confesado cuando ha sabido que sospecho de su esposa. *Post hoc ergo propter hoc* puede no ser la mejor lógica en todos los casos, pero la tentación de ver una correlación entre ambos hechos es grande en el presente caso. —Recalcó sus palabras con un gesto de la mano—. No creo que usted asesinara a la señorita Gregor.

—¿No?

—No, señor.

—¿Quiere que le proporcione pruebas?

—Sí, ya que solo las pruebas más irrebatibles me convencerán.

—Mi tía me ha dejado todo su dinero. Y necesito dinero con muchísima urgencia.

—¿Qué prueba eso?

—Que su muerte ha sido muy oportuna. Ha llegado en el momento justo, créame.

—¿Por qué dice eso?

—Porque es cierto. Resulta que mi padre no tiene dinero. No podría habérselo pedido a él. Y las deudas que debo saldar de inmediato ascienden a miles de libras, muchos miles de libras.

—Seguro que podría haberle pedido el dinero a tu tía, ¿no?

—¡Oh, no! Mi tía consideraba que el juego era un pecado mortal.

—Amigo mío, las opiniones de las personas dependen siempre de las circunstancias.

—Las opiniones de mi tía no.

—Las opiniones de todos. Fue Napoleón quien dijo que los hombres son siempre los mismos en cualquier época y civilización.

—Napoleón no conoció a mi tía.

Ni un atisbo de sonrisa acompañó aquella afirmación. Barley contuvo un grito de asombro con la teatralidad que lo caracterizaba.

—Quisiera decir que, en mi humilde opinión, la ocasión no es apropiada, nada apropiada, para las bromas —observó. Se inclinó hacia delante como los jueces hacen a veces desde el estrado—. ¿Puedo preguntarle cómo entró en la habitación de su tía? —inquirió.

—Por la puerta.

—Tengo motivos para creer que la puerta estaba cerrada con llave.

—¿Cuáles?

—Su esposa ha declarado que oyó cómo la señorita Gregor echaba la llave.

—¿Está dispuesto a fiarse de su palabra en ese punto?

Barley frunció el entrecejo.

—¿Por qué no?

—No se ha fiado de su palabra en ningún otro punto, ¿no?

Eoghan enarcó las cejas al formular la pregunta. El efecto que produjo en Barley cumplió todas sus expectativas. El policía frunció el entrecejo y después se puso colorado de irà.

—Me reservo el derecho de decidir qué acepto y qué rechazo según mi instinto y experiencia —exclamó.

—Es decir, según su teoría del asesinato, ¿no es así?

—No es así. No tengo una teoría a priori. Busco datos y me guío por lo que descubro.

—Solo puedo repetir que entré en la habitación por la puerta.

—¿Y cómo salió de ella?

Eoghan se sacudió una mota de polvo de la manga del chaquetón.

—Por la puerta.

—¡Cómo!

—Es evidente que no salí por la ventana, ¿no?

—La puerta estaba cerrada por dentro —apuntó Barley.

—¿Cómo lo sabe?

El doctor Hailey vio que Barley daba un respingo; pero aquel hombre tenía los nervios de acero.

—Hay cinco testigos para demostrarlo: Angus, el carpintero que serró la cerradura, el doctor McDonald, la criada que le subió el té a su tía y usted.

—Por el contrario, no hay ni un solo testigo. Lo que mantenía cerrada la puerta era una pequeña cuña que yo coloqué debajo. Como es natural, la criada creyó que la llave estaba echada; es joven y confiada. Cuando me llamó, se lo confirmé. Angus no intentó abrir la puerta. Es mayor y se fía de mi palabra. ¿Por qué iba a desconfiar el carpintero cuando lo mandé llamar para que serrara la cerradura? ¿Por qué iba a desconfiar McDonald? Cuando el carpintero terminó, retiré la cuña. Luego encontré una ocasión para girar la llave en la cerradura.

Se encogió ligeramente de hombros cuando acabó de hablar.

—¿Con qué arma mató a su tía? —le preguntó Bailey con voz ronca.

—Con el hacha de la cocina.

Eoghan levantó los párpados y miró al policía.

—La cogí cuando llevé unos arenques que había comprado a la despensa.

Sus palabras dieron en el blanco. El doctor Hailey tenía claro que Barley estaba reservándose la cuestión de las escamas de arenque para el final. El policía alzó la cabeza como un caballo encabritado.

—¿Adoptó esos mismos métodos cuando mató a mi compañero Dundas? —preguntó con amargo sarcasmo.

—No exactamente.

—¿Insinúa, pues, que también cometió ese crimen?

—Es obvio que ambos crímenes fueron cometidos por la misma persona, ¿no?

—Me hace perder el tiempo, señor. Usted no mató a Dundas. —Barley se levantó y despachó al joven con un gesto de la mano.

Pero Eoghan no parecía dispuesto a marcharse. Se sacó una pequeña pitillera de oro del bolsillo.

—¿Le importa si fumo?

—No tengo más preguntas que hacerle.

Eoghan encendió un cigarrillo.

—Yo creo, no obstante, que es posible que las tenga cuando le mencione que la cama de Dundas tenía el colchón de plumas y un recio edredón —replicó—. Uno de los colchones de plumas del castillo de Duchlan; uno de los recios edredones del castillo de Duchlan.

Habló con deje triunfal. El doctor Hailey notó calor en las mejillas. McDonald y él habían mirado debajo de la cama después del asesinato; ninguno de los dos había echado un vistazo dentro.

—¿Qué quiere decir?

—Mi tía tenía los colchones de plumas más recios y voluminosos de un condado que ostenta el récord mundial a ese respecto. Sus edredones, como habrá visto, tienen el mismo mérito. En un colchón así, bajo un edredón así, es posible esconderse sin causar el menor abultamiento en la superficie de la cama, siempre que se disponga de tiempo para acomodarse. Y yo tuve mucho tiempo.

Una expresión de vivo horror asomó a los ojos de Barley. Contuvo un grito de asombro, pero esa vez se le descompuso la cara; el doctor Hailey vio que tenía las manos sudorosas.

—¿Qué ocurrió? ¿Qué hizo usted? —gritó en un tono que dio fe del poco autocontrol que le quedaba.

Eoghan se sacó el cigarrillo de entre los labios y miró la punta encendida con aire crítico.

—Lo golpeé en la nuca con una plomada de pesca —observó con frialdad—. Lo hice en cuanto el doctor Hailey salió de la habitación. Solo necesitaba un brazo y estaba muy bien escondido debajo del edredón antes de que entrara el doctor McDonald. Me quedé un poco agarrotado, claro. Pero, aun así...

—Se interrumpió y volvió a llevarse el cigarrillo a la boca. Añadió—: Dundas, a diferencia de usted, señor Barley, iba por el buen camino.

Se levantó mientras hablaba. La pitillera, que no había vuelto a meterse en el bolsillo, se le cayó al suelo con estrépito. Se agachó para recogerla.

En ese mismo instante, el doctor Hailey se levantó de un salto y se abalanzó sobre el joven agachado.

# 21

# Evitar el patíbulo

Los dos hombres rodaron juntos por el suelo. Barley corrió a ayudar a su compañero y entre los dos sujetaron a Eoghan. En cuanto este dejó de resistirse, el doctor Hailey le metió la mano en el bolsillo y sacó un revólver.

—Por suerte —dijo—, me he fijado en el bulto que destacaba en el bolsillo.

Eoghan tenía la cara congestionada y el cuello de la camisa y la corbata desarreglados; pero no parecía haber perdido su dominio de sí mismo.

—Ahora que tienen mi pistola —dijo—, pueden soltarme.

Barley, que lo sujetaba por los hombros, negó con la cabeza.

—De ninguna manera, señor. —Se dirigió al doctor Hailey—: Regístrele todos los bolsillos, por favor. Puede que tenga más armas escondidas.

El doctor Hailey tenía la pistola en la mano. La dejó y cacheó rápidamente al joven. Cuando terminó, le hizo una seña al policía para que le permitiera levantarse.

—Olvidan, quizá, que como oficial del ejército tengo derecho a llevar pistola —arguyó Eoghan sin alterar la voz.

—Pero no a usarla —exclamó Barley.

—¿Cómo sabe que iba a usarla?

—Señor, nos basta con no estar seguros de que no fuera a hacerlo. ¿No es usted un asesino confeso?

El joven se encogió de hombros y luego se arregló el cuello de la camisa.

—Lo que nunca logro entender de la policía —observó— es que trate con guantes de seda a personas que sabe que tendrá que ahorcar muy pronto. ¿Por qué impedir que un pobre diablo se mate, si tiene valor el para hacerlo?

Nadie le respondió. El joven se plantó frente a Barley en unas pocas zancadas.

—¿Puedo pedirle que no le cuente nada de esto a mi esposa hasta que se haya procedido a mi detención? —le rogó.

—¿Por qué no?

—¡Válgame Dios! ¿Acaso no es mejor ahorrarle a la gente un sufrimiento innecesario? Si mi esposa sabe que cabe la posibilidad de que me detengan, moverá cielo y tierra para salvarme. Y no puede hacerlo.

Barley negó con la cabeza.

—Tengo por regla no hacer nunca promesas que quizá no pueda cumplir —declaró—. Lo más probable es que no haga falta informar a su esposa, pero aún es demasiado pronto para estar seguros.

Eoghan negó con la cabeza.

—Sí ustedes adoptaran los métodos decentes y compasivos del ejército —exclamó—, cuántas penas le ahorrarían a la gente.

Nadie le respondió. Se volvió hacia el doctor Hailey.

—Usted sabe que Oonagh sospecha que yo maté a la tía Mary —declaró.

—Creo que sospechaba de usted, sí.

—Sus sentimientos no han cambiado, créame. Está al corriente de mis deudas. Yo solo tenía una manera de saldarlas, y no hacerlo comportaba mi expulsión del ejército. —Se interrumpió y encendió otro cigarrillo. Luego añadió: —Háblele al señor Barley de Oonagh. Le ayudará a entender su carácter y su relación conmigo.

Había una innegable nota de orgullo en su voz. Se volvió hacia Barley:

—¿Puedo irme ya? —preguntó.

Barley había regresado junto a la chimenea. Parecía inquieto e indeciso sobre cómo proceder.

—Técnicamente, se ha entregado —alegó—. Pero queda por decidir si acepto o no su versión. Aún no lo he hecho. Ni mucho menos. Debe permanecer en el castillo hasta que tome mi decisión. —Su actitud se había vuelto autoritaria, pero su verborrea era la misma de siempre. Hizo un gesto con la mano.

Eoghan salió del despacho.

—¿Cree realmente, mi querido doctor, que pretendía matarse?

—Sí.

Barley cogió la pistola y la abrió.

—Está cargada, en todo caso. —La vació y se metió los cartuchos en el bolsillo—. Supongo que podría haber asesinado a su tía y a Dundas. Créame: los crímenes aparentemente imposibles siempre admiten varias explicaciones. Por otra parte, la ley, como usted sabe, recela de las confesiones. Los asesinos, al menos los que matan a sangre fría, no tienden a confesar sus crímenes.

—No.

El doctor Hailey se lo pensó un momento y después informó a Barley del intento de suicidio de Oonagh y de la posterior visita de su marido a Darroch Mor.

—No me cabe ninguna duda —añadió— de que Duchlan sabía lo que iba a pasar. No creo que Eoghan Gregor estuviera enterado.

—Pero eso es tremendamente importante, amigo mío.
—Barley empezó a pasearse de acá para allá—. Si Duchlan lo
sabía, y coincido con usted en que debía de ser así, deduzco
que ese acto trágico lo había aconsejado él. ¿Por qué iba a hacer algo así? —Un gesto ejecutado con ambas manos hundió la
casa de los Gregor en un abismo insondable—. Evidentemente, porque sabía que su nuera estaba involucrada en el asesinato de su hermana. Y eso, en mi humilde opinión, le habría
influido de tal modo que le habría despertado sus rasgos más
inhumanos. Tiene el orgullo de Lucifer. Y la sangre fría de un
pez. Si la joven era culpable, más valía que se ahogara. Mejor
que un juicio y una condena pública. ¡Lo que fuera para salvar
el sagrado apellido Gregor!

El doctor Hailey asintió con la cabeza.

—Llegué más o menos a la misma conclusión. Eoghan también me dio la impresión de que sospechaba de su esposa. No
obstante, debo añadir que ella parecía sospechar también de
él. Creo que su intento de ahogarse estuvo motivado por su
voluntad de protegerlo.

—En vista de su relación con el doctor McDonald, reconozco que esa cuestión apenas me interesa. Las mujeres no prote-
gen con su vida a maridos a los que ya han hecho a un lado. Por
otra parte, si Duchlan sabía que ella era cómplice del asesinato
de su hermana, su destino estaba decidido. Con el nombre de
su hijo en juego, el anciano no le perdonaría la vida; desde su
punto de vista, mejor ahogada que ahorcada.

Dio una palmada.

—Voy a interrogar al anciano. Pensaba llamar al doctor
McDonald, pero Duchlan entrará primero. Ahora entiendo por
qué casi se desmaya cuando he dicho que McDonald era el único hombre que podía haber asesinado a Dundas.

Esa idea fue la base de las primeras preguntas que Barley

digirió a Duchlan. El anciano estaba pálido y más demacrado de lo habitual, pero sus ojos no habían perdido su viveza. Se sentó como un rey a punto de conceder audiencia y dispuso las manos en los brazos del sillón según era su costumbre. Empezó a mecer la cabeza de atrás delante. El policía le mostró una deferencia que no había concedido a ninguno de sus anteriores testigos.

—Mis pesquisas —le explicó— han hecho necesario que investigue a fondo el comportamiento de su nuera tanto antes como después de la muerte de su hermana. —Hizo una pausa. Cuando volvió a hablar, su tono era de gravedad—: Tengo motivos para creer que usted fue testigo de ciertos incidentes que, hasta el momento, no ha estimado oportuno mencionar a la policía.

—¿Por ejemplo?

—La señora de Eoghan Gregor tenía por costumbre verse con el doctor McDonald en la orilla por la noche.

Duchlan cerró los ojos. Las arrugas se le acentuaron cuando contrajo los músculos faciales. Parecía una momia a la que acabaran de recordar su infortunio.

—¿Sabía que su nuera se veía con el doctor McDonald de ese modo?

—Sí.

—¿Fue testigo de uno o más de esos encuentros?

—Sí.

—¿Estaba la señorita Gregor con usted en esas ocasiones?

—Sí.

Barley se inclinó hacia delante.

—¿Se percataron su nuera y el médico de su presencia?

El anciano bajó la cabeza.

—Sí.

—¿Fue esa la razón de que la señora de Eoghan se retirara

tan temprano a su habitación el que día que asesinaron a su hermana?

—Mi hermana sintió que era su deber advertir a la esposa de mi hijo. Por desgracia, ella malinterpretó sus buenas intenciones y se ofendió.

Duchlan hablaba en tono bajo, pero su voz era diáfana. Estaba claro que verse obligado a recordar el incidente le producía mucho sufrimiento. Pero Barley era implacable.

—Me temo que debo pedirle detalles —insistió—. Por ejemplo, ¿profirió alguna amenaza la señorita Gregor?

—Dijo que, siendo la pariente más cercana de Eoghan, debía informarle de lo que sucedía.

—Ah.

—De hecho, ya había escrito a Eoghan, insinuando que las cosas no iban bien. Adoptó esa medida, créame, después de largas horas de angustiosa reflexión y de muchos intentos de apartar a mi nuera del peligroso rumbo al que estaba encaminándose.

—Entiendo. —Barley cerró los ojos y asintió con la cabeza con aire grave—. *Facilis est descensus Averni, sed revocare gradum...* —observó en tono insolente.

El resto de la cita se perdió en su bigote. Duchlan suspiró.

—Ambos habíamos hecho todo lo que estaba en nuestra mano para proteger a Oonagh de una debacle —continuó—. Evidentemente, el tiempo de las advertencias había pasado, aunque yo, llevado por mi debilidad, como ahora reconozco, estaba dispuesto a darle una última oportunidad.

—¿Se oponía a informar a su hijo?

—Quizá temía decírselo. —El anciano alzó la vista con expresión timorata—. Mi hijo es temperamental. Y adora a su esposa.

—¿La señorita Gregor ignoró su miedo?

—Lo anticipó. Yo no sabía que había escrito a Eoghan. Cuando me enteré, reconocí la sensatez de su actuación.

El doctor Hailey había estado reclinado en la silla. Intervino para preguntar:

—Cuando la señorita Gregor escribió a su hijo, ¿sabía que su nuera se veía de noche con el doctor McDonald?

—No. De hecho, ni ella ni yo nos enteramos hasta la noche antes de su muerte. Lo que sí sabíamos era que la esposa de mi hijo estaba en comunicación constante con el médico.

—Por tanto, su dilema en el fatídico día de los hechos era si acusarla o no en cuanto su hijo regresara —exclamó Barley.

—Sí.

—Y, mientras que usted prefería ser clemente, ¿su hermana estaba decidida a castigarla?

—Por favor, no exprese la postura de mi querida hermana en esos términos —suplicó Duchlan—. Su corazón rebosaba bondad y clemencia. Su única preocupación, créame, era el bienestar de esa joven insensata y rebelde. Creo que sentía que ya no podía seguir influyendo en ella; Oonagh la había desafiado y había lanzado acusaciones falsas y crueles contra mi hermana. Mi querida Mary quería que su esposo empleara sus fuerzas en intentar salvarla. Naturalmente, también pensaba en el bienestar de Eoghan, dado que había sido más que una madre para él, y del hijo de Eoghan, expuesto entretanto a aquellas lamentables influencias.

Barley negó con la cabeza.

—En mi humilde opinión —declaró—, ninguna madre soporta la idea de que le arrebaten a su hijo.

—Usted lo malinterpreta, señor. El plan de mi querida hermana no era quedarse con la custodia de Hamish, sino atar más corto a su madre. Pensaba que, si podía influir en Oonagh, las buenas cualidades de la joven, como su valor y vitalidad, quizá se desarrollaran de una manera que le cambiara el carácter.

Barley se encogió de hombros y le enseñó las palmas abiertas. A continuación, retomó su actitud profesional.

—¿Se quejaba su nuera a usted o a su hermana de que su marido no hubiera podido procurarle un hogar? —le preguntó.

—Sí. Se quejaba mucho de Eoghan, sin ninguna razón. Como puede imaginar, era muy difícil soportar tanto rencor y mi querida hermana necesitaba todo su autocontrol y bondad de corazón para contenerse. Nosotros le recordábamos que era afortunada de tener un esposo bueno y amable cuyo único deseo era hacerla feliz y asegurar el porvenir de su hijo. La paga de un militar es exigua. Los recursos de Eoghan eran escasos y, de no ser porque su tía y yo, pero sobre todo mi hermana, le ayudábamos económicamente...

Barley lo interrumpió con gesto brusco.

—¿Así que su hijo y su esposa dependían en cierta medida de la generosidad de su hermana? —exclamó.

—En muy gran medida. La paga de un capitán de artillería no llega a una libra diaria. Los gastos personales de Eoghan se la llevan completa. Mi nuera ha estado viviendo aquí a mi costa y a la de mi querida hermana. —Duchlan hizo una pausa y alzó la vista—. No es que nunca le hayamos negado nada.

—¿No pagaba a su hijo una asignación fija?

El anciano alzó la mano y trazó un círculo para referirse a sus tierras.

—¿De dónde iba a sacarla? Ya ha visto estos brezales. ¿Qué hay que genere ingresos? Créame, llevo muchos años haciendo malabarismos para subsistir. Cuando Eoghan me comunicó su decisión de casarse, tuve que advertirle que debería mantener a su esposa con su paga. Entonces, mi querida Mary acudió en su rescate. Poseía una fortuna propia considerable.

El rostro de Barley expresó dudas y una cierta indignación.

—Me parece que su difunta hermana tenía una idea equivocada de la generosidad —objetó—. Su nuera debía de sentirse como una joven de la beneficencia en esta casa. Dígame: ¿tiene ella algún recurso propio?

—Oh, no. Ninguno.

—¿Qué hacía cuando necesitaba dinero de bolsillo, para sus gastos, como se llame?

—Mi querida hermana le permitía comprarse ropa en determinadas tiendas...

—¿Qué? ¿Se refiere a que no disponía de dinero propio?

—Creo que Eoghan le enviaba lo que podía ahorrar.

—¿Su situación era peor que la de sus criados?

Duchlan tardó unos minutos antes de responder.

—No tenía gastos siempre que se quedara aquí con nosotros —arguyó.

—Entiendo. —De pronto, Barley se inclinó hacia delante—. Dígame, por favor: ¿en qué momento empezó su nuera a quejarse de su esposo?

—Nunca ha parecido muy contenta. Pero estas últimas semanas han sido mucho más difíciles que cualquier otro período anterior.

—¿Desde que trabó amistad con McDonald?

—Sí, creo que sí.

—Ha sido en estas últimas semanas cuando ha empezado a exigir una casa propia, ¿no?

Duchlan inclinó la cabeza.

—Desde que salió huyendo de esta casa —respondió en voz baja—. Su relación con mi hermana entró en crisis esa noche. Le dijo que no volvería a estar en deuda con ella por un mendrugo de pan nunca más, que se marchaba para ganarse la vida como pudiera, aunque fuera sirviendo en una casa.

—¿Habló en esos términos cuando regresó?

Barley hizo la pregunta en un tono que rebosaba entusiasmo. Echó el cuerpo hacia delante como si temiera perderse una sílaba de la respuesta.

—No exactamente. Cuando regresó, manifestó su voluntad de tener una casa que fuera suya, con su marido e hijo.

Hubo un breve silencio que quebró el inoportuno graznido de una gaviota. Barley alzó la mano.

—Me atrevería a decir que todo se reduce a esto —observó—: la señorita Gregor sospechaba de su nuera y estaba decidida a descubrir la verdad ante su marido, sin duda por los motivos más nobles. Eso, créame, podía traerles problemas serios tanto a la señora de Eoghan como al doctor McDonald. Como la primera carece de recursos, la perspectiva de verse divorciada y privada de su hijo debía de angustiarla mucho. En cuanto al médico, se exponía a que le prohibieran ejercer su profesión y, por tanto, a acabar por completo arruinado. Así pues, es obvio que ambos tenían motivos de peso para querer quitar a su hermana de en medio.

Duchlan no respondió. Ni tan siquiera sus dedos se movían. El policía se levantó y dio una fuerte palmada.

—Sostengo —declaró en tono amenazador— que fueron esas consideraciones las que le llevaron a sugerirle a su nuera, después del asesinato de su hermana, que más le valía adoptar medidas inmediatas para evitar el patíbulo.

—¿Qué? ¿Me acusa...?

—Perdóneme, Duchlan, pero, en mi humilde opinión y según mi conocimiento de los hechos, no cabe otra explicación. Usted creía que su nuera era cómplice del asesinato de su hermana a manos del doctor McDonald. El destino de él no le preocupaba; el de ella, sí. Es la esposa de su hijo, la madre de su único nieto, el heredero de Duchlan. Sabía bien que, si se ahogaba, no solo habría silencio sobre su participación en el crimen, sino también sobre cómo había hallado la muerte. En Escocia no hay tribunal forense. Además, solo usted conocía sus encuentros con el doctor McDonald. Mientras siguiera viva, existía la pavorosa posibilidad de que la relación continuara y se descubriera. Su muerte les traería seguridad a todos, a usted, a su hijo y al hijo de su hijo, a su casa y a su apellido.

El silencio volvió a cernerse sobre el despacho y se hizo tan profundo que las campanadas de las horas del reloj del recibidor les resultaron insoportables. La cabeza de Duchlan empezó a balancearse como la de uno de esos ingeniosos muñecos que reaccionan al mínimo roce durante largos períodos de tiempo.

—Su nuera cedió a su coacción —añadió Barley—. Una clara admisión de su culpabilidad.

# 23

## Tortura

Cuando Duchlan se hubo marchado, el doctor Hailey refirió al policía su conversación con el doctor McDonald.

—Por supuesto, puede interrogarlo usted mismo si lo desea —añadió—, pero creo que perderá el tiempo. Confesó con toda sinceridad que se había enamorado de la señora de Eoghan; negó, de manera reiterada, que ella le hubiera dado nunca pie a hacerse ilusiones.

—¿Eso dijo? —La expresión de Barley mostró cuánta importancia otorgaba a semejante afirmación—. Es curioso, si dice la verdad, que la señora de Eoghan intentara ahogarse; aún lo es más que se hayan cometido estos asesinatos. Las personas inocentes nunca cometen crímenes para librarse de acusaciones injustas.

—Estoy de acuerdo. Pero, a veces, las personas inocentes se sacrifican para proteger a aquellos a los que aman.

—¿Qué razón podía tener la señora de Eoghan para pensar que su marido había matado a su tía?

—Estoy seguro de que lo pensaba.

—Sí, pero ¿por qué?, ¿por qué?

—Si uno ama, teme. Recuerde que había un móvil claro.

Barley frunció el entrecejo.

—Eso es decir que lo creía capaz de asesinar.

Miró al doctor Hailey mientras hablaba.

Cuando el médico negó con la cabeza, volvió a fruncir el entrecejo.

—Puede significar eso, por supuesto. Pero ¿lo significa forzosamente? Si sabemos que existe un móvil claro, puede apoderarse de nosotros un miedo aterrador, un miedo que no puede expresarse en palabras o ni tan siquiera pensarse; que es un sentimiento más que una idea. Y es posible que actuemos guiados por ese sentimiento...

—Aun así, la base de la idea es el asesinato.

—No, yo creo que la base de la idea es la compasión, el conocimiento de la naturaleza humana que todos obtenemos a partir de nuestra propia humanidad. ¿Hay un solo crimen que usted o yo no podríamos cometer en determinadas circunstancias? Recuerde que nadie está libre de pecado. Tengo la certeza de que solo las personas muy necias o muy vanidosas están tan seguras de sí mismas como para creerse inmunes a tentación. Los santos y los pecadores tienen más en común de lo que suele suponerse.

Barley se reclinó en la silla. Su rostro adquirió una expresión magnánima.

—Su método, créame, me atrae mucho —declaró—. Si pudiera creer que la señora de Eoghan ama a su marido, hasta podría dejarme convencer. Pero ¿cuáles son los hechos? —Negó con la cabeza—. ¿Puede dudar, hablando de hombre a hombre, que quisiera a McDonald? ¿Huye una mujer de noche y va al encuentro de un hombre que no le interesa especialmente? ¿Se ve con él en secreto? No es fácil deshacerse de una mujer cuando se encariña de uno, créame. Pero ella fue astuta. Si no podía tener al médico, no estaba dispuesta a perder al marido. Recuerde que la muerte de la señorita Gregor les fue útil a tres personas: rescató al doctor McDonald, salvó a Eoghan Gregor y le devolvió a ella a su marido y a su hijo.

—Aun así, McDonald me pareció un hombre honesto.

Barley no respondió. Estaba decidido a interrogar al doctor McDonald y no era de los que cambiaban fácilmente de opinión.

Se puso su peculiar guardapolvo, con la que parecía un tablero de ajedrez, y esa tarde condujo hasta Ardmore en compañía del doctor Hailey. Encontraron al médico en casa. Los llevó a un cuartito de la parte trasera que olía ligeramente a yodoformo. Allí había varias vitrinas repletas de instrumental y numerosos botes con gasas y vendas. Aunque la limpieza y el orden de la consulta eran irreprochables, su aspecto era desolador. Le faltaba espíritu.

El doctor McDonald abrió un cajón del escritorio que ocupaba el fondo del cuarto y sacó una caja de puros.

—¿Fuma, inspector?

—No, gracias.

Barley se sentó en un sofá de piel y cruzó las piernas. Entró en materia de inmediato, advirtiéndole que las preguntas que estaba a punto de formularle pondrían probablemente a prueba tanto su memoria como su capacidad de observación.

—Remontémonos, en primer lugar, a la noche del asesinato de la señorita Gregor. Según tengo entendido, esa noche le llamaron para que fuera a ver al hijo de la señora de Eoghan Gregor.

—Sí, así es.

—¿Sobre qué hora?

—Sobre las nueve y media.

—¿Le recibió la señora de Eoghan Gregor?

—Estaba en el cuarto con su hijo. El niño había tenido otro de sus ataques de histeria y estaba bastante débil. Yo...

—Perdone que le interrumpa, pero ¿cómo iba vestida la señora de Eoghan Gregor?

—Llevaba una bata azul.

—¿Estaba la doncella, Christina, en el cuarto?

—Sí. Pero, en cuanto llegué, se fue para atender a la señorita Gregor. Regresó antes de que me marchara.

—¿Así que usted y la señora de Eoghan Gregor estuvieron solos?

—Con el niño, sí.

—¿Parecía la señora de Eoghan más alterada que de costumbre?

McDonald alzó la cabeza con gesto brusco. Una expresión preocupada asomó a su rostro.

—Estaba angustiada por el niño.

Barley le enseñó las palmas abiertas.

—Seré franco con usted —declaró—. Duchlan acaba de contarme que la señora de Eoghan y su tía tuvieron una violenta discusión esa tarde, por cuya razón la joven se acostó temprano. Lo que quiero saber es si ella le habló de esa discusión.

—Me comentó que estaba molesta por la actitud que su tía adoptaba con ella.

—¿Le dijo que la había acusado de estar enamorada de usted?

Barley había alzado la voz. Pero el efecto que produjo resultó menor del que parecía esperar. McDonald asintió con la cabeza.

—Sí, me lo dijo.

—¿Le contó que la señorita Gregor estaba decidida a transmitir todas sus sospechas a su sobrino en cuanto él regresara?

—Sí.

El policía adelantó la cabeza con gesto brusco.

—¿Eso les traería la ruina tanto a la señora de Eoghan como a usted? —le preguntó.

—Posiblemente, si Eoghan Gregor creía a su tía.

—¿Tiene alguna razón para suponer lo contrario?

McDonald se enjugó la frente.

—Eoghan Gregor está enamorado de su esposa y ella de él —respondió en voz baja.

—Aun así, ¿su esposa se veía con usted todas las noches?

—¿También se lo ha contado Duchlan?

—Sí.

—No es cierto. Solo nos vimos una o dos veces, porque la señora de Eoghan quería pedirme consejo. —De pronto, McDonald alzó la voz  . No se hace una idea de la tortura que infligían a la pobre muchacha su suegro y su tía.

—¡Tortura! ¡Tortura! —exclamó Barley en tono de reproche por lo que consideraba una exageración.

McDonald se levantó y empezó a pasearse de acá para allá. Su cuerpo poderoso parecía demasiado grande para la estrechez de la consulta. Al doctor Hailey le recordó un tigre joven que había visto en una jaula en el zoológico.

—Sí, tortura —gritó—. Es la única palabra que lo describe. Usted no conocía a la señorita Gregor; yo sí. Una mujer sin un ápice de compasión, devorada por los celos y el orgullo de familia. Creo que no se había casado porque no soportaba la perspectiva de perder el apellido Gregor de Duchlan. Puede parecer una idea grotesca, pero estoy convencido de que su instinto era ser la madre de su estirpe además de la hija. Por un azar del destino, había podido colmarlo en el caso de Eoghan. No obstante, Oonagh le impedía satisfacerlo por completo. Se había atrevido a hacer valer su condición de esposa y madre. Eoghan la amaba más de lo que quería a su tía. Era evidente que, en cuanto se truncara el fino hilo de la vida de Duchlan, el reinado de la señorita Gregor en el castillo de Duchlan se acabaría para siempre. —McDonald hizo una pausa antes de

añadir—: A menos que, en ese tiempo, lograra distanciar a marido y mujer y separarlos para siempre. En ese caso, Hamish
caería en sus manos igual que su padre. Y continuaría siendo
la señora de Duchlan.

Se volvió mientras hablaba y se encaró con su acusador.
Barley conocía la naturaleza humana demasiado bien para no
quedarse impresionado, pero también era un hombre práctico,
muy capaz de opinar sobre las motivaciones que inducían a las
personas a razonar de una determinada manera.

—Me está diciendo, no lo olvide, que ni usted ni la señora
de Eoghan podían esperar ninguna clemencia de la señorita
Gregor —le advirtió—. Es justo lo que pienso yo.

—¿Qué demuestra eso?

—Proporciona un móvil claro para el crimen que estoy convencido de que cometieron entre los dos.

El médico se sobresaltó.

—¿Qué? ¿Cree que yo asesiné a la señorita Gregor?

—Con la ayuda de la señora de Eoghan.

A McDonald se le ensombreció el rostro. Volvió a enjugarse la frente. El doctor Hailey lo vio mirar por la ventana
como si lo hubiera asaltado el impulso de huir. Después se
echó a reír.

—Debe de estar usted loco. ¡Loco! ¿Cómo supone que entré
en su habitación?

Volvió a enjugarse la frente. Tomó asiento y se concentró
en colocarse bien la pierna.

—Por la puerta.

—¿Qué? ¿Intenta decirme que no sabe que estaba cerrada
con llave?

—Eoghan Gregor dice que no lo estaba.

El médico lo miró sin comprender. Repitió, en tono de desconcierto:

—¿Eoghan dice que no estaba cerrada con llave? Pero yo vi como el carpintero serraba la cerradura.

—¿Tiró del picaporte?

—No.

—Así que no lo sabe con certeza.

—El carpintero tiró del picaporte.

—¿Se lo dijo él?

—Dios santo, no. Vi como lo hacía. Lo probó varias veces.

Barley parpadeó.

—No obstante, eso fue por la mañana. Lo que yo planteo es que la puerta no estaba cerrada con llave la noche anterior cuando usted salió del cuarto del niño después de haberlo visitado.

—Entonces también lo estaba. La señora de Eoghan oyó como echaba la llave su tía.

—Disculpe, pero el testimonio de la señora de Eoghan no tiene ninguna validez en ese punto.

McDonald volvió a reírse.

—Entiendo que diga lo que diga, usted ya me ha condenado, ¿no?

—Amigo mío, la señorita Gregor fue asesinada. Por tanto, alguien entró en la habitación y salió de ella. Y los seres humanos no atraviesan puertas ni ventanas. En mi humilde opinión, es más fácil suponer que la señora de Eoghan y usted han dado una versión falsa de los hechos que pensar que las leyes de la naturaleza se han dejado a un lado.

—¿Y cómo sugiere que maté a la anciana? ¿Con mi pata de palo?

—No, señor. Creo que la señora de Eoghan le subió un hacha de la cocina. Los criados ya estaban acostados.

—Entiendo. —El médico respiró hondo—. Y la escama de arenque que se encontró en la herida, ¿de dónde salió?

—Posiblemente de la hoja del hacha.

—Aún tiene que explicar cómo echaron la llave desde dentro, ¿no?

—Creo que eso también puedo explicarlo.

Barley había recobrado su labia habitual; como un cazador que ha acorralado a su presa, parecía estar preparándose para asestar el golpe mortal.

—No me sorprendería que pronto apareciera una prueba concluyente de que usted asesinó a la señorita Gregor —declaró—. ¡No me sorprendería nada! Y diré más. Sé dónde buscarla y también sé que, cuando lo haga, la encontraré.

Habló con total convicción.

El doctor Hailey sintió una perplejidad que vio que McDonald compartía plenamente. ¿Cómo podía demostrarse que el médico había entrado en la habitación? ¿O que había vuelto a salir sin pasar por la puerta?

—Hay un último punto que necesito que me aclare —continuó Barley—. ¿Recuerda quién fue el primero que entró en la habitación de la señorita Gregor cuando el carpintero terminó de serrar la cerradura?

—Yo.

—¿Estaban las persianas bajadas?

—Sí.

—¿Las subió?

—Sí.

—Muy bien. Ahora dígame, ¿fue alta o baja la amputación que le obligó a llevar una pata de palo?

—Alta.

—¿Así que anda con dificultad?

—Oh, no.

—Me refiero a si siempre corre cierto riesgo de resbalar o caerse.

McDonald negó con la cabeza. Levantó su pata de palo del suelo valiéndose de ambas manos.

—Como ve, llevo un zapato especial en este pie —observó—. Estos clavos de la suela se agarran a lo que sea.

De regreso al castillo, Barley preguntó al doctor Hailey si se había dado cuenta de que McDonald no había mencionado el asesinato de Dundas en ningún momento.

—Me he pasado todo el interrogatorio esperando a que presentara ese segundo asesinato como prueba de su inocencia.

—¿Por qué?

—Porque los culpables siempre ponen demasiado empeño en demostrar su inocencia.

—Entiendo. ¿Significa eso que abriga dudas sobre su culpabilidad?

—No exactamente. Creo que mis argumentos son buenos; lo bastante buenos para que cualquier jurado lo declare culpable por unanimidad. Pero se basan más en la lógica que en el convencimiento personal. Francamente, no me parece que McDonald dé el perfil que le he asignado.

—Coincido con usted.

—¿También piensa igual de la señora de Eoghan?

—Sí.

—Y, no obstante, o son ellos o es Eoghan Gregor. Y ahora sabemos que nos ha mentido.

—¿Sobre la puerta cerrada con llave?

—Exacto. El carpintero tiró del picaporte. —Barley se recostó en los cojines y se peinó el bigote—. He dejado recado en el castillo de Duchlan para que lo manden a buscar. Oiremos su versión de los hechos.

—Me he fijado en que no le ha hecho ninguna pregunta sobre la huida de la señora de Eoghan a esta casa —observó el doctor Hailey.

—No. Me habría explicado lo mismo que a usted. Para serle sincero, desde que lo he visto, estoy menos seguro de las circunstancias de esa huida. Empiezo a pensar que está enamorado de ella. En ese caso, es seguro que no la rechazó.

—Y, por tanto, resulta improbable que ella se ofreciera a él.

Barley negó categóricamente con la cabeza.

—No, no; una cosa no quita la otra. Las mujeres enamoradas no miden las consecuencias nunca o casi nunca y, por tanto, suelen actuar con una imprudencia extrema. Pero sucede de manera muy distinta con los hombres enamorados. Un hombre, por suerte, jamás pierde su sentido social, ni tan siquiera cuando parece dispuesto a dejarse llevar. Los siglos han grabado a fuego en la mentalidad masculina que el trabajo asistencial debe ir primero. Creo que fue McDonald quien propuso los encuentros que ambos tuvieron en secreto. Pero esa noche mandó a la señora de Eoghan a casa. No estaba preparado para inmolarse profesionalmente.

# 23

# Pisadas

El carpintero los esperaba en el castillo de Duchlan. Era un hombre alto y enjuto con las facciones grandes y los ojos claros. Enseguida descartó la idea de que la puerta no estuviera cerrada con llave cuando él llegó.

—Tenía la llave echada —declaró—. Yo mismo tiré del picaporte. Es más, intenté forzar la cerradura. Pero con estas puertas es imposible. Supongo que ya sabe que el padre de Duchlan era cerrajero.

Barley asintió con la cabeza.

—Está dispuesto a jurar que la llave estaba echada por dentro, ¿verdad? —preguntó.

—Lo estoy.

El policía despachó al carpintero y pidió a Angus que le llevara un fuelle de la cocina. Después invitó al doctor Hailey a acompañarlo.

—Le he prometido una prueba concluyente de la culpabilidad de McDonald —explicó—. Y ahora se la daré. Prepárese para llevarse una sorpresa. Como acaba de oír, la versión de Eoghan Gregor es un cuento.

Salieron de la casa y se dirigieron al macizo de flores que había bajo la ventana de la habitación de la señorita Gregor. El policía le cogió el fuelle al gaitero.

—Observe que la habitación de la señorita Gregor está justo

encima del despacho —dijo—. También que la tierra de este macizo está bastante seca. El señor McLeod, el fiscal, lo inspeccionó la mañana después del asesinato y lo encontró intacto. Se volvió hacia Angus—: ¿Tengo razón?

—Sí, señor. Yo acompañaba al señor McLeod cuando inspeccionó el suelo. Estaba exactamente igual que ahora.

—Muy bien.

Barley acercó la boquilla del fuelle al suelo y empezó echar aire con suavidad. La tierra fue levantándose en semicírculos hasta dejar una superficie más o menos uniforme. Continuó echando aire unos minutos más y después se enderezó. Su expresión era de desconcierto.

—¿Y bien? —preguntó el doctor Hailey.

—Fíjese, no hay nada. Francamente, no lo entiendo.

Miró hacia la ventana de la señorita Gregor. Una exclamación asomó a sus labios. Señaló un gancho de hierro que sobresalía de la pared justo encima de la ventana.

—¿Qué es eso? —preguntó a Angus.

—Lo pusieron ahí hace mucho tiempo para colgar un toldo, señor. Pero a la señorita Gregor no le gustó el toldo.

—¿Es posible alcanzarlo desde el alféizar de la ventana?

—Sí, señor.

El policía calculó la distancia del gancho al suelo. Después, se subió al macizo de flores y utilizó el fuelle en la zona que quedaba justo debajo del gancho. Unos cuantos vigorosos golpes de fuelle dejaron al descubierto una pisada bajo la tierra suelta de la superficie. Poco después, apareció una segunda pisada, en la que se apreciaban claras marcas de clavos. Barley dio un paso atrás y señaló las pisadas.

—Ahí tiene. Pisadas, una con clavos.

Tenía un brillo triunfal en los ojos. Se volvió hacia el doctor Hailey:

—Ha visto el zapato de McDonald —exclamó—. ¿Duda que esta pisada sea suya?

—No. No me cabe ninguna duda de que lo es.

—Fíjese: justo debajo del gancho. Disponía de una cuerda, según parece. Debió de quedarse colgando a poca distancia del suelo, porque las pisadas no son profundas. Estoy seguro de que, nada más saltar, entró en el salón de fumar por la ventana; no hay más pisadas. Sin duda, ella lo esperaba ahí, lista para tapar sus huellas con unos cuantos puñados de tierra.

El doctor Hailey asintió con un gesto.

—Así debió de ser, por supuesto —dijo—. Le felicito.

Volvieron a entrar en la casa y subieron a la habitación de la señorita Gregor. Barley se encaramó al alféizar de la ventana y se aseguró de que el gancho podía alcanzarse desde allí.

—Ya que estamos, inspeccionemos el gancho desde arriba —propuso—. El hierro está oxidado y es muy probable que la cuerda que utilizó McDonald haya dejado algún rastro.

Su conjetura se confirmó. Asomado a la ventana de la pequeña despensa de la última planta, contigua al cuarto del niño, el doctor Hailey tenía una perspectiva magnífica de la parte superior del gancho de hierro. La recia capa de orín se había desprendido en una zona y se veía el metal de debajo.

—¿Se convence ahora de que se utilizó una cuerda? —preguntó Barley.

—Sí.

—Esa debe de ser la explicación porque, como ve, nadie pudo llegar al gancho desde aquí arriba: hay demasiada distancia. Tampoco nadie pudo llegar desde el suelo, porque no hay señales de que se utilizara ninguna escalera. Así pues, lo alcanzó desde el alféizar de la ventana de la señorita Gregor, algo que, como acabo de demostrar, es fácil.

Barley se apoyó en el aparador, que ocupaba una pared de

la despensa y donde había jarras de leche y platos de varias clases.

—Creo que lo que ocurrió fue esto —continuó—. Cuando la señora de Eoghan se dio cuenta de que su tía estaba decidida a arruinarles la vida a ella y a su amante, su primera idea, como sabe, fue huir. Pero ni ella ni McDonald tienen dinero. Él sabía que era una locura. ¿Acaso no se esforzó por convencerla de que regresara a su casa cuando se presentó en la suya? A partir de lo que usted me ha contado sobre ese incidente, creo que es correcto deducir que, a esas alturas, el doctor ya estaba muy alarmado por la violencia de la joven y por cómo reaccionaban ante ella en esta casa. Sobre todo, le tenía miedo a la señorita Gregor, cuyo carácter conocía demasiado bien. Pero deshacerse de una mujer testaruda con la que se tiene un compromiso es tan difícil como regresar de los infiernos. *Facilis est descensus Averni, sed revocare gradum, hic labor, hoc opus est!*

Esa vez, la cita le brotó divinamente de los labios. Trazó un amplio gesto con ambas manos que levantó una pequeña corriente de aire e hizo tintinear los platos detrás de él.

—La señora de Eoghan podía llamarlo cuando le placiera, por su hijo. Además, lo obligó, aunque puede que él no necesitara ninguna coacción, a verla extraoficialmente en su barco. Allí se enteró de que las cosas iban de mal en peor. Luego descubrió que la ruina era una posibilidad, casi una certeza. Quizá Duchlan pudiera perdonarlo y olvidar, pero no así la señorita Gregor.

»Así que planearon asesinarla. El carácter preciso de sus planes solo puede suponerse; reconozco que aún hay lagunas en lo que sabemos. Pero el esquema está claro. Tras la llegada del médico la noche del asesinato, la señora de Eoghan bajó a la habitación de su tía para decirle que estaba muy preocupada por su hijo. Eso preparó el terreno para que el doctor McDonald pasara luego a hacerle una visita. Cuando él fue a su habitación, la señora de Eoghan bajó al despacho. El médico debió de golpearla entonces. Como sabe, se trató de un golpe fortísimo que, no obstante, no fue mortal. Pero a la anciana le falló el corazón. El médico echó la llave por dentro, se aseguró de que la señorita Gregor estaba muerta, pasó la cuerda por el gancho y se descolgó por la ventana, que cerró al salir. La cuerda no llegaba hasta el suelo. Pero había poca altura. Como hemos visto, solo quedaba entrar en el salón de fumar por la ventana, recoger la cuerda, deshacerse del arma y tapar las pisadas. Luego, McDonald salió de la casa por la puerta principal. Sabía que volverían a llamarlo en cuanto se descubriera el crimen. Todo salió tan bien, como usted sabe, que, de hecho, a la mañana siguiente tuvo oportunidad de echar el cerrojo a la ventana sin que lo vieran, levantando así una barrera formidable entre sus perseguidores y él.

Barley habló con un orgullo que, dadas las circunstancias, podía perdonársele. Había resuelto el caso; solo le faltaba rematarlo.

—Espero que me critique sin piedad —añadió.

El doctor Hailey negó con la cabeza.

—La única crítica que podría hacerle ya se la ha hecho usted. Los hechos no parecen casar con las personas. Por otra parte, creo que, en este caso, las personas deben supeditarse a los hechos. No hay otra explicación posible.

—No. —Barley volvió a hacer tintinear los platos—. El asesinato de Dundas es increíble si no lo cometió el doctor McDonald. Piénselo; usted montaba guardia, por así decirlo, en la puerta de su habitación; ese joven pescador no le quitaba ojo a la ventana. Usted está dispuesto a jurar que no entró nadie por la puerta; él está dispuesto a jurar que no entró nadie por la ventana. Y sabemos que la versión de Eoghan Gregor es inventada.

—Lo suponemos, al menos.

—No, señor. —De pronto, Barley sonrió—. Quizá haya observado que me he separado un momento de usted cuando subíamos. He ido a la habitación de Dundas. El colchón de su cama es de pelo, y de los duros. Supongo que debió de pedir que se llevaran el de plumas. Eoghan no estaba al tanto del cambio.

Llamaron a la puerta de la despensa. Christina entró y pidió al doctor Hailey que fuera un momento al cuarto del niño.

—Es Hamish —explicó—. Vuelve a estar raro.

Entró la primera en el cuarto, pero se dio la vuelta para cerrar la puerta. El doctor Hailey se acercó a la cuna y se inclinó sobre el niño dormido.

—¿Qué ha ocurrido? —preguntó.

—Estaba crispando la cara.

—No creo que haya ningún motivo de alarma.

Escuchó la respiración del niño durante unos minutos y después se volvió hacia la anciana, que estaba detrás de él tironeándose nerviosa del delantal.

—Lo que necesita es dormir, descansar.

Los ojos de Christina estaban cargados de preocupación. Movió la cabeza en un gesto que expresaba tristeza y resentimiento.

—¿Cómo va a descansar el pobrecillo en esta casa? —preguntó con su marcado acento de las Tierras Altas. De golpe, avanzó un paso y alzó la flaca mano.

—Dígame, ¿es cierto que el policía de Edimburgo sospecha de la madre de Hamish?

—No... no creo que pueda hablarle de eso.

La anciana soltó un grito.

—Entonces será verdad, si no me lo quiere decir. —Le puso una mano en la manga y lo miró con sus ojos negros—. Ella no es culpable —declaró con honda convicción—. Sé que no es culpable.

El doctor Hailey frunció el entrecejo.

—¿Cómo puede saberlo?

—La señora de Gregor no le haría daño a una mosca.

El médico negó con la cabeza. No tenía intención de hablar del caso con aquella anciana, pero le costaba resistirse a la sincera vehemencia de su voz.

—Espero que tenga razón.

Christina siguió agarrándole el brazo.

—Sé qué debe de andar diciendo el policía de Glasgow —declaró—. Que fue el doctor McDonald quien mató a la señorita Gregor, con la ayuda de la madre de Hamish. —Le soltó el brazo y se apartó de él—. ¿Puede sentarse, por favor? Hay una cosa que debo decirle.

El doctor Hailey vaciló un momento y después hizo lo que le pedía. Christina se sentó enfrente de él, en una silla baja que el médico supuso que llevaba generaciones utilizándose en el cuarto de los niños del castillo de Duchlan. Tenía la cara morena y ajada y las comisuras de la boca se le crispaban de manera involuntaria.

—¿Vio la cicatriz de una herida en el pecho de la señorita Gregor? —le preguntó.

—Sí.

—Le hablaré de ella.

Se llevó la mano a la frente y se quedó un momento en esa postura, como si rezara. Luego lo miró de hito de hito.

—Vine al castillo de Duchlan el año que el señor se casó —dijo—. Cuando nació el señor Eoghan, su madre me pidió que fuera su niñera. No sabe la de veces que me he sentado en esta silla y lo he bañado delante de ese fuego de ahí. Su madre solía sentarse donde usted está ahora.

Se tapó los ojos con la mano. Un incómodo silencio inundó el cuarto. El doctor Hailey se descubrió escuchando atentamente la suave respiración del niño.

—¿Y bien? —preguntó.

—Era un ángel, y muy hermosa. El señor estaba loco por ella. Aún oigo sus pasos en la escalera, subiendo para sentarse junto a ella mientras yo bañaba al señor Eoghan. Ah, en esa época era un hombre distinto al hombre que es ahora, bromista y risueño. Pero la señorita Gregor siempre fue igual y él le tenía miedo. ¿Sabe que se quedó en esta casa durante todo el tiempo que el señor estuvo casado?

Hizo otra pausa. Cuando tenía los ojos cerrados, parecía un pájaro muy viejo a punto de mudar sus últimas plumas.

—La señorita Gregor no tenía ni una buena palabra para la esposa de su hermano. Y era muy hábil hiriendo a la pobre dama. Se pasaba el día lanzándole indirectas y encontrándole fallos. Los alimentos no estaban frescos; se desperdiciaba comida en la cocina; la ropa del señor no estaba oreada; el señor Eoghan no engordaba. Lo que fuera. No se quejaba a su cuñada, sino solo al señor. «Tienes que hablar con ella», decía siempre, y él no se atrevía a desobedecerla.

»La esposa del señor era irlandesa y tenía genio. Como amaba a su marido, la ofendía la machaconería de la señorita Gregor. Un día, después de que su marido se quejara de lo mal que llevaba la casa, corrió a ver a su cuñada y le dijo que sabía a qué venía tanta queja. Estaba tan enfadada que no le importaba que yo la oyera. "Creo que tengo derecho a hablar cuando veo que descuidas a mi hermano y a su hijo", alegó la señorita Gregor sin levantar la voz. "Tú no tienes derecho a sembrar cizaña entre mi marido y yo ni a intentar quitarme a mi hijo", respondió la señora Gregor. Vi que la sangre se le subía a las mejillas y a los ojos. Gritó: "Desde que me casé, has intentado robarme mi felicidad. Me estás robando a mi marido. Después intentarás robarme a mi hijo. Los demás pueden pensar que eres una mujer buena, pero yo te conozco". La señorita Gregor sonrió y dijo que se lo perdonaba todo, como debía hacer toda buena cristiana. Luego acudió a su hermano, con los ojos enrojecidos de tanto llorar, para hablarle del mal genio de su esposa.

Christina chasqueó las desdentadas mandíbulas. Le centellearon los ojos.

—Vaya si era astuta. ¿Ha visto un gato acechando a un ratón? El señor empezó a creer que su esposa era injusta con su hermana. Tenían peleas espantosas y la señorita Gregor siempre estaba esperando para ponerse de parte de su hermano. Él ya no venía a sentarse con su esposa, pero solía subir con su hermana. El señor Eoghan le tenía miedo a la señorita Gregor, que nunca tuvo mano con los niños, pero su padre lo obligaba a besarla. Doctor, doctor, yo sabía que algo malo iba a ocurrir y no podía hacer nada para ayudar a la pobre dama. ¿Sabe que podía ver como la locura se le reflejaba cada vez más en la cara? —Se quedó cabizbaja. Cuando volvió a hablar, lo hizo casi en un susurro—: También fue así con la madre de Hamish, solo que el señor Eoghan casi nunca estaba en casa. —Se abrazó las rodillas y empezó a mecerse en la silla—. Hamish le tenía miedo a la señorita Gregor. La primera vez que sufrió uno de sus ataques fue después de que ella intentara darle alguna de sus medicinas en este cuarto. Su madre subió y lo cogió en brazos porque el pobrecillo estaba chillando de miedo.

—Se interrumpió de golpe y la preocupación le embargó la cara—. Recuerdo el día que la señora de Duchlan hizo lo mismo —exclamó. Se quedó un rato callada y después añadió—: La noche que la señora de Duchlan se ahogó, su hermana se puso enferma.

# 24
## Por la ventana

La cara del doctor Hailey reflejó el horror que le había infundido esa información.

—¡Ahogada!

—Sí. En el arroyo, con la marea alta.

—¿Qué enfermedad tuvo la señorita Gregor?

—No lo sé. El médico, el doctor McMillan, traía vendas siempre que venía a verla. Yo misma las vi en su maletín.

Su voz se fue apagando.

—¿Qué explicación dio el señor? —preguntó el doctor Hailey.

—No dio ninguna. El fiscal de Campbelltown, no el señor McLeod, sino el caballero que ocupó el cargo antes que él, vino una o dos veces. Cuando la señorita Gregor estuvo mejor, ella y el señor se fueron de viaje a Inglaterra.

—Entiendo. —El médico negó con la cabeza—. ¿Parecía el señor... cree usted que estaba afligido por la muerte de su esposa?

Christina suspiró hondo.

—Quizá lo estaba; o quizá no. No sabría decirle.

—¿Subía mucho al cuarto de su hijo?

—No. Pero la señorita Gregor venía todos los días. El señor Eoghan era suyo y ella insistía en que la llamara «madre». Cuando se hizo mayor, la señorita Gregor le dijo que su madre había muerto de un resfriado.

El doctor Hailey se levantó.

—¿Recuerda qué clase de bata solía llevar su pobre señora? —preguntó de improviso.

—Siempre una bata azul como la que lleva la madre de Hamish. Se parecen muchísimo, la madre del señor Eoghan y su esposa. —Christina también se levantó—. ¿Va a decirme por qué culpan ahora a la madre de Hamish? —le suplicó.

El médico se estremeció. ¿Acaso no le había dado Christina la información que le faltaba a Barley para su caso? Estaba a punto de negarle su petición cuando tuvo el impulso de sincerarse como ella había hecho con él.

—Solo el doctor McDonald puede haber cometido los asesinatos —respondió—. Él y la señora Gregor son amigos.

—¿Por qué dice que solo puede haberlos cometido él?

El médico volvió a vacilar. Pero la congoja de la niñera venció sus reparos. Le hizo un resumen del caso.

—No creo que el doctor McDonald entrara en la habitación —declaró Christina.

—¡Ojalá pudiera probarlo! Por desgracia, yo mismo lo vi entrar en el cuarto del señor Dundas.

—¿Van a detener a la madre de Hamish?

El doctor Hailey movió la cabeza con gesto triste.

—Supongo.

—No, no. No pueden hacer eso. La madre de Hamish no ha sido. Ella no ha sido. Estoy segura.

El niño se puso a llorar. El doctor Hailey lo vio despertarse y después se dirigió a la planta baja. La ola de calor continuaba y la tarde traía un rumor de truenos lejanos. Salió del castillo de Duchlan y fue andando a Darroch Mor. El bosque, pensó, se parecía a una niña gitana que había visto una vez revolcándose en la hojarasca. Llegó a un claro desde el que se veía el fiordo y las magníficas montañas que se alzaban más allá de

Inveraray. La hierba, salpicada de tomillo en cuyas flores se entretenían perezosas las abejas, invitaba a descansar. Se sentó en el suelo y sacó su caja de rapé. Las abejas tocaron música para él hasta que se quedó dormido.

Lo despertó la voz de una mujer. Se incorporó y vio a Oonagh. Se levantó de un salto.

—Me temo que estaba dormido.

La joven asintió con la cabeza.

—Sí. Perdone mi falta de consideración.

Parecía cansada y preocupada, pero el médico se fijó en lo bien vestida que iba. Ojos menos observadores que los suyos podrían no haber reconocido, en la sencillez de su vestido y en su manera de llevar la ropa, una disposición de ánimo y de espíritu muy poco corriente. En una situación tan infausta como la suya, la mayoría de las mujeres habrían relajado su disciplina personal.

—Querría que me ayudara, si es tan amable —dijo—. Necesito tanto su ayuda que me he permitido despertarle. He visto al doctor McDonald y estoy al corriente de la visita que usted le ha hecho esta mañana.

Se interrumpió como si creyera que ya se había explicado con suficiente claridad. El médico se agachó para coger la caja de rapé, que se le había caído en el suelo.

—Usted ha resuelto otros casos con admirable éxito, ¿verdad? —La joven contuvo el aliento—. Si todo termina por saberse, la inocencia también, ¿no cree?

—Sí.

—Pues le doy mi palabra de que el doctor McDonald no asesinó a mi tía. Dígame, ¿cómo podemos demostrar que no fue él?

Se le había iluminado el rostro y aún estaba más bella. Muy a pesar suyo, el doctor Hailey notó la influencia de esa poderosa magia.

—No sé cómo podemos demostrar que no fue él —reconoció.

—Aun así, hay que intentarlo, ¿no? —Oonagh fue junto a él y le puso la mano en el brazo—. ¿Me ayudará?

—Con una condición.

—¿Sí?

—Que me cuente toda la verdad desde el principio y responda a todas las preguntas que le haga.

Oonagh asintió con la cabeza.

—Sí, se lo prometo. —Se sentó en la hierba y lo invitó a acompañarla. Altos helechos, ya amarillentos, le enmarcaron la cara.

—¿Por dónde empiezo?

—Antes que nada, quiero saber cómo era su relación con su tía.

La joven frunció el entrecejo.

—Éramos rivales, supongo.

—¿Rivales?

—Yo soy la esposa de Eoghan y la madre de Hamish. Pero no soy una Gregor como ellos. —Arrancó una ramilla de tomillo y la miró—. Quizá no le di la suficiente importancia a eso. —De golpe, alzó la cabeza y lo miró a los ojos—. Al fin y al cabo, ser una Gregor era el principal interés en la vida de mi tía. Para ella, la familia Gregor eran su marido e hijos, su única razón de ser.

—Usted no diría eso si aún estuviera viva, ¿verdad?

—Quizá no. Pero, en todo caso, me da pena. Ahora pienso que su situación era muy triste, que debía de sentirse muy sola. Codiciaba tanto las cosas que yo tenía: el amor de Eoghan, el amor de mi hijo, puede que incluso el amor de Duchlan. Quería... —Oonagh se interrumpió, con los labios entreabiertos, como si esperara la palabra que necesitaba para expresar su idea—. Quería participar activamente en el futuro de la familia. Ser parte de ese futuro como hacen las mujeres que tienen hijos propios. Como no podía alumbrar hijos que pertenecieran a su familia, quería robar los que habían tenido otras mujeres para inculcarles su personalidad e ideas. Creo que, detrás de eso también estaba la necesidad de toda mujer de ser madre.

Volvió a interrumpirse. El doctor Hailey asintió con la cabeza.

—Entiendo.

—Me parece que estoy siendo terriblemente cruel. Es como hablar de una deformidad.

—Las personas deformes tienen sus mecanismos para olvidar sus males.

—Supongo que sí.

—Imagino que el orgullo familiar era el mecanismo de la señorita Gregor. Observé que su habitación estaba llena de todo tipo de birrias que había hecho en distintos momentos de su vida.

—Sí, yo también observaba eso a menudo. Una vez se horrorizó cuando quise darle un abrigo viejo de Hamish a un niño del pueblo. El abrigo desapareció y Christina me dijo que mi tía lo había quemado. En cambio, no le importó nada cuando le di ropa mía a la madre. La ropa vieja de Duchlan siempre se guardaba en un armario de arriba para enviársela a un misionero de China.

—Para ser devotos.

Oonagh enarcó mucho las cejas.

—Sí, eso es justo lo que me decía, y ese era el ambiente en el castillo de Duchlan.

Cortó la ramilla en pedazos y los esparció por la hierba.

—Cuando me di cuenta de lo que ocurría, empecé a sentir

rencor hacia ella. Me afectó a los nervios. Un día perdí los estribos y le dije que no iba a permitir que se entrometiera en cómo educaba a Hamish. Se echó a llorar y se puso histérica. Pobre mujer, aún la oigo replicándome que no tenía la menor intención de entrometerse. Pero yo le tenía miedo. Era por cómo me miraba. Además, le contó a mi suegro que yo la había tratado mal. Después de eso, hasta el aire que respiraba parecía cargado de resentimiento. Cada día era peor. El doctor McDonald le ha contado que me escapé, ¿verdad?

—Sí.

La joven sacudió la cabeza.

—¿Le ha contado por qué lo hice?

—Sí.

—Supongo que no tendría que haber perdido los estribos de esa manera. Creo que no estaba así de enfadada por mí; me parecía espantoso que sospecharan del doctor McDonald. También me sabía mal por Eoghan y Hamish. —Cogió aire de manera brusca—. Una vez que salí de la casa, me sentí distinta. Pero también sentí que no podía regresar. Fue como despertar de una pesadilla espantosa. En esa casa, ni mi marido ni mi hijo me pertenecían; solo cuando me marché volví a sentirme esposa y madre. Quería regresar a Irlanda, con los míos. Quería escribir a Eoghan desde allí diciéndole que, si me amaba, debía procurarme un hogar...

Se interrumpió. Cuando volvió a hablar, lo hizo con un hilillo de voz.

—No es fácil ser independiente cuando no se tiene dinero. Lo cierto es que yo dependía por completo de la señorita Gregor. Eoghan no gana lo suficiente para mantener a una esposa y a un hijo sin estrecheces.

—¿Le pagaba ella una asignación? —preguntó el doctor Hailey. La observó con atención. Cabía la posibilidad de que la versión de Duchlan sobre la economía doméstica de la familia no fuera fiel a la realidad.

—No. Tenía un sistema que me permitía comprar ropa en determinadas tiendas. Ella pagaba las facturas. Eran la clase de tiendas a las que yo no habría ido nunca. Ya sabe, establecimientos chapados a la antigua nada partidarios de las ideas modernas. En realidad, significaba que todo lo que yo tenía estaba regulado y controlado. —Se interrumpió y añadió—: Muy de vez en cuando, Duchlan me daba unas libras. Pero, en esas ocasiones, siempre me preguntaba qué pensaba comprarme con su dinero.

—¿Su marido no le daba nada?

La joven alzó la cabeza con gesto brusco. Los ojos le centellearon.

—¿Cómo iba a hacerlo? Eoghan no tenía ningún derecho a casarse cuando lo hizo. No estaba en situación de mantener a una esposa. No estaba en situación de tener su propia casa. Sabía desde el principio que la joven con la que se casara tendría que vivir con su familia. Aunque, siendo justos, estoy segura de que no tenía la menor idea de lo que eso implicaba. Los hombres nunca entienden lo que una mujer puede hacerle a otra.

—¿Le hablaba al doctor McDonald en esos términos?

—Sí.

—¿Y qué pensaba él?

—Me decía que estaba seguro de que Eoghan me amaba y que, con el tiempo, todo se arreglaría.

—¿Le dijo eso la noche que usted se fue del castillo de Duchlan?

—Sí. —Oonagh vaciló un momento y después añadió—: El doctor McDonald me rogó que regresara al castillo—dijo—. Ya me había convencido antes de que llegara Christina.

El doctor Hailey asintió con un gesto.

—¿Cómo la recibieron los hermanos cuando regresó al castillo de Duchlan?

—No muy bien. Estaban furiosos, pero intentaron aparentar que sentían más dolidos que enfadados. Eso no les impidió espiarme al día siguiente.

Se ruborizó cuando explicó que le había pedido al doctor McDonald que se vieran donde nadie pudiera molestarlos.

—Me parecía que, si me quedaba completamente sola, podría hacer un disparate. Tal era mi estado nervioso. Un amigo con el que poder hablarlo todo a fondo es la mayor de las bendiciones en tales circunstancias; además, el doctor McDonald sabe cómo es la vida en el castillo de Duchlan. —Frunció el entrecejo y se mordió el labio—. Mi tía me siguió desde la casa. Cuando regresé, justo antes de cenar, subió a mi habitación y me dijo que nos había visto. Ese día no ocurrió nada, pero la tarde siguiente, Duchlan habló conmigo en su presencia. Perdí el control. Les dije que estaba decidida a dejar a Eoghan si se negaba a sacarme de allí.

Sus ojos, más que sus palabras, revelaron la extrema tensión en la que había vivido. Siguió arrancando tomillo, desparramando las florecillas a su alrededor.

—No bajé a cenar. Pero el correo de la tarde me trajo una carta de Eoghan que lo cambió todo. Me decía sin rodeos que había perdido una enorme suma de dinero y que venía al castillo de Duchlan para intentar que la tía Mary se lo prestara. Si no lo conseguía, tendría que licenciarse del ejército con deshonor. La carta terminaba rogándome que dejara a un lado mis sentimientos y le ayudara, por Hamish. —Alzó la vista para mirar al médico—: Por eso fui a la habitación de la tía Mary después de que el doctor McDonald viera a mi hijo.

El doctor Hailey había estado limpiándose el monóculo. Se lo puso en el ojo.

—¿McDonald seguía en el cuarto de su hijo cuando usted fue a la habitación de la señorita Gregor? —le preguntó.

—Sí. Lo dejé ahí.

—¿Cuándo volvió a reunirse con él?

—En el salón de fumar. Él había bajado. Le dije que había decidido hacer todo lo posible por el bien de Eoghan. La ventana estaba abierta por el calor. La habitación de mi tía, como sabe, se encuentra justo encima. La oímos ir hasta las ventanas y cerrarlas.

—McDonald no me dijo nada de eso.

El tono del doctor Hailey era exigente. Vio que la joven se sonrojaba.

—Jamás lo haría, por mí.

—¿Porque habían estado solos en el salón de fumar?

—Sí. De hecho, justo después de que la tía Mary cerrara las ventanas, oímos el motor de la lancha de Eoghan. Mi suegro también debió de oírlo porque, al momento, lo oímos bajar. El doctor McDonald no quería encontrarse con él. Salió por la ventana y rodeó la casa hasta su coche. Yo apagué la luz y esperé hasta que mi suegro hubo abierto la puerta de la casa...

—¿Qué? Entonces, ¿McDonald salió por la ventana? —Al doctor Hailey se le cayó el monóculo.

—Para no encontrarse con mi suegro. Le había contado mi enfrentamiento con él antes de la cena. La puerta del salón de fumar estaba cerrada y la puerta del castillo tenía la llave echada. Si no hubiera salido por la ventana, seguro que se habría topado con mi suegro.

—Entiendo.

—De hecho, era lo único que podíamos hacer en esa situación. Me alegré de que se le ocurriera, porque era muy importante no darle a mi suegro ningún otro motivo de queja contra mí.

—¿Qué hizo después de eso?

—Regresé a mi habitación. Eoghan subió...

Se interrumpió. Las lágrimas le anegaron los ojos sin que pudiera contenerlas.

# 25

## Un proceso de eliminación

—Creo que debe explicarme —dijo el doctor Hailey en un tono más suave— qué ocurrió exactamente entre su esposo y usted.

Oonagh se había serenado, pero seguía arrancando tomillo sin cesar.

—Eoghan me contó lo del dinero que había perdido —respondió.

—¿Subió derecho a su habitación?

La joven miró al frente, hacia las velas marrones de un par de arenqueros fondeados en el fiordo a mucha distancia de la orilla.

—No.

—¿Pasó antes por la habitación de la señorita Gregor?

—Sí.

—¿Le dijo que había ido a verla?

—Sí.

Su voz era casi inaudible. El doctor Hailey la observó un momento antes de preguntarle:

—¿Le dijo que la puerta de su habitación estaba cerrada con llave?

—Sí.

—¿Y que, aunque había llamado a la puerta, ella se había negado a abrirle?

—Me dijo que no le había abierto.

—¿Ni le había respondido?

—Me dijo que tampoco le había respondido.

—¿Tenía su tía el sueño ligero?

—Muy ligero.

—¿Así que él pensó que no le había respondido porque estaba enfadada con usted?

La joven inspiró hondo.

—Sí.

—¿Estaba enfadado con usted?

Estaba muy disgustado.

—¿Le dijo usted que había decidido disculparse con tu tía?

—Sí.

—¿Y bien?

—Estaba demasiado disgustado para... para creerme. Dijo que... le había arruinado la vida... —Oonagh se volvió hacia él con gesto brusco—. Yo le había hablado al doctor McDonald del dinero que Eoghan había perdido y él se había ofrecido a prestármelo. Mi marido también estaba disgustado por eso... —Se interrumpió y se tapó la cara con las manos.

—¿Se refiere a que el ofrecimiento, viniendo de quien venía, hizo sospechar su marido?

—Mi tía le había escrito.

—¿Contándole que usted estaba enamorada de McDonald?

—Insinuándolo.

El médico entornó los ojos.

—¿El hecho de que la señorita Gregor no quisiera abrirle la puerta, unido al de que el doctor McDonald le hubiera ofrecido dinero a usted, lo convenció de que su tía estaba en lo cierto?

—Sí, creo que sí.

—¿La acusó de estar enamorada de McDonald?

—Sí.

—¿Y luego?

La joven alzó la cabeza; el médico observó que la joven temblaba.

—Estaba tremendamente disgustado.

—¿No intentó pedirle perdón por haberse jugado el dinero?

—Oh, no.

El doctor Hailey vaciló.

—He mantenido la promesa que le hice sobre los moretones del cuello —dijo—. No se lo he mencionado a nadie. Pero creo que, ahora, debe decirme cómo...

—Por favor, no.

Los ojos de Oonagh vacilaron. Alzó las manos con gesto brusco, como si quisiera protegerse de un agresor.

—Recuerde que me ha prometido ser totalmente sincera.

—No puedo contárselo.

—Eso significa que su esposo le infligió...

Oonagh volvió a taparse la cara con las manos.

—No debe preguntarme eso.

El médico frunció ligeramente el entrecejo, pero no insistió.

—Dígame —preguntó—: ¿no le pareció extraño que la señorita Gregor se negara a abrirle a su esposo?

—Mucho.

—¿Casi increíble?

—Sí. La tía Mary adoraba a Eoghan.

—¿Sigue pareciéndole extraño?

Oonagh se sobresaltó.

—¿Qué quiere decir?

—¿Sigue pareciéndole extraño que su tía se negara a hablar con su esposo?

La joven negó con la cabeza.

—No, ya no.

—¿Por qué?

—Creo que ya estaba muerta.

La angustia era palpable en su voz. El rostro del médico reflejó preocupación.

—Si estaba muerta —dijo—, entonces ¿el doctor McDonald o su esposo la mataron?

—Oh, no.

—¿Es o no cierto que, cuando se enteró de su muerte, temió que la hubiera matado su esposo?

La joven se quedó cabizbaja y no respondió.

—¿Es cierto?

De golpe, lo miró de hito en hito.

—No puedo responderle con claridad —arguyó— porque mis sentimientos eran confusos. Es como usted dijo en Darroch Mor. Si me pregunta si creo a Eoghan capaz de matar, mi respuesta es «no». Pero si me dice que se ha cometido un asesinato, me entra miedo. Suponga que, en un momento de ofuscación...

—Su esposo ha confesado que asesinó a su tía.

—¿Qué?

A Oonagh se le dilataron las pupilas. Alargó las manos, como si quisiera protegerse de algún grave peligro. El cuerpo empezó a bamboleársele mientras las mejillas le palidecían. El doctor Hailey le pasó un brazo por los hombros.

—Quiero que sepa que yo no lo creo —la tranquilizó.

La joven intentó serenarse y logró recobrar el equilibrio.

—¿Por qué no lo cree?

—Porque, aunque podría haber entrado en la habitación de la señorita Gregor, seguro que no habría podido salir. La llave estaba echada por dentro.

Oonagh lo miró con expresión ausente y temerosa.

—¿Alguien salió de la habitación?

—Sí.

La joven negó con la cabeza. Era evidente que, pese a lo que pudiera sugerirle el corazón, su razón había dictado sentencia.

—Sé que el doctor McDonald no entró en la habitación de mi tía —declaró en tono categórico—. Esa idea es falsa, por muchas pruebas que parezca haber en su favor. —Volvió a negar con la cabeza—. Y alguien tuvo que entrar.

—Recuerde que había más hombres en la casa además de su esposo. Me refiero a Duchlan y a Angus, el gaitero.

—Duchlan no mató a la tía Mary. —Oonagh puso la mano sobre la muñeca del médico—. Es seguro que a la tía Mary y al señor Dundas los asesinó la misma persona, ¿no?

—Casi seguro.

—¿Cómo es posible que Duchlan matara al señor Dundas? El doctor Hailey negó con la cabeza.

—No lo sé. —Al cabo de un momento, añadió—: Su esposo también ha confesado ese asesinato. Pero, una vez más, hay pruebas suficientes de que no lo cometió.

—¿Cuáles?

—El hecho de que no estuviera en la habitación cuando yo me fui. Dice que estaba escondido en la cama; no es cierto.

—El doctor McDonald estaba en la habitación con el señor Dundas cuando usted se marchó, ¿no?

—Regresó a la habitación.

La joven se llevó la mano a la frente.

—Sé que el doctor McDonald no mató a mi tía. Así que tampoco mató al señor Dundas.

El doctor Hailey se encajó el monóculo en el ojo. Su afable rostro parecía preocupado.

—Duchlan debió de descubrir que el doctor McDonald había salido del salón de fumar por la ventana —afirmó.

—¿Por qué dice eso?

—Porque es evidente que cree que McDonald mató a su hermana, con la ayuda de usted.

Observó a Oonagh con atención mientras hablaba. Para su sorpresa, ella estuvo de acuerdo.

—Vio las pisadas del doctor McDonald en la tierra debajo de la ventana a la mañana siguiente. Y las tapó.

—¿Se lo contó él?

—Sí.

—¿Qué conclusión sacó de las pisadas?

—Supo que eran del doctor McDonald, por la diferencia entre los dos pies. Una...

—Sí. Eso ya lo sé. No me refiero a eso. ¿Cómo creía él que McDonald había salido de la casa?

Oonagh vaciló. Luego, su expresión se tornó resoluta.

—Creía que el doctor McDonald había saltado desde la ventana de mi tía —respondió en voz baja.

—¿Eso significa que pensaba que usted era en parte culpable de su muerte?

—Sí.

—¿Se lo dijo él?

—Sí.

—¿Y le insinuó que más le valía anticiparse a su inevitable destino?

—Sí.

—Por favor, cuénteme qué le dijo.

—Me dijo que sabía que el doctor McDonald había matado a la tía Mary para impedirle cumplir su amenaza de contárselo todo a Eoghan. Añadió que había tapado sus pisadas para ahorrarles a Eoghan y a Hamish la vergüenza de mi complicidad en el asesinato. «Solo te queda una cosa por hacer —fueron sus palabras—, y es poner fin a una vida que ya está perdida. Eso, al menos, les evitará a tu esposo y a tu hijo el horror de tu muerte en la horca. —Y añadió—: ¡La marea alta es a las dos de la madrugada!».

Su tono no había vacilado. Parecía que estuviera relatando acontecimientos muy alejados del momento presente.

—¿Y usted temía que el verdadero asesino fuera su marido, aunque no quisiera creerlo? —aventuró el doctor Hailey.

—Sí, ese era mi temor.

—¿Yo tenía razón al pensar que su suicidio desviaría las sospechas de él?

Oonagh inclinó la cabeza.

—Lo habría hecho, ¿no?

El médico negó con la cabeza.

—Quizá. Pero también habría señalado al doctor McDonald como sospechoso.

La joven se sobresaltó.

—Oh, no. Duchlan había tapado las pisadas. Él jamás habría contado lo que había descubierto, por Eoghan.

—Perdone, pero el inspector Barley ha descubierto las pisadas por sí solo. Su suicidio habría llevado a McDonald a la horca.

Oonagh frunció el entrecejo y se mordió el labio.

—No creo que nadie hubiera sospechado del doctor McDonald si no hubieran asesinado al inspector —observó en tono pausado—. El inspector Dundas no sospechaba del doctor McDonald.

El doctor Hailey asintió con la cabeza; era un buen argumento.

—Lo pensé todo a fondo antes de decidirme —continuó la joven—. Me asusta el dolor físico y estaba aterrorizada. Me veía bajo el agua rodeada de algas y me moría de miedo. Hay muchas en la desembocadura del arroyo y siempre me han dado mucho asco. Huelen mal y parecen muy viscosas. Pero pensé que, si aguantaba, quizá me adentraría en el fiordo antes del final del riachuelo porque la corriente del arroyo lleva bastante lejos de la orilla. Lo único que parecía seguro era que mi muerte pondría fin a los problemas de todos. Y sabía que Eoghan estaba muy decepcionado conmigo... creía que había dejado de amarme. Si yo continuaba viva, Hamish vería mi infelicidad y tendría que escoger entre su padre y yo. ¿Qué motivos tenía para seguir viviendo? —Negó tristemente con la cabeza mientras hablaba—. Hablo como si todo eso hubiera quedado atrás —añadió—. Pero está ocurriendo en este momento. Si Eoghan se acusa, puede que solo sea porque es un hombre valiente y pertenece a una clase en la que, por norma, el hombre se sacrifica por su esposa e hijos. De la manera que lo han educado, debe de verme como una cría caprichosa y descontenta incapaz de ser ni esposa ni madre. Si vivo, nuestros problemas volverán a empezar. Él nunca me entenderá ni me perdonará, y yo jamás podré ser la esposa que él quiere y necesita.

—Si me permite decirlo, esa no es la manera correcta de enfocar su problema. Además, tengo la certeza de que está completamente equivocada. La verdad es que, mientras que usted intentó quitarse la vida por su esposo e hijo, ahora su esposo está intentando dar la suya por usted. En otras palabras, su esposo comparte el temor de su padre de que usted pueda ser culpable. Eso, como ya le he dicho, indica que ni usted ni McDonald ni su esposo ni su suegro son culpables. Por tanto, por un proceso de eliminación, llegamos a Angus.

Oyeron pasos en el camino detrás de ellos. El doctor Hailey volvió la cabeza y vio que Duchlan se acercaba.

# 26

# El gato escaldado

Duchlan había envejecido en esos últimos días; andaba con paso vacilante, fijándose bien en dónde pisaba. Pero sus facciones conservaban su expresión habitual. Se acercó al doctor Hailey, que se levantó al verlo venir.

—Le estaba buscando —dijo con voz entrecortada— porque el inspector Barley me ha dicho que mi hijo ha confesado.

Negó con la cabeza al hablar. No despegó los ojos del médico e ignoró por completo a su nuera.

—Cierto, su hijo ha confesado —corroboró el doctor Hailey.

—Es absurdo. Eoghan no mató a su tía.

La voz del anciano se tornó cada vez más fuerte y aguda. Su rostro expresó una mezcla de miedo e ira.

—Puedo demostrar su inocencia —gritó—. ¿Me oye? Puedo demostrarla.

Siguió evitando dirigirle una sola mirada a Oonagh. Pero su manera de ignorarla no disminuyó la evidente amenaza contra ella que encerraban sus palabras. El doctor Hailey se encajó el monóculo en el ojo.

—No creo que haya ninguna posibilidad de que el inspector Barley se tome en serio la confesión de su hijo —sostuvo.

—¿Eh? ¿Cómo dice?

El médico repitió su afirmación. Le sorprendió observar que no había logrado disipar la preocupación del anciano.

—No diga disparates —gritó Duchlan—. Si un hombre confiesa un asesinato, un hombre con las responsabilidades de mi hijo, además, su confesión tiene que tomarse en serio.

—¿Por qué?

—¿Por qué? Porque es de suponer que ha hablado con pleno fundamento. —Al anciano le centellearon los ojos—. Lo cierto es que está protegiendo a otros cuya culpabilidad puede demostrarse y que no merecen el sacrificio que hace por ellos. —Le dio la espalda a Oonagh—. Me gustaría hablar con usted a solas.

El doctor Hailey negó con la cabeza.

—Es mucho mejor hablar abiertamente aquí. Su nuera, a menos que esté equivocado, acaba de contarme todo lo que usted va a explicarme.

—¿Y qué es?

—Que usted descubrió las pisadas del doctor McDonald en la tierra bajo la ventana de la habitación de su hermana.

Duchlan se sobresaltó. Pero siguió dándole resueltamente la espalda a Oonagh.

—Encontré las pisadas, sí: una lisa, la otra con clavos. Nadie podría malinterpretar esa señal. Ese tipo, ya ve, saltó desde la ventana de mi pobre hermana después de cometer su horrible crimen. Yo mismo tapé las pisadas para que no se descubriera la relación de mi nuera con el asesinato. —Respiró hondo, sin dejar de asentir con la cabeza—. Menudo error que cometí. Menudo error. Pero es la madre de mi nieto, que algún día heredará Duchlan. ¿Puede culpar a un anciano de intentar librar a su hijo y al hijo de su hijo de una vergüenza y deshonor imborrables? Pero Dios es justo; todo termina por saberse. La quijotesca caballerosidad de mi hijo ha quebrado, por fuerza, mi voluntad de guardar silencio. ¿Debo quedarme de brazos cruzados y ver cómo llevan a la muerte a un hombre inocente, a mi hijo, cuando tengo la información que le salvará la vida? Los que han derramado sangre inocente deben cargar con el castigo de ese horrible crimen.

Le tembló la voz. Un ligero rubor le había teñido las mejillas. Pero ese color propio de los vivos no trajo consigo ningún indicio de bondad humana. Sus ojos negros irradiaron un brillo frío e inmisericorde. El doctor Hailey dio un paso atrás para poder ver a Oonagh. Seguía sentada arrancando tomillo.

—¿Su idea de que el doctor McDonald asesinó a su hermana —preguntó en tono calmado— se basa exclusivamente en el descubrimiento de las pisadas?

—Por supuesto que no.

Duchlan puso cara de desprecio. Levantó la mano y pareció querer atrapar un puñado de aire.

—¿Cabe la posibilidad de que mi nuera no le haya confesado su relación con McDonald?

—Todo lo contrario, señor.

—¿Por qué me pregunta, entonces, si las pisadas son la única prueba de culpabilidad?

—Usted ha dado por sentado que la relación entre su nuera y el doctor McDonald es indecorosa.

El anciano se sobresaltó.

—He sacado la conclusión que me obliga a deducir lo que he visto y oído.

—¿Que porque una madre cuyo hijo tiene síntomas preocupantes llama al médico...?

—No. Rotundamente no. Porque una esposa que ha despreciado a los parientes más próximos de su marido corre a verse con un hombre, en secreto, después de caer la noche.

—Antes de que se produjeran esos encuentros, ustedes ya habían lanzado acusaciones que habrían empujado a cualquier mujer a la clandestinidad.

—Teníamos nuestros motivos, créame.

—¿Cuáles?

La voz del doctor Hailey se había endurecido tanto como la de Duchlan. Dejó que el monóculo le resbalara del ojo y miró al anciano de hito en hito.

—Llamaba al médico con los pretextos más frívolos. No permitía que mi querida hermana estuviera presente durante las visitas...

—Entiendo. A partir de esos indicios, ¿estaban dispuestos a creer que la esposa de su hijo le era infiel?

—Tanto Mary como yo queríamos proteger el honor de Eoghan.

—Como la señorita Gregor estaba excluida de las visitas del doctor McDonald, ¿ella, y también usted, sospechaban que no eran lo que parecían ser?

—McDonald venía a todas horas...

—Porque lo llamaba una madre cuyo hijo tenía convulsiones.

El doctor Hailey pronunció las últimas palabras despacio y con énfasis. Cuando no obtuvo respuesta, preguntó:

—¿No es evidente que tanto usted como su hermana eran proclives a sospechar de su nuera?

—No le entiendo.

—Me refiero a que, tratándose de ella, estaban dispuestos a sospechar, quizá incluso decididos a hacerlo.

—Disparates.

—Por lo que dice, ¿la preocupación natural de una joven madre les parecía motivo suficiente para recelar?

—No.

—Amigo mío, cuando su nuera siguió llamando al médico, tanto usted como la señorita Gregor la acusaron de que sus motivos eran indecorosos.

El anciano frunció el entrecejo, pero esa vez no hizo ningún comentario. El médico continuó:

—Y, entretanto, por lo que dice, la obligaban a recibir su caridad. Hacían todo lo posible para herirla en su orgullo y humillarla como esposa. Los hombres no desean tales castigos a las mujeres. Por tanto, solo me cabe concluir que usted siempre ha actuado bajo el dictado de su hermana.

—Mi hermana, como le dije al inspector Barley, era una mujer de posibles. Yo no poseo nada salvo esta propiedad. —Señaló el bosque y el fiordo—. Mi hermana no tenía ninguna obligación de darles un penique ni a mi hijo ni a su esposa. Eoghan se casó sin consultarnos.

—¿Y por qué habría de hacerlo?

—¿Por qué habría mi hermana de darle su dinero?

El doctor Hailey negó con la cabeza.

—Una persona de fuera —explicó— ve el panorama completo. Para mí es obvio que su hermana, teniendo a la esposa de su hijo a su merced, adoptó todos los métodos que se le ocurrieron para hacerle la vida imposible. Mi opinión personal es que su táctica tenía un objetivo claro: el de separar a marido y mujer. Su táctica fracasó. Su nuera se quedó aquí, aguantándolo todo. Empezó a parecer probable que llegara a tener un hogar propio. Había que cambiar de táctica. Su hermana consiguió, no sé cómo, persuadirle a usted de que las visitas del doctor McDonald eran algo más que visitas médicas normales y corrientes.

—Yo mismo vi que eran algo más que eso. Su duración...

—Amigo mío, nadie piensa mal de una visita médica prolongada cuando el caso es grave.

Duchlan estaba lívido de ira.

—Se lo vuelvo a repetir —exclamó—. Me parecía que algo...

—Exacto. —El doctor Hailey lo miró a los ojos y añadió—:

Supongo, por tanto, que esa manera completamente normal de actuar de McDonald estaba distorsionada a sus ojos por alguna experiencia anterior. El gato escaldado, del agua fría huye.

Dijo el refrán en voz baja. Pero su impacto no habría sido mayor si lo hubiera gritado. Duchlan se tambaleó.

—¡No, no! —exclamó con voz ronca.

—Alguna experiencia anterior en la que una joven esposa...

El anciano no respondió. Los músculos de la cara se le habían aflojado, al igual que la mandíbula. Un momento después se alejó unos pasos y se apoyó en un árbol.

—¿Se refiere a la muerte de mi esposa? —preguntó con voz entrecortada.

—Sí.

—Ella...

Un ataque de tos le sacudió el cuerpo. Se volvió y se agarró a una de las ramas del árbol contra el que estaba apoyado. El doctor Hailey fue junto él.

—Conozco las circunstancias de la muerte de su esposa —explicó—. Y lo que ocurrió antes, la herida infligida a su hermana.

—Mary era inocente.

—Sin duda. Pero sus acusaciones...

Duchlan movió la mano con gesto autoritario.

—Sus acusaciones eran justas —declaró con la voz temblándole de dolor.

—Al menos, usted optó por verlas así. Viene a ser lo mismo. Lo cierto es que la señorita Gregor empleó contra su esposa los métodos que hasta hace poco utilizaba contra su nuera, que son entrometerse en todo lo que hacía, criticarla de manera despiadada y afanarse en tergiversarlo todo. Creo que esos métodos expresaban su odio y sus celos hacia una rival cuya presencia en el castillo de Duchlan amenazaba su posición.

Empujó a su esposa a la violencia; usted, sin duda, completó su labor de destrucción manifestando la vena cruel que el otro día le permitió sugerir a su nuera que se suicidara.

La voz del doctor Hailey estaba cargada de una ira que no apaciguó la evidente congoja del anciano.

# 27

## De hombre a hombre

El doctor Hailey regresó solo al castillo de Duchlan y encontró a Barley esperándolo.

—He resuelto el caso —le aseguró el policía—. He encontrado el hacha con la que se cometió el asesinato de la señorita Gregor.

Entró el primero en su habitación y sacó un hacha pequeña de un cajón de la cómoda que le dio a su compañero.

—Vea, mi querido Hailey, que hay escamas de arenque en el mango —observó—. En principio se utiliza para cortar leña, pero la cocinera reconoce que el otro día la empleó para trocear un hueso grande para el caldo. Había estado limpiando arenques justo antes.

El doctor Hailey se sentó y tomó un pellizco de rapé.

—No olvide que había escamas de arenque en la cabeza de Dundas —dijo.

—Sí. Estoy seguro de que ese golpe se asestó con una plomada. He visto el barco del doctor McDonald. Está repleto de escamas. Le gusta pescar en aguas profundas y a menudo utiliza arenques como cebo.

Barley metió los pulgares en las sisas del chaleco y abrió los dedos.

—Confieso que la señora de Eoghan me da mucha pena, muchísima pena —declaró—. Su tía, que quizá no merecía mejor destino del que ha corrido, le hizo la vida imposible a la pobre. Por otra parte, no nos engañemos, un asesinato no deja de ser un asesinato. El uso de esa hacha, que hubo que bajar a buscar a la cocina, sumado al hecho de que hubiera una cuerda preparada para que el asesino pudiera huir, revela una premeditación de la peor clase. Una vez que echó el cerrojo a las ventanas de la habitación de la señorita Gregor a la mañana siguiente de su muerte, McDonald debió de pensar que nadie podría descubrirlo.

El doctor Hailey le describió su conversación con Oonagh y su encuentro con Duchlan y, como de costumbre, el policía lo escuchó con suma atención y amabilidad.

—Más pruebas colaterales, en mi humilde opinión —exclamó Barley—. El descubrimiento de las pisadas por parte de Duchlan me parece de importancia crucial. ¡Qué defensa tan endeble argüir que un médico salió de la casa de su paciente por la ventana antes que enfrentarse a un pobre anciano distraído!

—Recuerde que McDonald no tapó sus pisadas. Las dejó para que contaran su historia, un descuido grave en un asesino, sin duda.

Barley se encogió de hombros y después enseñó las manos abiertas.

—Es una buena observación. Lo reconozco. ¡Pero apenas cuenta! Me disculpo de antemano por esgrimir un mal argumento, un argumento que en general desapruebo; pero, si McDonald no cometió estos asesinatos, ¿quién lo hizo? Una vez más, tenemos derecho a preguntarnos *Cui bono*? ¿En beneficio de quién? De McDonald, sin ningún género de duda. Fue el único que tuvo acceso a las personas asesinadas. Fue el único que pudo escapar de las habitaciones en las que se cometieron los asesinatos. Ha dejado pistas, inconfundibles, condenatorias, de su huida. Confieso que, en lo que a mí respecta, no hay sombra de duda sobre su culpabilidad.

Se interrumpió y se quedó unos minutos callado, mirando la alfombra.

—Hace una hora —dijo—, he solicitado órdenes de detención para el doctor McDonald y la señora de Eoghan Gregor. Mi intención es arrestarlos mañana por la mañana a más tardar.

—¿Su acusación se fundamentará necesariamente en que McDonald y la señora de Eoghan eran amantes? —le preguntó el doctor Hailey

—Sí.

—¿Tiene pruebas reales para sustentarla?

—Pruebas circunstanciales. Además, aunque las razones de la señora de Eoghan para verse con McDonald fueran intachables, el resultado de sus encuentros es el mismo. Tanto él como ella sabían que la señorita Gregor informaría a su sobrino; ambos tenían una idea clara de cómo les afectaría eso. Por consiguiente, el móvil del asesinato sigue vigente y, en mi opinión, no queda en absoluto invalidado por suponer que los encuentros estaban totalmente *en règle*.

—La inocencia no mata.

Barley frunció el entrecejo. Empezó a peinarse el bigote con inusual vigor.

—Exacto —declaró—. Y por tanto presumo que la relación no era inocente.

—¿De veras cree que McDonald es esa clase de hombre?

La cara de Barley adoptó una expresión curiosa. Por un momento, pareció abandonar su papel de policía para mostrar al hombre normal y corriente que era.

—Creo, mi querido doctor, que no debe hacerme esa pregunta —exclamó—. Es como... —Alzó la mano—. Es como preguntarle a un cirujano si no le parece cruel herir a la gente.

McDonald puede agradarme, puedo compadecerme de él. Pero lo único que no puedo hacer, lo único que no debo hacer, es transferir mis sentimientos personales a mi labor policial.

El doctor Hailey negó con la cabeza.

—¿Por qué no?

—Porque un policía es ante todo un observador. Usted sabe perfectamente qué fácil es que lo personal interfiera en la observación científica. Lo mismo ocurre en este tipo de trabajo. Si empezamos buscando héroes y villanos, no acabaremos encontrando a nuestro asesino.

—¿Reconoce que, si la relación de McDonald con la señora de Eoghan fuera inocente, su argumentación se debilita de manera considerable?

Barley se encogió de hombros.

—Eso habría que debatirlo —declaró en tono enérgico—. Y debo pedirle que me dispense de hacerlo.

Se levantó, cogió el hacha que el médico había dejado en una mesa a su lado y volvió a meterla en el cajón. El doctor Hailey se despidió y fue a su habitación. Se echó en la cama y enseguida se quedó dormido. Cuando se despertó, la noche estaba adueñándose del cielo. Observó los colores cambiantes de las nubes y se preguntó vagamente qué hora era; pronto, su faceta analítica tomó las riendas. Comprendió que el fallo de la teoría de Barley era que no tenía en cuenta el carácter de la señorita Gregor. Aquella mujer había estado dispuesta a sembrar el odio y el recelo entre marido y mujer, pero la idea de que le interesaba que el matrimonio rompiera públicamente no tenía ningún fundamento. Las mujeres como ella le tenían horror al divorcio y harían todo lo que estuviera en su mano para proteger a su familia de la ignominia que lo acompañaba. McDonald debía de saber eso y, por consiguiente, que no tenía nada que temer. ¿Por qué asesinarla entonces? No había hallado aún respuesta a esa pregunta cuando oyó unos suaves pasos que se acercaban a su puerta. Un momento después, Oonagh irrumpió en la habitación.

—¡Eoghan se ha ido en la lancha! —gritó.

Su rostro estaba cargado de aprensión. Sus ojos le suplicaban ayuda. Se agarró a la barandilla de la cama e intentó recobrar el aliento.

—Estoy muy preocupada por él.

El doctor Hailey se levantó de un salto.

—¿Cuándo se ha ido?

—Supongo que hace una media hora. Nadie parece haberlo visto. He ido a su habitación para hablar con él y no estaba. Luego lo he buscado por toda la casa. Entonces me he dado cuenta de que la lancha había desaparecido. Sopla viento de tierra; imagino que ha soltado amarras y la ha dejado a la deriva para no llamar la atención.

Miró al médico mientras hablaba, pero su rostro no expresión ninguna emoción.

—¿Dónde podemos conseguir una lancha motora?

—En Ardmore.

Oonagh le puso la mano en el brazo.

—¿Cree que... que está en peligro?

—Quizá.

La joven se serenó. Fueron a la planta baja.

—No se lo he contado a Duchlan —dijo Oonagh.

—Mucho mejor.

Salieron de la casa y se dirigieron al pueblo a toda prisa. En una ocasión, se detuvieron a escuchar; solo se oía el rumor del viento en la noche. Oonagh iba en silencio, pero, cuando la luna le iluminaba fugazmente el rostro, el médico veía lo mucho que estaba sufriendo. McDonald no mentía cuando le había dicho que aquella mujer amaba a su marido.

El arrendador de barcos había terminado su jornada de trabajo y no parecía entusiasmado por reanudarla. Se quedó en la puerta de su cabaña, de la que salía un olor a arenques fritos, y les expuso las numerosas deficiencias de su lancha motora y la imprudencia de navegar en ella a oscuras. La cara redonda y rubicunda mostró tristeza cuando recalcó ese peligro.

—Estoy dispuesta a correr cualquier riesgo, señor McDougall —aseveró Oonagh.

—Pero el señor Eoghan no puede estar en peligro, ¿no? Es un buen marinero, en cualquier caso.

Su tono no admitía discusión. La joven negó con la cabeza.

—Se le debe de haber averiado el motor. No lo hemos oído; en una noche tranquila como esta, debería oírse a casi diez kilómetrosde distancia.

—El tiempo está muy seguro. No le pasará nada antes de que amanezca.

—No puedo esperar hasta entonces. Ni una hora más. Sandy Logan tiene una lancha motora, ¿verdad?

—Sí.

El tono del hombre era tenso. No estaba interesado en competir con nadie. Que fueran dónde quisieran. Dio un paso atrás, aparentemente con intención de cerrar la puerta, cuando oyeron el débil pero claro traqueteo de un motor. El señor McDougall aguzó el oído.

—Es la lancha del señor Eoghan —declaró—. Vuelve a puerto.

Hizo un gesto con la mano que lo eximía de cualquier otra responsabilidad.

—¿Como puede estar seguro? —le preguntó el doctor Hailey.

—Por el ruido, señor. No hay dos motores que suenen igual. El del señor Eoghan es el mejor y el más nuevo entre Rothesay e Inveraray.

El traqueteo del motor se hizo más fuerte, más insistente.

—Creo que es la lancha de Eoghan —dijo Oonagh. Señaló hacia el mar—. La veo.

Se alejaron de la cabaña en dirección a la orilla. La lancha motora se acercaba a tierra con rapidez y parecía dirigirse al embarcadero próximo a la casa de McDonald. El doctor Hailey tocó el brazo de su compañera.

—¿Se da cuenta de adónde va?

—Oh, sí. —La joven lo miró preocupada—. Presiento que va a suceder una desgracia.

El médico reflexionó un momento.

—Creo que debe dejarme este asunto a mí —dijo por fin—. Si nos quedamos juntos, lo más probable es que fracasemos.

—Oh, no puedo regresar al castillo de Duchlan.

—¿Ni por su esposo?

Oonagh no respondió. En ese momento, la lancha motora se veía claramente en la estela de la luna. Eoghan iba de pie en la popa. Oonagh agarró al médico del brazo.

—De acuerdo. —Se alejó unos pasos, pero regresó junto a él—. Prométame que impedirá que haga nada... horrible.

—Sí.

La joven desapareció engullida por las sombras. El médico esperó a que la lancha motora llegara al embarcadero y después se encaminó a la casa del doctor McDonald. Llegó al portón a tiempo de ver a Eoghan subiendo por el empinado sendero que conducía a la puerta. Lo siguió, despacio y con mucha cautela. Cuando llegó arriba, se agachó. Eoghan ya había entrado y se encontraba en el despacho, que tenía las ventanas abiertas de par en par. Estaba muy pálido; incluso desde aquella distancia, era evidente que le costaba contener su agitación. Entró McDonald. Los hombres no se estrecharon la mano. El doctor Hailey se adentró en las espesas sombras que rodeaban el haz de luz vertido por las ventanas. Se acercó más a la casa y volvió a agacharse. Oyó la voz clara y educada de Eoghan que decía:

—La situación es la siguiente: he hecho todo lo posible para convencerlos de que soy el hombre que buscan. No lo he conseguido. Barley ha decidido que usted y Oonagh mataron a mi tía entre los dos y que usted mató a Dundas. —Hizo una breve pausa antes de añadir—: No me entienda mal cuando digo que sus argumentos me parecen convincentes.

—Contra mí, quizá; no contra su esposa.

—Amigo mío, sus argumentos pierden validez a menos que pueda relacionar a mi esposa con usted. Cree que estaban enamorados. —Eoghan no pudo evitar endurecer la voz—. Mi tía también lo pensaba; me escribió para contármelo. Mi padre está convencido de que así es. Creo que Christina también.

Hizo una pausa. El doctor Hailey oyó que McDonald cruzaba el despacho. Luego lo oyó preguntar:

—¿Y usted?

—No, yo no estoy convencido.

—Gracias.

El doctor Hailey se enderezó; dio un paso hacia el haz de luz y después se retiró a un lugar desde el que veía a los dos hombres. La expresión de Eoghan era menos cordial de lo que pensaba.

—No quiero que se lleve una falsa impresión —le dijo al doctor McDonald—. Ningún hombre puede estarle agradecido a otro por atraer sospechas sobre su esposa. Lo que quiero decir es que, aunque los argumentos de Barley son suficientemente convincentes para condenarlos a los dos, yo he decidido no dejarme convencer. Pero, si bien creo a Oonagh pese a las pruebas que pesan contra ella, no soy tan necio para suponer que mi convicción vaya a quitarles ningún peso. Barley ha pedido órdenes de detención para usted y para ella. Tiene intención de ejecutarlas mañana.

Su expresión era seria. Estaba frente a McDonald con los puños cerrados y los músculos tan tensos que, por un momento, el doctor Hailey creyó que iba a pegarle.

—¡Su esposa es inocente, Gregor! —gritó McDonald—. Lo juro.

—Me temo, amigo mío, que eso no va a servir de mucho, juremos lo que juremos nosotros, Oonagh será juzgada con usted por asesinato. Francamente, las probabilidades de que los condenen son enormes. Barley, según tengo entendido, ha descubierto pisadas bajo la ventana de mi tía. Su caso se basa en que nadie aparte de usted pudo cometer el asesinato, y le juro que yo tampoco veo otra solución.

—Tiene que haberla.

—¿Puede sugerir una?

—No, pero...

—Los asesinatos son obra de un hombre. A mí me han excluido. Solo quedan mi padre y Angus. —Eoghan hizo una pausa y después repitió—: Mi padre y Angus.

Clavó los ojos en McDonald, que le sostuvo valerosamente la mirada.

—¿Por qué diablos iba yo a asesinar a su tía? —preguntó el médico.

—Ya se lo he dicho. Como apunta Barley, su vida profesional estaba en juego.

—Solo si usted se divorciaba de su esposa. —McDonald dio un paso adelante—. No creo que lo hubiera hecho nunca.

Eoghan no respondió de inmediato. Un momento después, dijo:

—Me temo que, desde el punto de vista de Barley, lo que yo pudiera haber hecho no tiene ninguna importancia. No estoy aquí porque crea en la culpabilidad de nadie. Estoy aquí porque las pruebas en poder de la policía son tan contundentes que usted y mi esposa no tienen ninguna posibilidad. Pedirán al jurado que piense en lo que habría ocurrido si yo me hubiera divorciado de ella, no en si era probable que lo hiciera. A fin de cuentas, ningún hombre puede estar seguro de lo que hará otro en tales circunstancias. Barley tiene derecho a suponer que el divorcio estaba sobre la mesa. —Eoghan había adoptado una actitud muy grave. Añadió—: He intentado pensar en cuál sería mi postura si formara parte del jurado que fallará sobre el caso. Me temo que me vería obligado a opinar que usted se encontraba en una posición comprometida.

Su tono no admitía discusión. Había ido a exigirle un sacrificio cuya justicia le brillaba en los ojos. El doctor McDonald pareció achicarse ante él.

—¿Qué quiere que haga? —le preguntó en el tono de un hombre que habla dominado por un fuerte impulso.

Eoghan frunció el entrecejo, pero, poco después, relajó las facciones.

—Me temo que quiero que muera —le respondió.

# 28

## «¿Listo?»

El doctor Hailey se inclinó hacia delante para oír la respuesta de McDonald. Vio que el médico ponía la espalda recta.

—De acuerdo.

—La cuestión es que, si usted y yo nos quitamos de en medio, retirarán los cargos contra Oonagh. No se puede juzgar a un hombre muerto y nadie es culpable hasta que lo condenan. Al no poder condenarle a usted, difícilmente podrían condenarla a ella.

McDonald asintió con un gesto.

—Sí. —Echó la cabeza hacia atrás con actitud desafiante—. ¿Por qué ha dicho «si usted y yo nos quitamos de en medio»? —le preguntó—. ¿En qué cambia la situación si usted se quita de en medio o no?

—Me he declarado culpable, ¿recuerda?

—Como no le creen, eso no cuenta.

Eoghan se encogió de hombros.

—Puede que no. Aun así, mi muerte dará peso a mi confesión. Con eso y su muerte, Oonagh debería librarse.

Se sacó la pitillera del bolsillo y la abrió. Empezó a golpetear en el lado con un cigarrillo.

—Tengo la lancha motora en el puerto —añadió—. Propongo que salgamos a navegar.

Se llevó el cigarrillo a la boca y lo encendió. Su sangre fría era admirable; pero la serena firmeza del rostro de McDonald no era menos asombrosa. El doctor Hailey lamentó que Barley no estuviera con él para presenciar cómo afrontaba la muerte el hombre al que llamaba asesino.

Se alejó de la ventana y bajó a la carretera a toda prisa. La lancha estaba amarrada en el embarcadero. Corrió hasta ella y subió a bordo. Abrió la puerta del castillo de proa, entró y volvió a cerrarla, pero la dejó abierta una rendija. Encendió una cerilla. Solo había unas cuantas bobinas de cuerda y un cubo de lona. Era poco probable que sus tripulantes tuvieran algún motivo para entrar allí.

Llegaron transcurridos unos minutos. El doctor Hailey reparó en que ninguno de los dos dijo una palabra cuando zarparon. El ruido del motor pronto le hizo difícil oír cualquier conversación. La pequeña embarcación iba rápido y solo tardó unos minutos en salir del puerto. Por la rendija de la puerta, veía como las luces de Ardmore se alejaban por detrás de las copas de los pinos del cabo Garvel. ¿Qué tramaba Eoghan Gregor? De vez en cuando, le veía fugazmente el rostro. La luna se lo había emblanquecido, pero no había perdido un ápice de su arrojo. La expresión de McDonald era mucho menos resoluta y a veces alzaba la vista al cielo de una manera bastante lastimosa. Transcurrida una media hora, Eoghan paró el motor. El chapoteo del agua contra los costados de la lancha y el gorgoteo bajo la popa se combinaron armoniosamente; poco a poco, el silencio, inmenso y vivo, los engulló.

—Debemos dejarles dudas —dijo Eoghan—. Esto no es necesariamente un suicidio o un asesinato; puede ser un mero accidente. Loch Fyne es tan hondo en esta parte que guarda sus secretos para siempre.

—Sí.

—¿Es buen nadador?

La pregunta fue brusca, como si hubiera dado orden de disparar.

—Sé nadar, pero me canso enseguida.

—Yo también.

Los rayos de la luna se reflejaron en un cañón largo y deslustrado. El doctor Hailey vio que Eoghan alzaba una escopeta, del tipo pesado que se utiliza para cazar patos, a la altura del hombro.

—Voy a agujerear el fondo —explicó, y a continuación pronunció la palabra—: ¿Listo?

—Solo hay una cosa, Gregor. Me gustaría que supiera que, aunque su esposa nunca ha querido a nadie que no fuera usted, yo sí la quería. —A McDonald se le quebró la voz. Pero un momento después añadió—: Ella jamás lo supo, por supuesto.

—Gracias, amigo... ¿Listo...?

El doctor Hailey abrió de golpe la puerta del castillo de proa.

—Baje esa arma, Gregor —ordenó en tono severo.

# 29

## Dolor de oídos

Eoghan bajó el arma, pero la dejó a mano en su regazo.

—¿Qué diablos hace en mi lancha? —le preguntó.

El doctor Hailey no respondió. Salió del castillo de proa y fue a popa, donde estaban sentados los dos hombres.

—Esto es una locura —declaró—. No se ha demostrado nada. —Se dirigió a Eoghan—: Oonagh ha adivinado su plan. Me ha acompañado a Ardmore. Está esperando noticias suyas.

—Barley tiene una orden de detención contra ella. —La voz del joven era fría y dura.

—¿Qué importa eso? Una orden de detención no es una sentencia.

—Yo creo que los condenarán.

—Yo no.

La voz del doctor Hailey transmitió una seguridad que lo sorprendió y dejó estupefactos a sus compañeros.

—¿Qué? —exclamó Eoghan—. ¿A pesar de las pisadas que se han encontrado en el macizo de flores?

—Que su padre tapó a la mañana siguiente.

—¿Y bien?

—¿Un asesino que quiere que lo condenen?

—Es fácil tener un desliz.

—¿Hubiera tenido usted esa clase de desliz?

Eoghan lo pensó.

—Quizá no.

—En el caso de McDonald, la respuesta es un no rotundo.

—¿Por qué?

—Porque tiene una pata de palo. Las personas con extremidades ortopédicas son más conscientes de sus pasos que la gente normal y corriente y casi nunca saltan.

Eoghan no respondió. Se inclinó de golpe y dejó el arma en el suelo de la lancha. Alargó las manos hacia la manivela para arrancar el motor.

—¡Aguarde un momento! —exclamó McDonald. Se volvió hacia el doctor Hailey—: Si he venido aquí, es porque los argumentos de Barley me parecían tan bien respaldados por pruebas circunstanciales que estaba seguro de que me condenarían —explicó—. Por lo que veo, usted no puede refutar esas pruebas. Por tanto, si desembarcamos con usted, a la señora Gregor y a mí nos detendrán mañana, nos llevarán a Edimburgo, nos condenarán y nos ahorcarán. Prefiero ahogarme.

Habló en tono pausado y solemne, como lo hace un hombre que ha pagado un precio por sus palabras.

—¿Dice eso sabiendo que es inocente? —le preguntó el doctor Hailey.

—¿Qué importancia tiene eso?

—Toda.

El hombre se colocó la pata de palo en una postura más cómoda.

—En la práctica, la inocencia que no puede demostrarse no es mejor que la culpabilidad —declaró—. No me engaño. En el lugar de Barley, yo pensaría y actuaría como ha hecho él. Después de todo, ¿qué alternativa tiene? Puede demostrar que Gregor no cometió los asesinatos; puede demostrar que la señora Gregor y yo éramos amigos; que teníamos motivos para temer a la señorita Gregor; que tuvimos acceso a su habitación.

Si no supiera que no he matado a la pobre señora, le juro que estaría convencido de que fui yo.

El doctor Hailey negó con la cabeza.

—¿Le tenía miedo a la señorita Gregor? —preguntó.

—No.

—Entonces, ¿por qué ha dicho «teníamos motivos para temer a la señorita Gregor»?

—Quería decir que eso es lo que pensará el jurado.

—Usted sabe tan bien como yo que el divorcio no ha estado nunca sobre la mesa. Eso puede demostrarse.

—¿Cómo?

—Haciendo referencia al capitán Gregor aquí presente y a su padre. —El doctor Hailey se volvió hacia Eoghan—: ¿Amenazó usted a su esposa con divorciarse de ella? —le preguntó.

—Por supuesto que no. Pero me temo que coincido con McDonald en que eso no importa. Barley tiene derecho a suponer que hubo amenaza de divorcio; el jurado supondrá lo mismo.

—No creo que el jurado haga nada semejante. Incluso los jurados tienen que tomar en consideración el carácter humano. ¿Es probable que su tía quisiera un divorcio? ¿O su padre? Las personas chapadas a la antigua siguen considerándolo una deshonra. Cualquier jurado escocés entenderá eso, se lo aseguro. Además, usted puede subir al estrado para declarar que en ningún momento se le pasó por la cabeza la idea de divorciarse. Nunca habló de ello con su esposa. No amenazó a nadie. Qué necio debe de ser McDonald si cometió un asesinato para librarse de un peligro que no existía.

—Amigo mío, la acusación aducirá que los culpables pierden el buen juicio —arguyó McDonald—. «Huye el malvado sin que nadie lo persiga».

—No. Lo que quiero decir es que puede demostrarse que la

idea del divorcio ha salido de Barley. Toda su argumentación se basa en ella. Ningún jurado, repito, va a creer que estos asesinatos los cometió un médico que no tenía nada que ganar perpetrándolos ni nada que perder si no se cometían. Una vez más, ¿por qué matar a la señorita Gregor cuando Duchlan vivía, cuando el marido de la señora Gregor vivía? —El doctor Hailey encontró su monóculo y se lo encajó en el ojo—. Ese es el punto débil de la argumentación de Barley. La señorita Gregor no era más peligrosa para usted, McDonald, que su hermano, y tanto ella como su hermano eran menos peligrosos que su sobrino, que ya estaba al corriente de todo. Lejos de ser un asesinato con un móvil claro, hubiera sido un asesinato totalmente absurdo si su finalidad era impedir un divorcio. Estoy seguro de que esos argumentos tendrán mucho gancho con cualquier jurado.

Eoghan asintió con la cabeza y puso en marcha el motor.

—No hay duda de que tiene razón —declaró—. Tenemos una oportunidad.

La lancha empezó a moverse. El joven giró el timón y puso rumbo al castillo. Las luces de la casa parpadearon a lo lejos. Más cerca, a la izquierda, vieron las balizas de un arenquero que había pescado y llamaba a los compradores. Unas luces rojas y verdes indicaron que se aproximaban los vapores de aquellos mercaderes, que seguían a la flota pesquera a todas partes. Oonagh los esperaba en el embarcadero. Se agachó y sujetó el borde la lancha hasta que Hailey y McDonald se hubieron apeado. Después, saltó a la lancha y la vieron abrazarse al cuello de su marido.

—Creo que será mejor que vaya a ver a Barley —dijo McDonald en tono de urgencia.

Encontraron al policía en el salón de fumar con Duchlan, que parecía llevarse bien con él. El doctor Hailey esperó a que llegaran Eoghan y Oonagh para exponer sus objeciones a la teoría de Barley.

—Todo se reduce a esto —declaró—: McDonald sabía que la señorita Gregor había escrito a su sobrino. El mal estaba hecho. El asesinato no tenía sentido en esas circunstancias.

Barley escuchó la crítica con su cortesía habitual y bajó la cabeza para sopesar su importancia. Luego la descartó con un gesto de la mano.

—Esta reunión, como saben, no la he convocado yo —afirmó—. Si lo que digo les da dolor de oídos, no pueden tenérmelo en cuenta. Mi argumentación no se basa primordialmente en el móvil, como ustedes parecen creer; se fundamenta en hechos confirmados y en observaciones que me he asegurado de verificar una a una. —Se levantó y se quedó delante de la chimenea—. Hay tres métodos para abordar este caso —declaró—. El primero es el método de observación. Se puede demostrar que el doctor McDonald saltó al macizo de flores que hay bajo la ventana de la señorita Gregor. Asimismo, se puede demostrar que, en el gancho de hierro sobre esa ventana, hay marcas que indican que se utilizó una cuerda. Pueden argumentar que el doctor McDonald salió de la casa por la ventana del despacho, que está situada debajo de la ventana de la señorita Gregor. Ese argumento no explica las marcas del gancho, mientras que el mío, que estas señales las hizo la cuerda utilizada para bajar desde la ventana de la señorita Gregor, explica tanto las marcas como las pisadas. Cualquier perito les dirá que mi teoría es, por tanto, mucho más plausible. Pero eso no es todo.

Se inclinó hacia delante. La habitual afabilidad de su expresión se había desvanecido. Parecía, pensó el doctor Hailey, un actor que, de golpe, se había quitado la máscara.

—También debe utilizarse el método de deducción. La

muerte de la señorita Gregor se produjo inmediatamente después de una violenta pelea entre ella y la señora de Eoghan Gregor por sus encuentros clandestinos con el doctor McDonald. La señorita Gregor había escrito a su sobrino informándole del comportamiento de su esposa; ¿le había informado de esos encuentros?

La pregunta iba dirigida a Eoghan. El joven se ruborizó cuando negó con la cabeza.

—Verán. Lo peor o, al menos, lo que parecía lo peor, no se había dicho. Además, el asesinato tuvo lugar antes de que el capitán Eoghan Gregor llegara al castillo de Duchlan.

—¿Como sabe eso? —le preguntó el doctor Hailey.

—Sé que el capitán Eoghan Gregor fue a la habitación de su tía en cuanto llegó. No pudo entrar. La prueba de que no pudo hacerlo es que la puerta estaba cerrada por dentro. El testimonio del carpintero sobre ese punto es claro y definitivo.

—Sí.

—Así pues, el asesinato ocurrió a las pocas horas de que una joven esposa recibiera una reprimenda por su indecencia y unos minutos antes de que su esposo regresara. ¿Quién sabe qué secreto se habrá llevado a la tumba la señorita Gregor?

Miró a Eoghan mientras hablaba. El joven había adoptado una expresión grave, pero seguía cogiéndole la mano a su esposa. La arrimó más a él. McDonald se inclinó y movió la pata de palo.

—El tercer método es el de eliminación, el menos satisfactorio de los tres, sin duda. Si el doctor McDonald no cometió los asesinatos, ¿quién fue? No el capitán Eoghan Gregor. Ni Duchlan. Ni Angus...

El doctor Hailey lo interrumpió.

—¿En qué se basa para excluir a Angus?

—Si, como me ha explicado la señora Gregor, ella y el doctor McDonald oyeron, mientras estaban en este salón, cerrarse las ventanas de la habitación de la señorita Gregor, justo después tendrían que haber visto al asesino descolgarse hasta el suelo. Compruébelo usted mismo. Ese día, estas ventanas estaban abiertas igual que ahora; se ve el macizo de flores completo. Si hubieran visto saltar a Angus desde la habitación de la señorita Gregor, ¿no cree que ya lo sabríamos?

—¿Parte del supuesto de que el asesino salió de la habitación por la ventana?

—Sabemos que no pudo salir por la puerta. —El policía hizo un gesto con la mano—. No se puede estar en misa y repicando. En mi humilde opinión, si el doctor McDonald y la señora Gregor dicen la verdad, tuvieron que ver huir al asesino. Esa fue, a mi juicio, una consideración que se les pasó por alto cuando elaboraron su versión de los hechos. Por consiguiente, su versión falla en dos aspectos: no explica las marcas del gancho e ignora por completo el descenso del asesino por la ventana que acababa de cerrar. Rechazo su versión y, al hacerlo, excluyo a Angus. Alguien cerró las ventanas; alguien bajó por ellas. Solo hay una persona que pudo hacer ambas cosas. Da la casualidad de que también es la única persona que pudo matar al inspector, ya que hay abundantes pruebas de que nadie entró ni bajó por la ventana de Dundas.

Barley había ido bajando la voz. Cuando terminó de hablar, un escalofrío recorrió el salón.

—Si no hubieran asesinado a Dundas —añadió—, los argumentos contra el doctor McDonald habrían sido extremadamente contundentes; tal como están las cosas, son irrefutables.

Oyeron acercarse un coche que, poco después, se detuvo en la puerta. Todos los presentes sabían qué presagiaba su llegada e incluso Duchlan se estremeció de horror. Puso la mano flaca y arrugada en el brazo de su hijo, pero Eoghan no reaccionó. Estaba abrazando a su esposa. Tenía los ojos cargados de ira. El doctor Hailey apartó la mirada; la congoja de McDonald lo obligó a apartarla por segunda vez. Los pasos cansinos de Angus cruzaron el recibidor hasta la puerta de la casa. Después regresaron, igual de lentos, a la puerta del salón. La puerta se abrió. Entró un policía de uniforme.

—¿Inspector Barley? —preguntó.

—Sí.

El agente le hizo el saludo militar. Le entregó un sobre azul alargado.

—Soy el sargento Jackson, señor, y estas son las órdenes de detención de la señora Gregor y del doctor McDonald.

# 30
## El brillo de un puñal

Oonagh se levantó.

—¿Puedo subir un momento al cuarto de mi hijo? —le preguntó a Barley en un tono que revelaba un valor admirable.

—Por supuesto.

La joven se marchó a toda prisa. Barley le hizo una seña al policía para que lo acompañara y salieron juntos del salón. Lo oyeron hablar con agente en el recibidor. El doctor Hailey se dirigió a Eoghan:

—Estoy seguro de que se ha cometido un terrible error —declaró—. Debemos luchar hasta el final.

El joven no le respondió, pero sus ojos estaban cargados de rencor. Duchlan, que aún tenía la mano en el brazo de su hijo, masculló que había que resignarse a la voluntad de la Providencia. Tenía el semblante triste, pero el médico vio que le brillaban los ojos. Lo único que le importaba era su sangre. Barley volvió a entrar en el salón. Llevaba su gabardina blanquinegra y parecía fuera de lugar allí con su estrafalario aspecto. Se acercó a McDonald y le entregó una gran hoja de papel azul.

—Me veo en el doloroso deber de detenerle por los asesinatos de la señorita Mary Gregor y el inspector Dundas —dijo en tono solemne y apresurado—. Le advierto que todo lo que diga podrá utilizarse en su contra.

Se apartó de él y, de inmediato, volvió a ausentarse. Lo oyeron dirigirse a la puerta de la casa y hablar con alguien del coche, cuyo motor seguía en marcha. ¿Estaba a punto de detener a Oonagh? Eoghan se levantó de un salto y habría abierto la puerta si el doctor Hailey no se hubiera interpuesto en su camino.

—Piense en su esposa, Gregor.

—Quiero ir con ella.

—No se lo ponga más difícil aún.

El joven alargó las manos como un ciego que anda a tientas.

—Usted no lo entiende.

La ira no había abandonado sus ojos. El doctor Hailey se mantuvo firme e insistió en tono conciliador que Oonagh debía tener la libertad de regresar cuando quisiera.

—Mi querido doctor, me ha pedido que la siga. Recuerde que nuestro hijo está arriba.

Abrió la puerta mientras hablaba. Estaba a punto de salir cuando una mujer joven con uniforme de policía apareció en el umbral. Respiraba con dificultad y estaba lívida.

—Rápido —les gritó—, acaban de asesinar al inspector Barley.

Se agarró a la jamba de la puerta y se apoyó contra ella. El doctor Hailey la sostuvo.

—¿Dónde está?

—Afuera, en la hierba.

A la mujer le falló la voz. El médico la acompañó a una silla próxima a Duchlan. McDonald ya había abandonado el salón con Eoghan. El doctor Hailey salió y los encontró agachados sobre Barley, que estaba tendido en el terraplén a cierta distancia del arroyo. Los faros del coche le iluminaban la cara. La tenía ensangrentada, pero la hemorragia se había detenido. McDonald se arrodilló y pegó la oreja a su pecho.

—¿Y bien?

—No oigo nada. No tiene pulso.

El doctor Hailey encendió su linterna eléctrica y dirigió el haz hacia la cabeza del policía. Una exclamación asomó a sus labios. Habían matado a Barley igual que a Dundas.

—Está muerto, McDonald.

—Sí.

—Como usted estaba con nosotros en el salón de fumar, su muerte rebate la teoría del inspector.

La celadora que los había avisado se unió a ellos. Se había rehecho lo suficiente para contarles lo que había visto.

—He venido de Campbelltown con el sargento Jackson —explicó— por la prisionera. El sargento me ha dicho que me quedara en el coche hasta que me necesitaran. Ha dejado el motor en marcha y las luces de posición encendidas. Al cabo de unos minutos ha vuelto a salir para decirme que el inspector Barley le había ordenado vigilar a la prisionera, que había subido a despedirse de su hijo. Cuando el sargento se ha ido, ha salido el inspector Barley. Lo he reconocido porque había visto una fotografía suya vestido con esa gabardina tan rara. Ha ido hacia ahí y se ha quedado mirando la casa. Pensaba que iba a intentar abrir esa puerta... —señaló la puerta acristalada de la salita de escritura— porque me ha parecido que apoyaba las manos en ella. Justo en ese momento, ha gritado y se ha dado la vuelta. Le he visto la cara a la luz de la luna. Después ha parecido que tropezaba y se ha desplomado. He encendido los faros del coche en cuanto he encontrado el botón, pero el hombre que lo ha apuñalado ya había huido.

—¿Por qué dice «el hombre que lo ha apuñalado»? —le preguntó el doctor Hailey con voz ronca.

—Porque he visto el brillo de un puñal justo antes de que se desplomara.

# 31

## El asesino invisible

El doctor Hailey se volvió hacia Eoghan.

—¿Puedo pedirle que haga bajar al sargento Jackson? —le preguntó—. Imagino que estará vigilando a su esposa.

El joven se alejó hacia la casa. El médico puso la mano en el brazo de McDonald.

—¿Qué sucede?

—¿Quién sabe?

Sus palabras estaban cargadas de temor.

—A Dundas lo asesinaron exactamente de la misma manera.

—Sí.

La celadora preguntó si podía regresar al coche. El doctor Hailey la acompañó, ofreciéndole el brazo.

—¿No ha visto nada más aparte del brillo del puñal? —le preguntó.

—Nada.

—Pero estaba oscuro, ¿no? Las luces de posición son poco potentes.

La joven asintió con la cabeza.

—Aun así, veía al inspector Barley con bastante claridad. Estoy segura de que tendría que haber visto a otra persona.

—Si había un puñal, debía de haber un hombre empuñándolo. ¿Ha oído algo?

—El motor estaba en marcha, señor.

Llegaron al coche. El doctor apagó los faros y solo dejó encendidas las luces de posición. La figura de McDonald se distinguía con bastante claridad e incluso el cadáver de Barley era visible.

—¿Lo ve? —observó la joven—. No está tan oscuro...

—Las sombras son muy densas cerca de la puerta acristalada.

—Sí. He pensado que el hombre había salido por esa puerta.

El doctor Hailey regresó junto a McDonald y después inspeccionó la puerta acristalada. Estaba abierta.

—¿Debe de haber salido por aquí?

McDonald no respondió. Vieron acercarse al sargento Jackson. El doctor Hailey fue a su encuentro y le relató lo sucedido. Iluminó la cara de Barley para que el policía pudiera ver la naturaleza de la herida.

—El doctor McDonald estaba conmigo en el salón de fumar —afirmó—. Supongo que usted puede responder por la señora Gregor. Es exactamente el mismo tipo de golpe que el que mató al inspector Dundas. —Se le escapó una exclamación—. Mire. La escama de arenque.

Se agachó y señaló una reluciente escama adherida al cuero cabelludo en el lugar de la herida.

—¡Cielos!

—Sabe que se encontraron escamas de arenque en los cadáveres de la señorita Gregor y del inspector Dundas, ¿verdad?

—Sí, señor.

—Estas tres personas han sido asesinadas por la misma mano, sargento.

El policía miró a su alrededor con inquietud.

—He subido con la señora Gregor tal como me ha ordenado el inspector Barley —refirió como si estuviera declarando ante un tribunal—. Ha entrado en el cuarto de su hijo y las he oído llorar a ella y a la niñera. No queriendo molestar más de lo necesario, he bajado al rellano de la primera planta. No me he cruzado con nadie en la escalera ni subiendo ni bajando.

—¿Dónde estaba Angus, el gaitero?

—¿El anciano que ha abierto la puerta?

—Sí.

—Creo que en el recibidor. Al menos, estaba ahí cuando he subido.

Volvieron a entrar en la casa y se dirigieron a la salita de escritura en cuya puerta acristalada habían golpeado a Barley.

—Es posible que el asesino estuviera esperando aquí —observó el doctor Hailey—. De ser así, ha debido de volver a entrar. Sabemos exactamente dónde estábamos todos en el momento de la muerte del inspector, con la sola excepción del gaitero.

—Ah.

—No, confieso que no tengo ninguna confianza en esa teoría. —Se pasó la mano por la frente—. Déjeme ver, la puerta de la casa estaba abierta y la celadora se hallaba en el coche. Debía de ver bien el recibidor. Pídale que venga, ¿me hace el favor?

El sargento Jackson se marchó. El médico volvió a entrar en el recibidor, donde lo esperaba McDonald. Poco después, entró la celadora. El médico le preguntó si había visto a alguien en el recibidor en el momento del asesinato.

—Solo al mayordomo.

—¿Así que lo ha visto?

—Sí, señor. Estaba en el mismo sitio que usted ahora. Cuando he visto que el inspector Barley se desplomaba, lo he llamado, pero no me ha oído. Como sabe, he entrado corriendo.

—¿Dónde estaba el mayordomo en ese momento?

La joven señaló el pie de la escalera.

—Estaba ahí. No me he fijado mucho.

—¿Está completamente segura de que lo ha visto aquí justo después de que el inspector Barley se desplomara? —preguntó el médico en tono pausado.

—Segurísima. Y también justo antes de que lo hiciera.

—En verdad, lo que le estoy preguntando es si cree posible que el mayordomo haya ido hasta la puerta acristalada por el interior de la casa y haya regresado al recibidor en los pocos minutos que usted ha pasado observando al inspector Barley.

La joven negó con la cabeza.

—Oh, no.

—No se tarda mucho en ir a esa salita desde aquí.

—Estoy segura de que no podría haber ido a ninguna parte en ese tiempo.

El doctor Hailey se volvió hacia McDonald.

—¿Dónde está Gregor?

—Ha subido a ver su esposa.

—¿Y Duchlan?

—Ha subido hace unos minutos. Angus estaba con él.

Entraron en el despacho con el sargento Jackson. El médico cerró la puerta.

—Supongo que podemos excluir a Angus —dijo—. Es muy improbable que estuviera involucrado en la muerte de la señorita Gregor o en la del inspector Dundas. Este tercer asesinato es más misterioso, si cabe, que los anteriores. Reconozco que no tengo la menor idea de cómo se ha cometido.

Dio al policía detallada cuenta de la investigación de Barley y añadió:

—Su muerte, como ve, rebate sus argumentos. Pero nos deja con la necesidad de explicar cómo este asesino entró y salió de una habitación cerrada, cómo entró y salió de una habitación cuya puerta y ventanas estaban bajo constante observación y, por último, cómo ha matado al raso, en presencia de una testigo, que solo ha alcanzado a ver el brillo de su arma sin percibir su presencia. También debemos explicar por qué esa arma, en todas las ocasiones, ha transferido escamas de arenque a las heridas que ha infligido.

El sargento Jackson no tenía nada que decir salvo que debía informar de inmediato a la jefatura, para que enviaran a otro investigador. Cuando se hubo marchado, el doctor Hailey se tomó un buen pellizco de rapé, un placer que parecía calmarlo mucho.

—Tres asesinatos y ni una sola prueba, ni un asomo de sospecha contra nadie —dijo por fin—. Este caso, mi querido McDonald, debe de ser único en la historia del crimen.

—Sí.

—Nunca me había enfrentado a nada igual. Piénselo: la celadora ha visto el arma que ha matado a Barley; usted llegó junto a Dundas segundos después de su muerte; ¡la señorita Gregor estaba aislada del mundo por cerraduras y cerrojos! —Entornó los ojos—. El argumento de Barley de que tendrían que haber visto descolgarse al asesino de la señorita Gregor por la ventana tenía mucha lógica, ¿no cree?

—Sí. Pero no lo vimos.

El doctor Hailey negó con la cabeza.

—La celadora tendría que haber visto al asesino de Barley y no lo ha hecho —continuó—. Ustedes tendrían que haber visto al asesino de Dundas. Y no lo atisbaron. —Miró a su alrededor—. Este asesino mata, pero es invisible.

—Y se mueve sin dejar rastro —añadió McDonald—. Se supone que se descolgó hasta ese macizo de flores. Pero ahí solo se han encontrado mis pisadas. —Guardó silencio unos minutos antes de preguntarle—: En vista de todo esto, ¿le extraña que tanta gente se crea historias como la de los nadadores parecidos a peces que salen de las partes más profundas del fiordo?

—No. —El médico dio un respingo—. Esa es una pista que hemos descuidado —declaró—. Tenía intención de seguirla, pero la teoría de Barley lo hacía imposible.

McDonald suspiró. Había envejecido en esos últimos terribles momentos y estaba ojeroso. Se llevó la mano a la frente.

—Qué inmensa diferencia hay entre pensar en una cosa y vivirla —observó, sin venir a cuento—. No me extraña que los novelistas escriban sobre lo que saben. —Pareció despertar de un letargo—. Pobre Barley —exclamó—. ¡Qué disgustado estaría si siguiera con vida!

—Sí.

—Me parecía un hombre muy capaz.

—Sí.

McDonald volvió a suspirar.

—Es raro que se haya escogido a los policías como víctimas. A fin de cuentas, también Dundas había fracasado. No lo mataron porque nadie tuviera motivos para temerlo.

El doctor Hailey asintió con la cabeza.

—Estaba pensando en eso mismo. Barley intentó hacernos creer que Dundas se estaba tirando un farol cuando dijo que había fracasado.

—Pero no era ningún farol. Lo vio usted mismo. Estaba desesperado. No paraba de repetirme que este caso le traería probablemente la ruina con sus superiores. La prensa no hablaba nada bien de él en ese momento.

—Esa fue mi impresión.

—Era la impresión de todo el mundo. Incluso los criados de esta casa sabían que no se habían hecho avances. Los pescadores, como le dije, llegaron de inmediato a la conclusión de que nunca se encontraría al asesino. Confundieron al pobre

Dundas con sus ideas supersticiosas. Él no les hacía caso, pero no tenía modo de rebatirlas. En ese ambiente de credulidad, Dundas representaba la razón arrinconada. Me cuesta imaginar por qué alguien habría querido matarlo.

El despacho estaba en silencio y pareció que toda la casa se hubiera quedado igual de muda. El doctor McDonald, que se encontraba junto a la chimenea, con el codo en la repisa, parecía inquieto.

—Las cosas que ocurren dentro de las casas me dan más miedo que las que suceden al raso —observó—. Puedo decir honestamente que no tenía miedo en la lancha motora.

—¿Y ahora tiene miedo?

El hombre de las Tierras Altas se volvió bruscamente hacia la ventana antes de responder a su compañero.

—Sí.

Sonrió mientras hablaba. El doctor Hailey asintió con un gesto.

—Yo también.

# 32

# Madre e hijo

El doctor Hailey había llegado la edad en la que un hombre sabe, con pleno convencimiento, que la vida es corta. Es una época en la que la imaginación pierde algo de su poder. Por ello lo sorprendía tanto el intenso temor que le infundían aquellos asesinatos. Parecía que lo estuvieran castigando por haber ignorado la superstición de las Tierras Altas. Tomó más rapé y puso en orden sus pensamientos.

—Voy a dejar de buscar el método de estos crímenes —dijo a su compañero—. Y de analizar sus circunstancias. Solo queda la cuestión estrictamente humana del móvil. Después de todo, hacen falta dos personas para que haya un asesinato.

McDonald asintió con la cabeza.

—El asesinato de la señorita Gregor quizá se pueda entender —continuó—. Pero el asesino difícilmente podía tener nada personal contra Dundas y Barley.

—No. Sobre todo, porque Dundas no había descubierto nada y Barley tenía argumentos de peso contra personas inocentes. Pero me parece bastante inútil preocuparme por ese aspecto del caso. Voy a concentrarme en la señorita Gregor. Creo que ya sé lo suficiente sobre su carácter para poder sacar algunas conclusiones generales. —Se inclinó hacia delante en la silla—. No olvide ni por un instante que estuvieron a punto de asesinarla hace tiempo. La vieja herida del pecho se la infligió la esposa de Duchlan. Tenemos a una mujer que supo cómo llevar a su cuñada a la locura, a la muerte, sin perder el respeto de su hermano. Duchlan no es un necio. Haríamos bien en preguntarnos qué magia ha logrado tenerlo convencido durante todos estos años.

McDonald asintió con gesto vehemente.

—Como ya le dije, la señorita Gregor me daba una impresión de perseverancia inhumana —observó—. Tenía la habilidad de expresar las calumnias más crueles en los términos más amables, asegurándote que había perdonado faltas que eran pura invención suya y rogándote que fueras igual de generoso. Cuando me hablaba de la señora de Eoghan de ese modo, yo quería descuartizarla. Ella lo sabía, lo entendía y perseveraba.

Eoghan entró en el despacho. Su rostro expresaba un profundo alivio, pero, pese a ello, parecía muy serio.

—¿Se ha ido el policía? —le preguntó al doctor Hailey.

—Sí. Ha dicho que debía informar de inmediato.

—He estado con Oonagh en el cuarto de mi hijo. ¡Qué gran valor ha demostrado mi esposa! —De pronto, le ofreció la mano al doctor Hailey—. Quiero darle las gracias por lo que ha hecho esta noche en la lancha.

Tomó asiento y se tapó la cara con las manos. Exclamó:

—¿Veremos alguna vez el final de este horror? Es peor que la muerte. —Alzó la cabeza—. Soy un cobarde, lo sé, pero jamás había tenido tanto miedo como ahora. Me daba miedo bajar. Les juro que buscaba un asesino a cada paso.

Pronunció la palabra «asesino» como un nombre propio, lo que no extrañó a ninguno de sus dos interlocutores.

—Así es exactamente como me siento yo —confesó McDonald, que extendió el brazo en un vago gesto de incomodidad—. Estos asesinatos parecen no tener fin.

El doctor Hailey se encajó el monóculo en el ojo.

—Será mejor que sigamos por ahí y nos pongamos a trabajar sin más dilación —declaró con firmeza—. Si estos asesinatos parecen no tener fin, intentemos encontrar la manera de ponérselo. —Se dirigió a Eoghan—: Quiero que me explique exactamente cuáles eran sus sentimientos hacia su tía —le preguntó en tono serio.

Su voz arrancó al joven de su ensimismamiento.

—Ella me crio.

—Eso no es sobre lo que quiero información. ¿Qué sentía por ella?

La pregunta forjó un silencio que se tornó incómodo.

—No es agradable hablar de esas cosas —dijo por fin Eoghan.

—Le ruego que lo haga.

—Supongo que no me sentía tan agradecido como debiera.

—¿Le tenía antipatía?

—En cierto modo. Sí.

—¿Por qué?

Eoghan negó con la cabeza.

—No lo sé. Era muy, muy amable conmigo.

—¿Discutían?

—Sí, muy a menudo.

—¿Por su madre?

El joven se sobresaltó.

—Sí.

—¿Aunque usted no hubiera llegado a conocerla?

—No recuerdo nada de mi madre.

—¿Así que lo que le molestaba era la imagen que su tía le daba de ella?

Eoghan volvió a sobresaltarse.

—Supongo que sí.

—Los niños son seres convencionales. Los otros niños tenían madres que les agradaban; era natural que usted quisiera creer que la suya había sido tan buena y adorable como ellas. Parece que esa idea no era bienvenida en esta casa.

La honestidad del doctor Hailey era tal que impedía albergar resentimiento contra él.

—Un niño suele ir directo al grano —añadió—. Supongo que usted le dijo que ella odiaba a su madre.

—Sí.

—¿Y ella lo negó?

—Sí.

—¿Le preguntaba a su padre por su madre?

—No. Mi padre me daba miedo. —Eoghan sacó la pipa e intentó cargarla—. De hecho, era un niño solitario. Cuando más feliz me sentía, era estando solo en mi cuarto. Fingía que mi madre venía a jugar conmigo y que les teníamos miedo a la tía Mary y a mi padre. No sé de dónde saqué la idea, pero siempre nos vi como a Hansel y Gretel.

—¿Su tía era la opresora?

El joven asintió con la cabeza.

—Yo tenía la cabeza llena de cuentos de hadas. Mi madre era Caperucita Roja, Ricitos de Oro o Cenicienta.

—¿Y su tía el lobo, el oso y la hermanastra?

—Quizá, sí. Era todo un poco vago, ¿sabe?

—¿Su madre era irlandesa?

—Sí.

El doctor Hailey dejó que el monóculo le resbalara del ojo.

—¿Tiene algún retrato suyo? —le preguntó.

—Solo una fotografía pequeña. —El joven se ruborizó al responder.

El médico alargó la mano.

—¿Me permite verla?

Se hizo un silencio. Eoghan se había puesto tenso en la silla; parecía disgustado porque el médico hubiera adivinado que llevaba la fotografía de su madre encima. Pero la confusión no tardó en diluir su disgusto. Se sacó un estuchito de piel del bolsillo y se lo entregó.

—Mi madre le dio la fotografía a Christina —dijo en un tono apresurado que dejó traslucir cuánto le dolía que el único recuerdo que tenía de su madre le hubiera llegado a través de otra persona.

Había dos fotografías en el estuche. Una desvaída, dedicada a «mi querida Christina»; la otra nueva, de Oonagh. La joven tenía un evidente parecido con la madre de Eoghan. El doctor Hailey le devolvió el estuche sin hacer comentarios.

—¿Es usted pobre? —le preguntó con suavidad.

—Sí.

—¿Por eso dejó a su mujer e hijo aquí, en esta casa?

La pregunta pareció afligir mucho al joven.

—No creo que esa fuera la única razón —respondió en tono vacilante.

—¿Puedo preguntarle los otros motivos?

—No fui consciente de que Oonagh sería tan infeliz aquí. Me hacía ilusión que viviera en este lugar, donde yo había pasado tantos años.

—Entiendo. —El doctor Hailey asintió varias veces con la cabeza—. ¿La misma ilusión que le habría hecho tener a su madre aquí?

—Quizá sí, en parte, aunque en ese momento no lo pensaba. Quería que Hamish tuviera a Christina como niñera y sabía que ella jamás consentiría en dejar a mi tía, incluso aunque mi tía consintiera en separarse de ella.

—¿Jugaba para conseguir dinero?

La pregunta fue brusca. Pero el joven apenas reaccionó.

—Sí.

—¿Para poder tener una casa propia?

—Sí.

—¿Así que al final comprendió que la situación de su esposa en esta casa era desesperada?

—Sí.

—¿Su tía sabía que usted quería tener una casa propia?

—Puede que sí.

—¿Qué quiere decir con eso?

—Yo le había dicho que pensaba que una mujer casada debía tener un hogar propio. —Foghan volvió a vacilar—. Supongo que sabía que era contraria a la idea, porque no entré en detalles.

—¿Le tenía miedo?

—Creo que todos le teníamos un poco de miedo. Mi tía poseía la habilidad de hacer que las personas que no pensaban como ella se sintieran culpables. No puedo decirle cómo lo conseguía, pero a menudo observaba los efectos. Creo que su secreto residía en su absoluta convicción de que todo lo que pensaba o sentía era lo correcto. Era una mujer muy religiosa de una manera bastante supersticiosa. Quizá haya que ser de estas tierras para saber exactamente a qué me refiero.

El médico volvió a asentir con la cabeza.

—Sin ser de estas tierras —dijo—, ya lo había supuesto.

—Tuvo la amabilidad de darme una asignación. No podría haberme casado con Oonagh cuando lo hice de no ser por ella.

—¿Se la pagaba?

—Oh, no. Me la abonaba sobre todo en especies. Vestía a Oonagh y a Hamish. Contribuía a su manutención porque mi padre es muy pobre. Además, siempre estaba haciéndoles regalitos.

Eoghan se interrumpió. El doctor Hailey lo miró durante un rato sin decir nada.

—Quiero que me diga con total sinceridad si la reacción de su esposa a esos regalos le parecía desagradecida —dijo.

—A veces me parecía un poco desagradecida, sí.

—¿Se lo dijo?

—Intenté explicarle que la educación de mi tía había sido completamente distinta a la suya. La familia de Oonagh lleva una vida bastante libre. No tienen dinero, pero cazan y se mueven mucho. Oonagh nunca supo qué era estar limitada hasta que se casó. Y nunca supo cómo era no tener dinero porque poseía todo lo que quería. Venir aquí fue como entrar en prisión. Intenté que comprendiera que no se podía esperar que la tía Mary lo entendiera y que, por tanto, no era justo juzgarla como haría con una mujer más joven.

Se pasó la mano por la frente. También él estaba ojeroso y parecía cansado.

—¿No logró convencer a su esposa?

—No. Me dijo que preferiría tener una habitación propia en cualquier sitio. Estaba decidido a llevármela de aquí sin que importaran las consecuencias.

—¿Quiere decir sin que importara si su tía se negaba a ayudarle si se iban?

—Sí. Por desgracia, tuve muy mala suerte cuando intenté conseguir dinero rápido. Me vi obligado a acudir a la tía Mary.

El doctor Hailey frunció el entrecejo.

—Fue una tremenda insensatez, sin duda —observó.

—Sí, es cierto. Pero estaba empezando a desesperarme. —Eoghan miró a McDonald y se preparó para decir la verdad—. Lo cierto es que sentía que estaba perdiendo a Oonagh. La tía Mary insinuó que eso ya había sucedido. Cuando me escribió contándome que había huido de esta casa, casi me volví loco.

Si hubiera podido ausentarme con permiso, habría regresado de inmediato. Después pensé en volarme los sesos, para que ella pudiera ser libre. Ese arrebato de locura pasó. Me dije que aquello era un castigo por no haberle procurado un hogar. Fue entonces cuando decidí probar suerte aquí y allá, porque de algún modo sentía que me salvaría un milagro. Me parecía imposible que pudieran arrebatarme a Oonagh. Apenas era capaz de pensar. Llevaba noches sin dormir. Las ideas me zumbaban en la cabeza como moscardones. Jugué, y seguí jugando, hasta que mis amigos se horrorizaron. Y perdí... —Se interrumpió. Una sonrisa amarga asomó a sus labios—. Perdí. No me quedaba ni un penique. Regresé a mi habitación y saqué la pistola. No había nada que hacer aparte de poner fin a mi vida. Creo que me habría pegado un tiro si mi mejor amigo no me hubiera encontrado. Se pasó la noche conmigo, escuchándome. Y hablé hasta el amanecer. Sin parar. Se lo conté todo. Le hablé de mi madre, de mi tía y de Oonagh. De usted, McDonald. Cuando terminé, él me juró que Oonagh estaba enamorada de mí. «Vuelve con ella —me suplicó— y consigue del modo que sea el dinero que debes, como sea. Todo se acabará arreglando».

»Estaba más calmado, y vi lo necio y cobarde que había sido. Pedí un permiso y me lo concedieron.

—¿Quería pedirle el dinero a su tía?

—Sí. Iba a contarle una historia que se había inventado mi amigo, sobre que había perdido dinero en el mercado de valores. La tía Mary no ponía objeciones a jugar en la bolsa.

—¿Pensaba que eran negocios?

—Así es.

El doctor Hailey negó con la cabeza. Sus ojos expresaron el asombro que le suscitaba la cantidad de prejuicios y tergiversaciones en los que incurría el ser humano.

—¿Había escrito usted a su esposa? —preguntó.

—Sí. Tuve que pedirle que se llevara bien con mi tía. Ahora sé que esa carta fue la razón de que subiera a verla. Cuando llegué, fui derecho a la habitación de mi tía. La locura había vuelto a apoderarse de mí durante el largo trayecto a solas por el fiordo. Estaba muy nervioso y necesitaba una respuesta de inmediato. Su puerta cerrada con llave y su silencio me convencieron de que había decidido que no quería saber nada más de mí. Naturalmente, jamás se me pasó por la cabeza que pudieran haberla asesinado. Corrí a la habitación de Oonagh. —Hizo otra pausa. Negó tristemente con la cabeza—. No quiero en absoluto justificarme. Pero es mejor que conozcan los hechos. Supongo que estaba medio loco a causa de los nervios, la preocupación y la falta de sueño. Acusé a Oonagh de traerme la ruina, quizá no en esas palabras, pero ella sabía perfectamente a qué me refería. Le dije que tendría que dejar el ejército y marcharme al extranjero. Ya no había esperanza porque la tía Mary estaba contra mí. «Su dinero —grité— era lo único que me separaba de la ruina. Sin él, tendré que irme». Vi un miedo espantoso en los ojos de Oonagh. Se levantó e intentó abrazarse a mi cuello. Me dijo que usted, McDonald, se había ofrecido a prestarme dinero... —Respiró hondo—. Aquello fue como una puñalada en el corazón. «Sabes que preferiría robar a mi tía, engañarla, asesinarla si hiciera falta, antes que tocar un penique del dinero de ese cerdo», le dije en voz muy baja. De repente, pareció que todo se teñía de rojo ante mis ojos. Me abalancé sobre Oonagh. La agarré por el cuello. «Dime qué ha pasado exactamente entre ese hombre y tú», le grité. Creo que, por un horrible momento, estuve a punto de estrangularla.

Se tapó la cara con las manos. Se hizo tal silencio en el despacho que les llegó la voz del arroyo, gorgoteando en su inmemorial regocijo. El doctor Hailey vio que el rostro de Mc-Donald se había puesto rígido, como una máscara.

—¿Y bien? —preguntó.

—Oonagh me juró que no había ocurrido nada. Me juró que su amor por mí no había flaqueado en ningún momento. Me pareció que estaba suplicándome por su vida. No me convenció. Pero mi arrebato de cólera había pasado. Me puse a temblar. Mi tensión nerviosa se aflojó de golpe y me derrumbé. Oonagh me dijo que no le importaba si éramos ricos o pobres; que podía trabajar y estaba dispuesta a hacerlo y que, entre los dos, ganaríamos lo suficiente para mantener a Hamish. No sé por qué, pero, cuando habló de esa manera, mis problemas parecieron disminuir. Empecé a creerla.

Su voz se apagó. El doctor Hailey esperó un rato antes de preguntarle:

—¿Fue su afirmación de que robaría o mataría a su tía antes que pedirle dinero a McDonald lo que hizo temer a su esposa que la había asesinado usted?

—Supongo que sí. Eso, y cómo la ataqué. Creo que me volví loco durante unos minutos.

—¿Estaba dispuesta a morir por usted?

El doctor Hailey habló en voz baja, pero su tono rebosaba admiración. Eoghan alzó la cabeza con gesto brusco.

—Dios sabe que nunca fui digno de Oonagh —exclamó—. Nunca seré digno de ella.

Eoghan se ofreció a llevar a McDonald a casa en su coche. Cuando se marcharon, el doctor Hailey regresó al lugar donde habían asesinado a Barley. El miedo que lo había atenazado dentro de la casa perdió su poder en cuanto cruzó la puerta. Se quedó escuchando las voces de la noche, la suave brisa, el gorgoteo del arroyo y, más fuerte aún, el batir de las olas contra los guijarros de la orilla. Se dirigió al lugar donde se había desplomado Barley. Su linterna no le mostró nada. La marea estaba bajando, pero seguía alta y la desembocadura del arroyo parecía un minúsculo puerto. Bajó la escarpada pendiente hasta la orilla del agua y se quedó un rato allí. Después, volvió a subir por el terraplén. Era evidente que, en el momento de su muerte, Barley había estado pensando en el asesinato de Dundas, cuya habitación quedaba justo encima del punto en el que se había detenido. El médico se preguntó qué duda o cuestión había encomendado al pobre hombre a esa fatídica misión. Si Barley creía que McDonald había matado a su predecesor, ¿por qué iba a molestarse en mirar el suelo bajo la ventana de Dundas?

Volvió a entrar en la casa y subió a su habitación. Cuanto más lo pensaba, más extraño le parecía aquel último acto de Barley. Daba la impresión de que la única explicación posible era que el policía hubiera empezado a dudar de su teoría de que McDonald había matado a Dundas; pero, en tal caso, ¿por qué lo había detenido? Barley era un hombre honesto y, como tal, seguro que habría aplazado su detención mientras abrigara alguna duda importante. Pero también era un hombre práctico que no se habría apartado de su camino a menos que tuviera una buena razón. Por tanto, todo indicaba que la razón para inspeccionar el suelo bajo la ventana de Dundas debía de habérsele ocurrido o presentado después de detener a McDonald. El médico frunció el entrecejo. ¿Cómo podía haber surgido una razón de ese calibre en ese breve espacio de tiempo? Se sobrepuso a sus temores y enfiló el pasillo hasta la habitación de Dundas. El cadáver de Barley yacía acostado en la cama, bajo una sábana. La retiró y hurgó en los bolsillos del muerto. No encontró nada aparte de una agenda, en la que el policía había hecho anotaciones sobre el avance del caso. La última consistía en un resumen de las pruebas contra McDonald y la señora

Gregor. Devolvió la agenda a su sitio y fue a la planta baja. Eoghan acababa de llegar y estaba en el salón de fumar sirviéndose un whisky con soda. Pareció aliviado al ver al médico.

—Le he oído en la escalera —exclamó, en un tono que revelaba la inquietud que le había provocado el ruido. Añadió—: Cuando estaba fuera, me sentía bien. Esta casa parece haber cambiado.

Ofreció una copa al doctor Hailey y se la sirvió.

—La gente puede decir lo que quiera sobre el whisky —declaró—, pero hay veces que es la mejor bebida del mundo para templarte los nervios.

Encendió la pipa y se llevó su vaso a un sillón. Tomó asiento y dejó el vaso en el suelo, a su lado. El médico le habló sobre su dificultad para explicar el último movimiento de Barley.

—¿Se le ocurre alguna razón para su repentino interés en el asesinato de Dundas? —le preguntó.

—No.

—Lo ha visto detener a McDonald. ¿Le ha parecido que tuviera alguna duda sobre la justicia de lo que hacía?

—¿Cómo? ¿Después del sermón que nos había soltado? A fe mía que sus argumentos eran sólidos; más que eso, irrebatibles.

—Exacto. Y después, aparentemente, ha salido a toda prisa para ponerlos a prueba. No tiene sentido.

—Quizá tuviera alguna otra razón para salir...

—Sí, pero ¿cuál? Barley era un hombre que sabía economizar esfuerzos. Estoy seguro de que no ha sido un motivo trivial el que lo ha llevado a inspeccionar ese terraplén en ese momento.

Eoghan negó con la cabeza. Entre tantos misterios, pareció pensar, aquel era demasiado nimio para merecer atención.

—Lo siento por Barley —declaró—, pero lo más relevante de su muerte, en lo que a mí concierne, es cómo afecta a Oonagh. Cuando he oído su resumen de los hechos, he pensado... —Se le quebró la voz; se bebió de un trago el whisky que le quedaba—. Los habrían declarado culpables —concluyó en tono presuroso.

El doctor Hailey se estremeció. Se echó hacia delante.

—¿Así que la razón que ha llevado a Barley a la ventana de Dundas era un elemento fundamental para salvarlos?

—Da la casualidad de que sí.

—Pero, amigo mío, ¿de verdad es una casualidad? ¿Cómo podemos decir que la causa y el efecto no están relacionados en este caso?

Eoghan frunció el entrecejo.

—¿No estará insinuando que McDonald u Oonagh le han dado una razón a Barley para ir ahí? —le preguntó.

—Por supuesto que no. Pero podría haberlo hecho otra persona que está interesada en ellos.

—¿Quién? Mi padre estaba aquí, y yo también.

—Quizá el asesino.

—¿El asesino?

—Angus estaba en el recibidor cuando Barley ha salido de esta habitación.

Eoghan inspiró con brusquedad.

—¿Qué? Mi querido doctor, permítame decirle que en mi vida había oído nada tan absurdo. Si conociera a Angus, se daría cuenta de ello.

—Quizá.

—Si Angus ha asesinado a Barley, también asesinó a Dundas y a mi tía. ¿Se lo imagina descolgándose por la ventana de mi tía, o por la de Dundas? ¿Cómo entró en la habitación de mi tía? ¿Y en la de Dundas? ¿Cómo ha matado a Barley, dado que no se ha movido del recibidor?

Las preguntas fueron bruscas, como el repiqueteo de una ametralladora. El doctor Hailey negó con la cabeza.

—No. No me imagino ninguna de esas cosas —reconoció—. Pero, en un caso como este, uno se ve empujado a formular todas las preguntas posibles e imposibles. —Se llevó la mano al entrecejo—. Sin duda, ninguna teoría puede descartarse como absurda con respecto a una serie de acontecimientos que son, todos ellos, tan absurdos que parecen imposibles. —Tomó un pellizco de rapé—. Así que vuelvo a Angus. Es la única persona que ha podido hablar con Barley después de que saliera de aquí. Es, por tanto, la única persona que ha podido darle una razón para esa visita tan repentina y, dadas las circunstancias, tan sorprendente al terraplén bajo la ventana de Dundas...

El doctor Hailey se interrumpió. Unos pasos se acercaban a la puerta.

# 33

# El nadador

Llamaron a la puerta; Eoghan corrió a abrir. El doctor Hailey vio a Angus con una vela encendida en la mano, la cual le temblaba tanto que la llama danzaba. Su tez tenía un enfermizo tono oliváceo. Detrás de él, envueltas en sombras, había dos mujeres con sombrero y chaqueta.

—Discúlpenos, señor —dijo Angus con voz temblorosa—, pero no podemos dormir en esta casa.

Avanzó unos pasos mientras hablaba y las mujeres lo siguieron. Tenían la cara surcada de lágrimas y una de ellas, la más joven, lloriqueaba.

—¿Por qué no?

—Porque no, señor.

—Esa no es una razón, Angus.

El anciano volvió la cabeza de golpe, como si esperara que lo apuñalaran por la espalda. Abrió la boca.

—Está en el arroyo, señor —exclamó en tono desquiciado.

—¿El qué?

—Está en el arroyo, señor.

—¿En el arroyo? ¿Qué hay en el arroyo?

El gaitero volvió a mirar detrás de él. Intentó hablar, pero le falló la voz.

Eoghan se irguió.

—Serénese, hombre, y no diga tonterías —le ordenó.

El miedo infundió un cierto valor al anciano. Miró a su señor de hito en hito.

—Lo he oído yo mismo, señor, chapoteando en el arroyo antes de que mataran al señor Barley —declaró—. Y Mary también. Y ella lo oyó cuando mataron al señor Dundas...

—Disparates.

—No son disparates, señor. Esta noche, después de que mataran al señor Barley, Mary lo ha visto en la desembocadura del arroyo, nadando hacia el fiordo. Y ha llamado a Flora y ella también lo ha visto; tenía la cabeza negra, como la de una foca, y nadaba despacio...

Angus se puso a temblar. La vela que sostenía se bamboleó en el candelero y cayó al suelo. Eoghan se lo arrebató y lo hizo sentarse. Le dio un vaso de whisky solo. Después se dirigió a las mujeres, cuya energía parecía haberlas tranquilizado.

—¿De qué está hablando, Mary?

—Es la verdad, señor, lo que le ha dicho —declaró la mayor de las dos muchachas—. Lo he visto con mis propios ojos, nadando por la desembocadura del arroyo, y lo he oído salir del agua y volver a entrar... He llamado a Flora. «Eh, mira, mira», le he gritado, y ella se ha levantado rápidamente de la cama, ha ido a la ventana y ahí estaba, alejándose a nado.

—¿El qué? —gritó Eoghan en tono irritado.

—El ser que está cubierto de escamas de pescado...

—Dios mío, muchacha, ¿estás loca?

—Lo he visto, señor, y Flora también. Era negro, como una foca, hasta que ha llegado a la parte donde la luna pegaba en el agua. Y entonces le hemos visto las escamas de la cabeza, brillantes como el cuerpo de un pez. —Enmudeció—. Usted sabe, señor, que había escamas de pescado...

Se interrumpió, atenazada por nuevos temores. Eoghan se volvió hacia la hermana de la mujer.

—¿Y bien? —preguntó.

—Sí, es verdad, señor. Yo lo he visto tal como le han contado Angus y Mary. La cabeza le brillaba como el cuerpo de un pez...

—¿Estáis intentando decirme que un pez trepó hasta la habitación de mi tía? —exclamó Eoghan en tono burlón.

—Oh, no, señor.

—Es lo que estáis diciendo.

—Oh, no, señor.

—¿Pues qué es?

La muchacha se armó de valor.

—El Maligno —declaró con voz temblorosa— puede adoptar la forma que desee.

—Oh, ¿así que habéis visto al Diablo?

No hubo respuesta. El joven miró a Angus.

—¿Qué quiere decir con que no puede quedarse en esta casa? —preguntó en tono severo.

—En esta casa pasa algo malo, señor.

El miedo y el whisky se habían combinado para alterar al viejo habitante de las Tierras Altas. Se levantó; los ojos, tan apagados últimamente, empezaron a centellearle.

—Pongo a Dios por testigo —exclamó en tono solemne—. Fue a esas mismas aguas a las que se tiró su madre.

Se interrumpió, acobardado. El doctor Hailey vio como la sangre se agolpaba en las mejillas de Eoghan y volvía a abandonarlas de golpe.

—Angus, ¿qué está diciendo?

No hubo respuesta. Las dos mujeres retrocedieron.

—¿Qué está diciendo, Angus?

El pálido rostro de Eoghan expresaba tal grado de tensión emocional que el doctor Hailey corrió a su lado.

—Yo no me molestaría...

El joven lo interrumpió con gesto rápido y autoritario. Dio un paso hacia el criado de su padre.

—¿Ha dicho que mi madre se tiró al arroyo? —gritó—. ¿Es eso cierto?

Angus se había repuesto de la sorpresa de su atrevimiento; su contacto con las emociones que lo habían llevado al salón de fumar y los efectos del whisky que se había bebido eran lo bastante fuertes como para disuadirlo de echarse atrás.

—Es la verdad, señor Eoghan —declaró. Le enseñó las manos—. Fueron estas mismas manos las que ayudaron a entrarla en esta casa.

—¿Está diciendo que mi madre se suicidó?

El gaitero se quedó cabizbajo.

—¿Angus?

—Sí, señor Eoghan.

Los ojos del joven adquirieron un brillo extraño y feroz. Pero sus facciones permanecieron petrificadas en su rigidez.

—¿Y ahora cree que esto... este ser que nada y mata... ha venido a vengar su muerte?

El ardor de Angus estaba aplacándose. Miró a su señor con ojos tristes, arrepentido ya por el dolor que le había causado.

Eoghan se volvió hacia el médico.

—¿Sabe algo de esto? —le preguntó.

—Sí.

—Usted también. Todos salvo yo. —Se dirigió a los criados—. Marchaos donde os plazca —gritó—. No quiero teneros aquí. En esta casa. No quiero teneros en esta casa. —Agitó la mano, despachándolos—. ¿Por qué tendríais que sufrir en esta casa por los crímenes de otros?

Se dejó caer en una silla. El doctor Hailey fue junto a él.

—¿Puedo llevármelos a otra habitación y hacerles algunas preguntas?

—No. Hágaselas aquí. Permítame estar informado esta vez, como todos los demás.

El tono de Eoghan estaba cargado de amargura y sorna. Se agarró a los brazos de la silla con tanta fuerza que los nudillos se le pusieron blancos. Se mordió los labios. El doctor Hailey hizo una seña a los criados para que tomaran asiento y él también hizo lo mismo. Se volvió hacia Mary:

—¿Dice que oyó caer algo al agua la noche que asesinaron al inspector Dundas? —le preguntó.

—Sí, señor. Pero en ese momento no pensé en qué podía ser. Esa noche había barcos pesqueros cerca del arroyo, señor.

El médico asintió con un gesto.

—Lo sé. ¿Y su hermano estaba en uno de esos barcos?

—Sí, señor.

—Su hermano vino aquí para explicarnos lo que había visto esa noche. No mencionó haber oído ningún ruido extraño en el agua.

—No, señor. Por favor, señor, hasta esta noche no le había dado ninguna importancia. —La muchacha se toqueteó los botones de la chaqueta—. Cuando se pesca, se oyen muchos ruidos en el agua —añadió—. Si mi hermano lo oyó, pensaría que alguien de uno de los otros barcos había tirado algo por la borda.

—Entiendo.

—No fue un ruido muy fuerte.

—¿Dónde estaba cuando lo oyó?

—Me iba a la cama, igual que esta noche cuando he oído el primer ruido. Flora ya dormía.

El doctor Hailey se inclinó hacia delante con interés.

—¿Ha oído dos ruidos en el agua esta noche? —preguntó.

—Sí, señor.

—¿Fuertes?

—No demasiado, señor.

El médico se encajó el monóculo en el ojo.

—¿Por qué se ha preocupado esta noche cuando no lo había hecho hasta ahora?

—Porque esta noche no había barcos pesqueros. He pensado que era muy raro oír un ruido en el agua cuando no había nadie para hacerlo.

Miró detrás de ella mientras hablaba.

—¿Ha oído algo entre los dos ruidos?

—No, señor.

—¿Ha visto algo?

—No, señor.

El médico volvió a inclinarse hacia delante.

—Cuénteme en detalle qué ha visto después del segundo ruido.

—Ya se lo he dicho, señor. Había algo nadando por la desembocadura del arroyo. Tenía la cabeza como la de una foca y parecía negra hasta que la ha iluminado la luna. Entonces he visto que brillaba como el cuerpo de un pez.

Repitió las palabras maquinalmente, pero le tembló la voz.

—¿Ha sido entonces cuando ha llamado a su hermana?

—Sí, señor. «¿Qué es?», me ha dicho. «No sé qué es, Flora —le he dicho yo—, pero es lo que he oído caer al agua y quizá lo mismo que oí cuando asesinaron al señor Dundas». Mientras hablaba, hemos oído voces bajo la ventana y alguien ha dicho: «Está muerto». Y Flora me ha agarrado del brazo y se ha puesto a llorar. Hemos bajado a la cocina y ahí estaba Angus, sentado en una silla, blanco como un cadáver. Le he contado lo que habíamos oído y ha dicho: «También han asesinado al señor Barley. ¡He oído los ruidos en el agua cuando estaba en el recibidor!».

La muchacha negó con la cabeza cuando terminó de hablar y volvió a mirar detrás de ella. Luego añadió:

—Angus estaba llorando y decía...

—Olvídese de eso. —La voz del doctor Hailey era severa—. ¿Cuánto tiempo han estado mirando al ser que han visto nadando?

—Hasta que hemos oído las voces.

—¿Así que no han visto hacia dónde ha ido?

—No, señor.

El médico se volvió hacia Angus:

—¿Se encontraba usted en el recibidor cuando ha oído el primer ruido en el agua? —le preguntó en tono áspero.

—Sí, señor. Estaba esperando allí por si Duchlan me necesitaba.

—¿Dónde se encontraba el inspector Barley en ese momento?

—Acababa de salir de la casa. Estaba junto a la puerta, cerca del coche.

—¿Cree que él también lo ha oído?

—Sí, señor, creo que sí, porque ha echado a andar hacia el arroyo.

—¿Lo ha visto hacerlo?

—Sí, señor.

—¿Ha oído algo después de eso, antes del segundo ruido?

Angus crispó las facciones, de nuevo asustado. Se inclinó hacia delante en la silla.

—He oído un ruido, señor, que sé que era un estertor de muerte —susurró.

# 34
## «Algo pasa»

El sudor perlaba la frente del anciano. Se lo enjugó con la mano. Eoghan se levantó y le sirvió más whisky.

—Usted estaba cerca de la puerta de la salita de escritura, ¿no es así? —le preguntó el doctor Hailey.

—Sí.

—¿Y la ventana de la salita estaba abierta?

—Sí.

—Entonces, tiene que haber oído todo lo que ha ocurrido entre el inspector Barley y su asesino.

—No he oído nada salvo el ruido del que le he hablado.

—¿Lo que llama «estertor de muerte»?

—Era eso, señor; ya lo había oído antes.

—¿Lo ha seguido el otro ruido en el agua?

—Sí, señor. Y cuando lo he oído, he sabido que...

—No quiero que me cuente lo que sabe, sino solo lo que ha oído y hecho. ¿Qué ha hecho?

—Una mujer joven que iba vestida de policía ha entrado corriendo en la casa.

—Eso lo sé. Por favor, responda a mi pregunta: ¿qué ha hecho usted?

El gaitero movió la cabeza.

—He vuelto a la cocina.

—¿Porque tenía miedo?

—Porque sabía que el día...

El médico volvió a interrumpirlo de manera brusca. Se levantó y anunció que no tenía más preguntas. Miró su reloj.

—Será mejor que regresen a la cocina. Pueden dejar dos o tres velas encendidas hasta que amanezca —dijo.

Esperó hasta que se hubieron ido. Entonces, se volvió hacia Eoghan.

—Al menos, ya sabemos por qué ha ido Barley al lugar en el que lo han asesinado —observó con cierto entusiasmo—. El siguiente paso es, claramente, descubrir la verdad sobre ese nadador.

—Supongo que sí.

El joven se levantó y se dirigió a la chimenea. Se quedó apoyado con un codo en repisa, la viva imagen del abatimiento.

—Ahora entiendo sus preguntas sobre mi infancia —dijo en voz baja—. Ahora lo entiendo todo.

—Su padre estaba muy influido por su tía —explicó el doctor Hailey en el tono de un hombre que siente que le corresponde ejercer de intercesor.

—Sí.

—Por lo que he podido deducir, fue otro caso como el de su esposa y McDonald. El ambiente de esta casa le destrozó los nervios a su madre.

—¿Quiere decir que le destrozó el corazón?

Eoghan habló con insólita vehemencia:

—No, no quiero decir eso. Estoy seguro de que su padre amaba a su madre a su extraña manera. Pero su tía lo tenía dominado. No podía evitar ver y sentir lo que su hermana quería que viera y sintiera...

Eoghan se sobresaltó y dio un paso hacia su interlocutor. Se le habían subido los colores.

—Dundas me dijo que mi tía tenía una cicatriz en el pecho —exclamó—. De una herida que alguien debió de infligirle hacía mucho tiempo...

Se le quebró la voz. Se tapó la cara con las manos. Pero enseguida se rehízo.

—¿Sabe que fue mi madre la que le infligió esa herida? —le preguntó en tono calmado.

El doctor Hailey se pasó la mano por la frente.

—Amigo mío —dijo con suavidad—, su madre ya no estaba en sus cabales.

—¡La habían vuelto loca!

—Quizá no a propósito.

Eoghan se agarró la frente con ambas manos.

—¡Qué horror, qué horror! —gritó—. Y pensar que me enseñaron a llamar «madre» a mi tía... que yo la llamaba «madre».

Se estremeció de la cabeza a los pies.

—Por eso mi padre creía que Oonagh la había matado —añadió—. Porque es como mi madre.

Se le escapó un grito. Agarró al doctor Hailey por el brazo.

—¿Se la hizo? ¿Le hizo mi padre la misma sugerencia que a mi madre? ¿Que debería suicidarse?

—Recuerde que él la creía culpable.

—Oh, tendría que haberlo imaginado.

—Amigo mío, como usted sabe, las pruebas eran muy convincentes.

El reproche fue suave, pero surtió efecto. El joven bajó la mirada y negó con la cabeza.

—Angus tenía razón —dijo—. Algo pasa en esta casa.

# 35

# Un frío mortal

Un momento después, los dos hombres se sobresaltaron y se quedaron tensos, a la escucha. Alguien se acercaba con paso cansino a la ventana abierta del salón de fumar. El doctor Hailey fue hasta ella y llegó a tiempo de ver una figura alta en bata negra que emergía de la oscuridad. Era Duchlan.

—¿Está Eoghan con usted? —preguntó el anciano.

—Sí.

—Quiero hablar con él. Entraré por la salita de escritura.

Se arrebujó en la bata y desapareció. Después lo oyeron cruzar el recibidor. Cuando se detuvo en el hueco de la puerta, el color de la bata creó un desgarrador contraste con la blancura de sus mejillas marchitas. Estaba ojeroso y tenía los párpados caídos, como si ya no pudiera enfrentarse a un mundo que lo había derrocado. Su hijo se levantó a su llegada.

—Siéntate, Eoghan.

El gesto de su mano ajada era más una súplica que una orden. Él también tomó asiento y apoyó la cabeza en el respaldo del sillón, enseñándoles el nervudo cuello de buitre.

—El sueño me ha abandonado —dijo—. Esta noche no puedo reposar.

La ligera afectación de su tono y vocabulario no ocultó su agitación. El doctor Hailey miró a Eoghan y vio que el hijo compartía la inquietud del padre.

—Supongo que no tiene la menor idea de cómo ha muerto ese tal Barley —preguntó Duchlan al médico.

—Ni la más remota idea.

—Estos asesinatos son inexplicables, ¿no es así?

—Aún no les hemos encontrado explicación.

Duchlan cerró los párpados caídos.

—No la encontrarán. Y si siguen buscando, habrá más desgracias.

Empezó a tamborilear con los dedos en los brazos del sillón. Crispó las comisuras de la boca.

—Dios es justo —declaró en tono reverencial. Se volvió hacia su hijo—: Siento que se acerca mi fin; antes de que me llegue la hora, hay algo que debo contarte.

Se enderezó en el sillón mientras hablaba. Eoghan se echó hacia atrás en la silla.

—Ya lo sé —dijo.

—Eso es imposible.

—Por qué y cómo murió mi madre.

El silencio se cernió sobre el salón. El canto del riachuelo, en reflujo a aquellas horas, se había convertido en un arrullo como el de una madre a su bebé.

—Tu madre murió de difteria —dijo Duchlan por fin.

—Usted sabe, padre, que mi madre se tiró al arroyo.

El anciano no se inmutó.

—Eso también es verdad.

—¿Qué quiere decir?

—Hubo una epidemia de difteria, durante la que murieron muchos niños, entre ellos el hijo de Christina. Tu madre insistió en ayudar a cuidarlo y contrajo la enfermedad. Como sabes, a veces la difteria ataca al cerebro... —Duchlan suspiró hondo—. Por tanto, lo que ocurrió después se debió a los dictados de una mente desquiciada.

Hizo una pausa. Le costaba respirar. Eoghan permaneció en una postura de tensa expectación.

—Pero eso no es todo. Dios me libre de seguir ocultándote, a estas alturas de mi vida, la culpa que me embarga el corazón. Si bien fue la enfermedad la que finalmente se llevó a tu madre, hubo otras causas, a lo largo de semanas y meses de dolor, que condujeron a aquella tragedia. Estoy aquí para confesar que mi debilidad fue la principal de esas causas.

—Por favor, no siga, padre.

Duchlan alzó la mano.

—Te ruego que me escuches. —Se tiró del cuello de la bata para ensanchárselo—. Ya de niño, adolecía de una debilidad de carácter que me ha sido imposible superar. Era miedoso cuando había que ser valiente, timorato cuando había que ser resoluto. Para desgracia mía, las cualidades que a mí me faltaban las tenía en su máxima expresión mi hermana, tu tía Mary. En consecuencia, ella adquirió, desde el principio, un dominio sobre mí al que yo fui incapaz de oponerme. Está muerta; pero su dominio pervive de tal modo que ahora me siento incapaz de vivir sin ella. Tu madre poseía una excelente fortaleza mental, pero era inferior a la de mi hermana; en consecuencia, nuestro matrimonio estaba condenado. —Hizo una pausa. Sus dedos continuaron su incesante tamborileo—. Cuando tenía dieciocho años, tu tía se prometió para casarse con un inglés y, de repente, me sentí terriblemente solo. Fui a visitar a un viejo amigo en Dublín y allí conocí a tu madre. —El anciano suspiró hondo—. Era una joven hermosa, tan hermosa como Oonagh. Su familia tenía una casita en el oeste, junto al mar. Estaba aislada y rodeada de tierras pantanosas que se extendían a lo largo de kilómetros como un desierto bajo un cielo indómito. Se había criado allí y había vivido libre de ataduras con sus perros y caballos. El mar estaba en sus ojos, y el amor por el mar, en su corazón. Cuando la miraba, sentía que había descubierto el secreto que llevaba toda mi vida buscando, que era liberarme de mi esclavitud espiritual. Si lograba capturar a aquella criatura salvaje y maravillosa, ella me enseñaría la clave de su fortaleza y valor y me libraría de mi miedo. Le abrí mi corazón y vi que se apiadaba de mí. Me parecía tan fácil, en aquellas tierras suyas, ser dueño de mi alma y vivir mi sueño. Nos enamoramos... —Se interrumpió. Vieron que un escalofrío le recorría el cuerpo—. Me llamó su «adusto escocés» y prometió hacer de mí un bravo irlandés. Me quedé en su casa, una semana tras otra, olvidándome de todo salvo de mi amor por ella. Aquel lugar y sus reminiscencias se convirtieron en un vago recuerdo, como el recuerdo de una pesadilla a la noche siguiente. «No tenemos que pasar mucho tiempo en el castillo de Duchlan —pensé—. Puedo irme de esa casa y podemos venir a vivir a Irlanda».

Su voz había adquirido una pausada cadencia. Cuando empezó a mecer el cuerpo, el doctor Hailey pensó que parecía un viejo bardo que cantaba sobre tiempos remotos ya sepultados en el seno de la tierra. Tenía lágrimas en los ojos: le bajaban por las mejillas despacio, de arruga en arruga.

—Aquello fue una traición; porque mi padre había jurado que ningún forastero debía vivir nunca en el castillo de Duchlan. Pero incluso él había perdido su poder sobre mí en aquellas tierras salvajes. Yo había caído bajo el hechizo de la familia de tu madre, a quienes no les importaban las ideas que pueblan este lugar. Tu abuelo y abuela, tus tíos y tías pensaban todos de la misma manera. Estaban hechos para la vida, para el presente, para la naturaleza que los rodeaba y los nutría, para estar juntos. Eran tan generosos como valientes y su hospitalidad no tenía fin. A ninguno de ellos se le ocurría hacerme preguntas y aceptaban lo que yo les contaba de mí sin cuestionarlo. Dejé de sentirme solo. Empecé a agradecer que mi hermana se hubiera prometido. En otras palabras, sucumbí por completo al influjo de tu madre.

»Nos casamos unos meses después. Cuando regresamos de nuestra luna de miel, tu tía se había roto. Me rogó que le permitiera quedarse aquí unos meses hasta que pudiera establecerse en algún otro lugar. No te ocultaré que, cuando cedí a su petición, sabía que estaba sacrificando a tu madre. —Volvió a suspirar—. Y así fue. Mi hermana me confesó que había roto su compromiso porque no soportaba irse de aquí ni pasar a formar parte de otra familia. Naturalmente, a tu madre le molestaba su intromisión en nuestra vida de casados y quería librarse de ella. Empezó un duelo entre las dos, del que yo fui testigo forzado e impotente. Ambas acudían a mí todos los días. Pronto, muy pronto, el carácter más fuerte se impuso.

»Tu madre tenía genio, pero también una generosidad que la perdía. Mary no poseía ninguna de las dos cosas. Me maravillaba su manera de lograr sus fines. Era como una araña, laboriosa y calculadora. Tejía telarañas por doquier, hasta que sus víctimas quedaban apresadas por filamentos más resistente que el acero. La violencia no podía hacer nada contra aquella sutileza. —Se inclinó hacia adelante. Alzó la voz—. Porque yo también era violento; así actuamos los débiles. Amaba a tu madre y a veces osaba rebelarme. A veces, me enfurecía y vociferaba contra la tiranía que nos amenazaba; era como la cólera de un niño contra la niñera que le quita los juguetes. Entonces naciste tú.

Duchlan volvió a cerrar los ojos. Se quedó callado unos minutos, inmóvil, como una figura de marfil viejo. Luego, sus dedos reanudaron su tamborileo en la madera tallada.

—Tu nacimiento agravó mucho las cosas porque eres el heredero —continuó—. Tu madre te veía como uno de los suyos;

tu tía, como un Gregor. Estaba decidida a apartarte de tu madre y, además, te quería porque no tenía hijos propios. Así se desataron todas las furias que habitan el corazón femenino. —Hizo un gesto de desesperación—. La marea de odio creció y me engulló. Sabía que mi matrimonio iba a la deriva, abocado a la catástrofe, pero carecía del poder para salvarlo. Tu madre empezó a odiarme y después a despreciarme. Su bondad natural se transformó en un desdén que hería sin que lo provocaran. Un día amenazó con dejarme a menos que le ordenara a tu tía que se fuera de mi casa. Su indignación y amargura eran terribles y, en ese momento, me convencieron. Le dije a mi hermana que era imprescindible que nos organizáramos de otro modo. Ella se metió en la cama y enfermó, por lo que hubo que llamar al médico. Él me dijo que estaba muy enferma y que, si me empeñaba en obligarla a dejar su casa, no se haría responsable de las consecuencias. Para entonces, tu madre ya no estaba enfadada y había recobrado su generosidad natural. Tu tía se quedó; nuestro matrimonio naufragó. —Alzó la mano para prohibirles interrumpirlo—. Cuando trajeron el cadáver de mi esposa a este salón, un frío mortal me heló el corazón. Había oído el ruido que había hecho al caer al agua. Tendieron su cuerpo en ese sofá. —Señaló el mueble y mantuvo el dedo alargado hacia él—. Había charquitos de agua en el suelo, que se hicieron más grandes y fueron juntándose. Le caían chorritos de agua del cabello y los codos, porque le habían cruzado los brazos en el pecho. Angus y los hombres que lo habían ayudado a traerla del arroyo se marcharon y me dejaron aquí, solo con ella. Pero yo no sentía nada... nada aparte de curiosidad por los chorritos y charcos de agua. Los conté; había once chorros y siete charcos. Once y siete. Entonces pensé en los últimos momentos que habíamos pasado juntos la noche anterior, después de que ella atacara a tu tía, y repetí en voz alta lo que le había dicho: «Has matado a mi hermana, nos has arruinado la vida a mi hijo y a mí. Solo te queda una cosa por hacer. Habrá marea alta a...». Pues bien, me había hecho caso. Pero me parecía irreal y lejano, como algo que hubiera leído hacía mucho tiempo y hubiera olvidado y vuelto a recordar. Así que le grité que abriera los ojos... —Movió la cabeza, asintiendo, quizá, a una voz que surgía de las honduras de su alma—. Pensé: «¿Está muerta?». Y no dejé de repetir esa palabra, «muerta», una y otra vez, como si quisiera recordar su significado. Pero no lo tenía. Luego, de golpe, se me ocurrió que todas las dificultades y problemas de mi vida habían terminado. Si Mary se ponía bien, y el médico esperaba que se recuperara, porque el cuchillo no le había tocado el corazón, volveríamos a tener la casa para nosotros solos, como en los viejos tiempos. Verás, yo le había entregado mi mente y mi voluntad a mi hermana. Era con sus ojos como miraba el rostro de mi esposa muerta. —Volvió a tirarse del cuello de la bata—. Ahora no tengo más ojos que los suyos, para ti, para esta casa, para nuestra familia. Cuando creí que Oonagh era cómplice de la muerte de Mary, le dije las mismas palabras que a tu madre: «Has matado a mi hermana... Habrá marea alta...».

—¡Calla, padre!

Eoghan se había levantado de golpe. La cara le temblaba y tenía los puños cerrados. El anciano bajó la cabeza.

—Te pido perdón.

—¿Por qué me cuenta esto? ¿Por qué me lo cuenta?

El doctor Hailey vio que Duchlan se estremecía. El viejo miró a su hijo de hito en hito.

—Para devolverte a tu madre —respondió sin más—. Es lo único que me queda: devolverte a tu madre.

Duchlan se levantó mientras hablaba. Volvió a señalar el sofá.

—Maté a tu madre; habría matado a tu esposa. ¿Qué son estos otros crímenes comparados con el mío?

Se acercó al sofá y lo miró tal cual si volviera a ver a su esposa como la había visto con el agua escurriéndole del cabello y los codos. Pero su rostro no expresaba nada. No había mentido cuando había dicho que un frío mortal le había helado el corazón. Eoghan lo siguió con ojos de horror hasta que abandonó el salón.

# 36

## La máscara

El doctor Hailey puso la mano en el hombro de Eoghan.

—Tenga piedad —dijo con suavidad.

—¿Piedad?

El joven pronunció la palabra maquinalmente, como si hubiera olvidado su significado. Continuó mirando la puerta por la que acababa de salir su padre.

—De una mente atormentada.

Eoghan se volvió de golpe y miró al médico de hito en hito.

—¿Llama «mente atormentada» a eso? —le preguntó con amargura. Se dirigió a la chimenea y clavó los ojos en la rejilla vacía.

El doctor Hailey lo siguió.

—Los hombres que tienen la cara terriblemente desfigurada están condenados a ocultarla detrás de una máscara —explicó—. Lo mismo ocurre cuando la desfiguración es del alma.

—¿Qué quiere decir?

—Cuando su padre entregó su voluntad a su tía, se condenó a al castigo de la vergüenza y la desesperación. El único refugio de los débiles es la fuerza de otro. Para huir del infierno de sus propios pensamientos y sentimientos, era necesario que adoptara completa y ciegamente los de su tía. La cobardía moral utiliza esa máscara desde que existe. Pero la cara que se oculta tras ella aún vive.

—Entiendo.

—Recuerde que su madre halló razones para amarlo en su debilidad. Permitió que su tía se quedara. Incluso estaba dispuesta, quizá, a soportar su presencia en esta casa cuando la enfermedad la privó, transitoriamente, de su cordura. Estoy seguro de que no habría querido que usted fuera menos generoso y compasivo. Su padre está afligido porque usted no tenía nada que decirle. Como acaba de oír, piensa que los asesinatos son sucesos sobrenaturales, la expresión de la cólera del Cielo contra él. Se ha abandonado por completo. —El doctor Hailey habló con mucha suavidad, sin un atisbo de recriminación—. Al menos, ha afrontado la situación —añadió.

Eoghan se irguió.

—Gracias —dijo—. Iré a verlo.

Salió a toda prisa. Cuando se hubo marchado, el doctor Hailey se sentó y tomó un pellizco de rapé. Se quedó unos minutos con los ojos cerrados y después se levantó. Abandonó el salón y subió la escalera, haciendo el menor ruido posible. Cuando llegó a la primera planta, se detuvo y aguzó el oído. La casa estaba en silencio. Subió el segundo tramo de escalera, deteniéndose cada pocos pasos. Cuando estaba cerca del final, se agachó. Le había llegado un murmullo de voces.

Esperó unos minutos antes de subir los peldaños que le quedaban. Desde el rellano, las voces se oían con claridad. Provenían del cuarto del niño y reconoció el acento cultivado de Oonagh. Vaciló un momento, pero decidió seguir adelante con la idea que lo había llevado al piso de arriba. Cruzó el estrecho rellano y puso la mano en la puerta de la despensa desde cuya ventana Barley y él habían inspeccionado el gancho de la pared situado sobre la habitación de la señorita Gregor. Giró el picaporte. En ese mismo instante, Oonagh abrió la puerta del cuarto de su hijo. Se le escapó un grito consternado y dio un paso atrás. Entonces lo reconoció.

—¡Doctor Hailey! Pensaba... pensaba que era...

Se interrumpió y fue hacia él. El médico vio que estaba pálida y tensa, pero los ojos le brillaban de felicidad.

—Hamish ha estado bastante inquieto —dijo—. Christina y yo hemos estado intentando que se durmiera.

Lo condujo al cuarto de su hijo mientras hablaba. Pese al calor que hacía, la chimenea estaba encendida y había agua calentándose al fuego. Se respiraba una calma que el médico agradeció aún más por su marcado contraste con el malestar del salón que acababa de abandonar. Se acercó a la cuna y observó al niño dormido. Su carita tenía esa apariencia de flor que es patrimonio exclusivo de la infancia; sus facciones expresaban una dulzura exquisita. Christina se unió a él junto a la cuna. Señaló una serie de puntitos rojos en la frente del niño.

—Creo que le ha salido una urticaria —dijo en su suave acento.

—Sí. Por eso le ha costado tanto dormirse.

Oonagh estaba junto a la chimenea.

—No se imagina cuánto me ha aliviado su opinión sobre su caso —exclamó—. Ha sido el único rayo de luz en todos nuestros desvelos. —Cruzó el cuarto mientras hablaba—. ¿Se ha arrojado alguna luz sobre la muerte de ese pobre hombre?

—No, ninguna. —El doctor Hailey limpió el monóculo entre el pulgar y el índice—. ¿Estaba aquí cuando ha ocurrido? —le preguntó en tono serio.

—Sí.

—¿La ventana estaba abierta?

La joven se sobresaltó antes de asentir con la cabeza.

—¿Ha oído algo?

Hubo un momento de silencio.

—Es extraño, pero me ha parecido oír un ruido en el agua...
dos ruidos. —Habló con vacilación, como si estos la hubieran
preocupado.

—¿Se ha asomado a la ventana?

El médico vio que volvía a sobresaltarse.

—Sí, después de oír el segundo ruido. —El miedo le había
embargado la voz—. La luna iluminaba la superficie del agua
en la desembocadura del arroyo. He visto algo negro, como la
cabeza de una foca, que nadaba por el arroyo, pero, cuando
la luna lo ha iluminado, ha centelleado.

—¿Como el cuerpo de un pez?

—Justo así.

El médico se encajó el monóculo en el ojo.

—Otras personas han visto el mismo objeto —afirmó despacio—. Y lo han interpretado a su manera. ¿Qué le ha parecido que era?

—No se me ha ocurrido qué podía ser.

El doctor Hailey se volvió hacia la niñera.

—¿Usted lo ha visto?

—No, señor. Había ido a buscar leche para el niño en ese
momento. Pero la señora Gregor me lo ha contado.

—¿Se ha visto alguna vez algo parecido por aquí?

—No que yo sepa, señor.

Christina tenía las manos entrelazadas. No paraba de retor-
cerlas. Un vivo temor había asomado a sus ojos.

—Los pescadores dicen que a veces oyen ruidos en el agua
alrededor de sus barcos por la noche —exclamó en tono sobrecogido.

—¿Y bien?

—Se asustan cuando los oyen...

El doctor Hailey se encogió de hombros.

—Loch Fyne está lleno de marsopas, como sabe —observó—. Un banco de marsopas puede hacer mucho ruido.

La anciana no respondió. Siguió retorciéndose las manos y negando con la cabeza. El médico la miró un momento. Se le cayó el monóculo.

—Una de las criadas dice que oyó un ruido en el agua la noche que mataron al inspector Dundas. ¿Oyó usted algo esa noche?

—No, señor.

—¿Las ventanas también estaban abiertas esa noche?

Christina asintió con la cabeza.

—Las he tenido así desde que empezó esta ola de calor —respondió.

El doctor Hailey fue a la ventana y se asomó. La luna había recorrido un buen trecho de cielo desde el momento de la muerte de Barley, pero seguía iluminando el agua a ráfagas intermitentes mientras nubes recién llegadas del oeste pasaban por delante de su faz.

—Un ruido en el agua debería oírse desde cualquiera de estas ventanas —observó en un tono que parecía de reproche. Se volvió hacia las mujeres—: Da la impresión de que el tiempo va a cambiar. Ya imaginaba que este calor no podía durar mucho más.

Volvió a inspeccionar el agua. Puso cara de preocupación, como si estuviera tomando una decisión importante. Pareció abrigar dudas sobre cómo explicarse, porque frunció el entrecejo varias veces. Por fin, se alejó de la ventana y regresó junto a Oonagh.

—Esos ruidos en el agua pueden ser más importantes de lo que usted supone —dijo con cautela—. Creo que deberíamos averiguar todo lo posible sobre ellos.

Hizo una pausa. La joven clavó sus ojos claros en los suyos.

Negó con la cabeza.

—Me he asustado mucho cuando los he oído —reconoció—. Me han parecido extraños y espeluznantes a estas horas de la noche. Pero quizá tenía los nervios crispados por todo lo que estaba pasando. —Se excusó con gesto humilde y añadió—: Cuando una sabe que hay un policía esperándola al pie de la escalera.

—Las otras personas que los han oído estaban tan aterrorizadas que querían irse de esta casa.

La joven volvió a negar con la cabeza.

—Creo que yo también habría sentido los mismos deseos en otras circunstancias. —La vio lanzar una mirada a la cuna mientras hablaba. Los ojos se le llenaron de lágrimas y apartó la mirada.

—Puede ayudarme fijándose bien en lo que oye durante los próximos minutos —le dijo el médico con suavidad—. Voy a bajar para llevar a cabo un experimento, cuyos resultados quizá puedan esclarecer este feo asunto. —Hizo una pausa y reflexionó un momento—. Los puntos que quiero determinar son estos —continuó—: ¿puede oír cómo se abren puertas y ventanas?; ¿oye todo lo que cae al agua en la desembocadura del arroyo?; ¿se ven bien los objetos pequeños en la superficie del agua desde estas ventanas? No le daré más explicaciones porque no quiero influirla, pero le diré que voy a salir de la casa por la puerta acristalada de la salita de escritura. Toseré bastante fuerte justo antes de hacerlo y quiero que esté especialmente atenta a oír mi tos. Luego oirá un ruido en el agua, quizá varios.

Observó a Oonagh con atención mientras le exponía su plan. La joven no mostró más interés del que justificaban los hechos.

—Hay otro punto. Quiero que estas observaciones se hagan desde este cuarto. ¿Puedo por tanto pedirle que se quede en este cuarto hasta mi regreso?

Había recalcado las palabras «en este cuarto» cada vez que las había pronunciado. La joven puso cara de sorpresa, pero no hizo ningún comentario.

—No saldré de este cuarto hasta su regreso —aseveró—. ¿Quiere que me quede aquí o junto a la ventana?

—Aquí al principio. Si oye un ruido en el agua, vaya de inmediato a la ventana y observe la desembocadura del arroyo.

El médico se dirigió a la puerta, sin hacer ruido para no despertar al niño. Antes de salir, se dio la vuelta.

—Recuerde —dijo en un fuerte susurro—. Oirá una tos justo antes de que salga por la puerta acristalada. Dejaré esta puerta entreabierta. Para que pueda oír la tos por aquí, es decir, desde el interior de la casa, o por la ventana, es decir, desde el exterior. Intente distinguir entre una cosa y otra.

Fue a la planta baja. La única luz del recibidor provenía del despacho, que seguía vacío. Aguzó el oído y oyó voces en la sala de armas, situada detrás de la salita de escritura. Llamó a la puerta y la voz aguda de Duchlan lo invitó a entrar.

El lord, aún en bata, ocupaba un sillón, el único asiento de la habitación. Su hijo estaba de pie a su lado y el anciano lo cogía del brazo. Su rostro irradiaba tal felicidad que el médico lamentó haberlos interrumpido. Pero Duchlan no pareció molestarse por su llegada.

—Discúlpenme —dijo el doctor Hailey—, pero por fin hay un rayo de luz. Quiero darme prisa por si se apaga, y necesito ayuda.

Los dos hombres se tensaron al oírlo; percibió preocupación en el rostro de ambos.

—Un rayo de luz. —Duchlan lo repitió como haría un prisionero que ha perdido la esperanza y de repente oye que aún la hay.

—Eso, o una ilusión, quizá. No les daré falsas esperanzas

entrando en detalles y, además, el tiempo apremia. —Miró por la ventana mientras hablaba. El límpido azul del cielo nocturno seguía igual de oscuro, pero los contornos de las nubes se perfilaban con mayor nitidez. Se dirigió a Eoghan—: ¿Sería tan amable de acompañarme?

—Por supuesto.

—¿Qué hay de mí? —preguntó Duchlan.

—Le informaremos lo antes posible.

Dejaron al anciano en compañía de su felicidad y cruzaron el recibidor hasta el despacho. El doctor Hailey cerró la puerta.

—Estoy a punto de acudir a una cita —afirmó—. ¿Me promete que, si accede a acompañarme, obedecerá sin reservas todas las instrucciones que le dé y no hará preguntas?

—¿Con quién es la cita?

El médico vaciló. Luego frunció ligeramente el entrecejo.

—Con el asesino —respondió con laconismo.

# 37

# El retorno del nadador

—Quiero que consiga un carrete de hilo negro y unos alfileres. —El doctor Hailey habló en tono autoritario—. Debe buscarlos abajo, quizá en las dependencias de los criados. No ponga un pie en la escalera bajo ningún concepto.

Eoghan no intentó disimular su sorpresa, pero su entrenamiento militar la hizo de inmediato a un lado.

—De acuerdo.

Se marchó. El médico salió detrás de él y se dirigió al cuartito contiguo al recibidor, donde había sombreros y chaquetas colgados. Cogió su sombrero y se lo llevó al despacho. Miró afuera con preocupación y después consultó su reloj. Las siluetas de los árboles que se veían desde la ventana empezaban a distinguirse. Unos cinco minutos después, Eoghan regresó con el hilo y los alfileres. Se los entregó a su compañero sin hacer ningún comentario.

—Espere aquí —le dijo el doctor Hailey. Salió del despacho y cerró la puerta con suavidad. Cuando regresó, iba con un abrigo y llevaba otro en el brazo—. Póngaselo, por favor —le ordenó—, y súbase el cuello; luego, sígame.

Apagó el quinqué y se encaramó a la ventana para bajar al macizo de flores en el que se habían descubierto las pisadas de McDonald. Mientras lo hacía, alzó la cabeza para mirar la ventana de la habitación de la señorita Gregor, que estaba cerrada e iluminada por la luna. La grava crujió bajo sus pies y se quedó inmóvil, de pronto indeciso. Cuando Eoghan se unió a él, recalcó que era de suma importancia procurar no hacer ruido.

—El menor ruido puede delatarnos. Ahora mismo hay oídos aguzados para captar el menor ruido.

Atravesaron el camino de grava y pasaron por delante de la puerta del castillo de Duchlan. Cuando llegaron al terraplén que descendía al arroyo, el médico pidió a su compañero que se tumbara y no se moviera. Se echó al suelo mientras hablaba y se arrastró por la hierba hacia la puerta acristalada de la salita de escritura. Eoghan lo perdió de vista entre las sombras y más tarde le pareció volver a verlo cerca de la puerta; pero poco después abandonó esa idea. Aún hacía calor y el aire era sofocante y húmedo. Pensó que era cierto que la hora más oscura llegaba antes del amanecer, y quizá también la más inquietante, pues la nítida negrura de la noche estaba enturbiada por neblinas y sombras. ¿Qué había sido del médico y qué estaba haciendo?

Una tos, breve y seca, surgió de la oscuridad. Acto seguido, se oyó la voz del doctor Hailey, cargada de miedo y preocupación.

—¡No salga! —gritó.

Eoghan vio un destello, plateado como el acero, y le pareció oír un golpetazo. A continuación, algo pesado se precipitó por el terraplén hacia el lugar donde estaba tumbado. Se enjugó la frente con la mano cuando pasó por su lado. Cayó al agua con estrépito. Se volvió para mirar la superficie del arroyo.

Un objeto negro, parecido a una foca, se alejaba mar adentro a toda velocidad. Estaba seguro de que era una foca.

La luz de la luna lo bañó. Relucía.

Eoghan volvió a enjugarse la frente. Se oía el corazón, palpitándole contra las costillas.

Un gemido, lastimero y apenas audible, le llegó desde de la puerta acristalada. Oyó su nombre pronunciado con un hilillo de voz.

# 38

## El rostro en el agua

Eoghan se levantó y corrió a la puerta acristalada. Al acercarse, vio la gran silueta del doctor Hailey agachada sobre un hombre que yacía en el mismo lugar donde se había desplomado el inspector Barley. El médico encendió su linterna eléctrica y le iluminó el rostro. A Eoghan se le escapó un grito. Era su padre.

El anciano volvió a pronunciar su nombre. El joven se arrodilló a su lado.

—Estoy aquí, padre... Soy Eoghan.

Los arrugados párpados caídos se abrieron todo lo posible. Una sonrisa de pura satisfacción asomó a los finos labios.

—Dame la mano...

Eoghan cogió las manos de su padre en las suyas. Se agachó y besó al anciano en la frente.

—Voy a morir, hijo... —Exhaló otro gemido y crispó las facciones. Pero la punzada de dolor remitió. —Me ha golpeado en la cabeza... como al policía. —Se interrumpió, sin aliento. El doctor Hailey se inclinó sobre él.

—Por favor, no intente hablar, señor, solo está gastando fuerzas.

Duchlan negó con la cabeza. Asió las manos de su hijo con más fuerza.

—Ha sido culpa mía desde el principio —susurró—. Pero

tú me has perdonado. Vuelve a decírmelo, hijo: ¿me has perdonado?

—Sí, padre.

El anciano volvió a sonreír. Su rostro, pensó el doctor Hailey, parecía más joven. Pero, de repente, vieron apagarse la luz de sus ojos. Una fría rigidez se adueñó de sus facciones y le heló la mirada. Se movió de manera convulsa, como un hombre que intenta romper las cadenas que lo apresan; consiguió incorporarse apoyándose en el codo.

—Esto debe de ser la muerte...

De repente, su voz sonó clara y apasionada. Pronunció el nombre «Kathleen». Un momento después, yacía muerto en los brazos de Eoghan. El doctor Hailey le abrió la bata y pegó la oreja a su pecho.

—Está muerto.

—¿Qué ha ocurrido, doctor? ¿Qué era esa criatura espantosa?

Tenía la voz ronca de la emoción.

—Su padre ha salido por la puerta acristalada. No he podido avisarle a tiempo. No se ha detenido a pesar de mi grito.

Al joven le costaba respirar. Bajó la cabeza.

—Ha pasado cerca de mí camino del arroyo. Si no hubiera prometido obedecer sus órdenes, podría haberla interceptado. La he visto alejarse a nado.

Su espanto le impidió seguir hablando.

—Tenemos que entrarlo en casa —observó el médico—. Por desagracia, queda una cosa por hacer. Debe armarse de valor.

—¿A qué se refiere?

—Vamos...

Mientras hablaba, el doctor Hailey pasó las manos por debajo del cuerpo del anciano y, tras un momento de vacilación,

Eoghan siguió su ejemplo. Levantaron el cadáver y echaron a andar hacia la puerta acristalada a paso lento.

—Será mejor que lo llevemos al despacho.

Avanzaron muy despacio en la oscuridad y transcurrieron varios minutos antes de que encontraran el sofá. Cuando acostaron a Duchlan en aquel lecho, el mismo en el que había yacido su esposa, un sollozo asomó a los labios de Eoghan. El doctor Hailey prendió una cerilla para encender el quinqué. Vio al joven arrodillado junto al sofá, abrazando el cadáver de su padre.

El ruido de un golpe, sordo, escalofriante, se coló por la puerta abierta.

Eoghan se levantó de un salto.

—¿Qué ha sido eso?

Salió al recibidor y aguzó el oído. El doctor Hailey se unió a él. Oyeron una respiración entrecortada en la salita de escritura, a través de la puerta abierta. El médico encendió la linterna. De golpe, se oyó un grito desgarrador, seguido de un estrépito en el agua. Eoghan agarró el brazo de su compañero de manera el haz le enfocó la cara. Estaba lívido y tenía la frente perlada de sudor.

—Ahí está otra vez.

Fueron rápidamente a la puerta acristalada. Los primeros rayos del alba les mostraron la desembocadura del arroyo, negra como el peltre viejo. La superficie del agua estaba revuelta, aunque no soplaba viento.

Corrieron por el terraplén hasta la orilla. Las aguas se habían calmado y la superficie de la pequeña ría era un espejo bajo el cielo que clareaba. El doctor Hailey saltó al agua, que le cubría por encima de la cintura, y se agachó. Eoghan vio aflorar a la superficie un objeto blanco, que súbitamente reconoció como un rostro humano.

# 39

## El doctor Hailey revela el misterio

Una hora después, el doctor McDonald entró cojeando en el despacho donde lo esperaban Oonagh, Eoghan y el doctor Hailey. Se sentó y se colocó la pata de palo en una postura cómoda.

—¿Y bien? —preguntó el doctor Hailey.

—Coincido con usted. Han asesinado a Duchlan exactamente igual que mataron a Dundas y a Barley. Christina ha muerto ahogada, pero tenía el brazo fracturado. Hay escamas de arenque en la herida de Duchlan y en una mano de Cristina. —El rostro de McDonald expresaba un vivo horror. Añadió—: Y seguimos sin tener una explicación.

—No lo creo. Conozco la explicación. —El doctor Hailey se encajó el monóculo en el ojo mientras hablaba. Se volvió hacia Eoghan—. La primera luz se me encendió cuando su padre me explicó que durante la epidemia de difteria su madre cuidó al hijo de Christina durante la enfermedad que lo llevó a la muerte y, por tanto, dio su vida por él. Conozco el carácter de las gentes de las Tierras Altas. La gratitud es una de sus mayores virtudes. —Se levantó y se colocó delante de la chimenea—. Estoy seguro de que, desde ese momento, Christina volcó en usted todo el amor de madre que habría dado en su hijo y, además, toda la bondad que el sacrificio de su madre había despertado en su gran corazón.

—Así es —exclamó Eoghan—. Ella fue mi verdadera madre.

Tenía lágrimas en los ojos. Se apresuró a enjugárselas.

—Por esa razón, lo que sentía por su tía no podía ser otra cosa que pura hostilidad. De hecho, me lo reconoció. Sabía lo mucho que su tía había hecho sufrir a la esposa de su padre, sabía que la felicidad de su madre se había visto minada hasta la extenuación por una labor de zapa a la que no hay felicidad que se resista y sabía que, en cierto sentido al menos, la señorita Gregor era directamente responsable de la muerte de su madre. —El médico se inclinó hacia delante—. Pero era una escocesa de las Tierras Altas, un miembro de esta casa, a cuyos leales ojos su deber con su padre, su señor y jefe, estaba por encima de cualquier otro deber. Como su tía era hermana de Duchlan, debía continuar sirviéndola.

»Mantuvo esa actitud durante toda su niñez, hasta su boda. Se mostró respetuosa y atenta con su tía hasta que su hijito enfermó. Pero la enfermedad de Hamish lo cambió todo... —El médico se interrumpió. Se encajó mejor el monóculo—. Sin duda, esa enfermedad alarmó muchísimo tanto a la niñera como a la madre. Para una mentalidad supersticiosa, y Christina era como su pueblo en ese aspecto, los ataques, incluso los más suaves y menos graves, siempre parecen revestir un carácter sobrenatural. Por eso hay tantos pueblos en todo el mundo que creen que los niños epilépticos están malditos. Christina creía sin duda que los ataques estaban causados por una influencia malévola. No tuvo que ir muy lejos para descubrirla. Su tía ya se estaba comportando con su esposa como había hecho con su madre. La tragedia del matrimonio de su padre volvía a representarse ante los ojos de la mujer que le quería a usted como solo puede querer una madre. Por consiguiente, al fuerte sentimiento maternal de Christina se le sumó el miedo que acosa a las personas supersticiosas y, antes o después, las obliga a actuar. Su tía, a ojos de Christina, se había convertido en la enemiga mortal de su familia porque, bajo mano, mediante su malévola influencia, estaba destruyendo la salud de su heredero más joven, quizá incluso amenazando su vida. De ese modo, la razón para servir fielmente a su tía se transformó en una razón para oponerse a ella por todos los medios. La maternidad y la lealtad a esta familia se unieron contra la enemiga de ambas.

El doctor Hailey permitió que el monóculo le resbalara del ojo. La lente se golpeó con uno de los botones de su chaleco y el ruido resonó en el silencio que envolvía el despacho.

—Christina me dijo que tenía la certeza de que una influencia malévola estaba perjudicando la salud de Hamish —observó Oonagh—. Me dijo que el niño no se recuperaría hasta que esa influencia fuera destruida.

—Exacto.

—Lo repetía continuamente.

El doctor Hailey volvió a ponerse el monóculo.

—Teniendo eso en mente, pasemos a la noche de la muerte de la señorita Gregor. El suceso estuvo precedido por dos sucesos importantes: su huida de esta casa, señora Gregor, y el descubrimiento de sus encuentros con el doctor McDonald en la orilla. En el primer caso, enviaron a Christina como embajadora para traerla de regreso a casa y, por lo que usted me contó, McDonald, concluí que, aunque Christina exoneraba a su joven señora de toda culpa, estaba menos dispuesta a perdonarle a usted. Según usted me dijo, citó las palabras: «Lo que Dios ha unido...».

—Así es, cuando se iba.

—Observen cómo protegía el honor de la familia. Sin duda, ese sentimiento volvió a reavivarse cuando se enteró de sus encuentros en la orilla. La suya no era, en mi opinión, una mentalidad capaz de entender la necesidad de pedir consejo en una situación difícil. La fuerza de sus sentimientos era tal que no podía imaginar un estado de ánimo en el que no se dejara gobernar por ellos. —El médico se dirigió a Eoghan—: Por consiguiente, vaticinaba que su matrimonio se rompería en cuanto usted se enterara de la noticia. Una vez más, el peligro volvía a ser su tía.

Oonagh se había ruborizado mucho. Puso la mano sobre la de su marido.

—Christina me dijo que le daba mucho miedo el regreso de Eoghan porque su tía le envenenaría la mente —afirmó.

—¿Le aconsejó ver lo menos posible al doctor McDonald?

—Sí. Le dije que Eoghan era incapaz de malinterpretarlo.

—¿Algo que ella no creyó?

—Algo que ella no creyó.

El doctor Hailey asintió con la cabeza.

—Muy bien. Pasemos ahora a la noche del asesinato. Lo más importante es que esa noche usted, señora Gregor, se había acostado temprano después de una fuerte pelea con su tía. Pero la despertaron porque Hamish volvía a estar enfermo. Se puso una bata azul para ir a su cuarto. Además, recibió una carta de su marido en la que le hablaba de sus deudas de juego y le rogaba que se llevara bien con la señorita Gregor. Esa carta fue el motivo de que usted dejara al doctor McDonald con Hamish y bajara a informar a la señorita Gregor sobre el estado de su hijo. Christina salía de la habitación en ese momento, con una vela en la mano. En cuanto su tía la vio, le entró pánico. La echó de la habitación y cerró la puerta con llave.

Miró a Oonagh para que se lo confirmara. La joven asintio:

—Sí.

—¿Por qué reaccionó la señorita Gregor de esa manera tan

insólita? Creo que la respuesta es que, a la tenue luz de la vela, con la bata azul, usted era idéntica a la madre de Eoghan. Años antes, ella había entrado en esa habitación blandiendo un cuchillo y con un brillo de locura en los ojos. —El doctor Hailey bajó la voz hasta hablar en un susurro—: Esa locura, ocasionada por un fatídico ataque de difteria, había privado transitoriamente a su víctima de su autocontrol. La señorita Gregor recibió una puñalada cerca del corazón y resultó herida de gravedad. El recuerdo de ese terrible momento seguía vivo en su espíritu. Fue presa del pánico. Muerta de miedo, se encerró en su habitación y cerró las ventanas además de la puerta. —Se dirigió a McDonald—: ¿Usted oyó cerrarse las ventanas?

—Sí.

—Estaba, por tanto, encerrada en su dormitorio. No cabe duda de que la puerta tenía la llave echada. Pasemos ahora al caso del inspector Dundas. Ese pobre hombre solo hizo un descubrimiento importante, que usted, capitán Gregor, acababa de perder mucho dinero a las cartas y debía, si era posible, obtenerlo de su tía. Supongo que usted le contó a su esposa que Dundas se había enterado de esa necesidad.

—Así es.

—¿Dónde lo hizo?

Eoghan pareció sorprendido. Frunció el entrecejo, pero enseguida desarrugó la frente.

—Me acuerdo. Se lo dije una noche mientras estábamos sentados en el cuarto de nuestro hijo.

—¿Estaba Christina con ustedes?

—Sí. Ahora lo recuerdo con total claridad. Christina dijo que no se fiaba de Dundas, que estaba segura de que nos traería muchos problemas. Había tenido que soportar su interrogatorio y, además, Dundas había osado darle órdenes como si fuera una criada.

—Entiendo. Dundas amenazaba su seguridad. No podía haber peor crimen a ojos de Christina. El caso de Barley es parecido al de Dundas salvo en que la amenaza era para su esposa. —El doctor Hailey se volvió hacia Oonagh—: ¿Estaba Christina en el cuarto de su hijo cuando usted ha oído los ruidos en el agua y ha visto el objeto negro brillante flotando en el arroyo?

—No. Había ido a la despensa...

—¿Se hallaba en el cuarto de su hijo cuando mataron a Dundas? Usted estaba, si se acuerda, esperándome para que viera a Hamish.

Oonagh se sobresaltó: el miedo asomó a sus ojos.

—Esa noche también estuvo yendo y viniendo de la despensa —observó.

El monóculo se cayó. El doctor Hailey tomó asiento y sacó su caja de rapé.

—En todas las heridas, como ya saben, se han encontrado una o más escamas de arenque. Por tanto, a lo largo de toda esta investigación, se han hecho esfuerzos por encontrar un arma que pudiera llevar tales escamas. Han sido en vano. No se encontró ningún arma en la habitación de la señorita Gregor; tampoco en la de Dundas; ni tampoco cerca del cadáver de Barley, aunque la celadora que estaba en coche dice que ha visto el brillo del acero. —Se dirigió a Eoghan—: ¿Usted dice que ha visto el brillo del acero cuando han matado a su padre?

—Sí, estoy seguro.

—Pero ¿tampoco había arma en ese caso?

El joven negó con la cabeza.

—No.

—La herida de su tía fue muy grave, pero no mortal. En tales circunstancias, sería de esperar que hubiera sangrado mucho. Pero de hecho, sangró muy poco. Solo hay dos explicaciones posibles; o murió de la impresión en el momento en que la hirieron o el arma se le quedó incrustada en la herida. No murió en el acto porque hay un rastro de sangre de la ventana a la cama. Nadie salió de su habitación. Eso es indiscutible, no solo porque su esposa y McDonald estaban en la habitación situada justo debajo cuando ella cerró las ventanas y tenían una perspectiva perfecta del único lugar por el que podría haberse descolgado el asesino en su huida, sino también porque las ventanas tenían el cerrojo echado por dentro. Llegamos a la conclusión aparentemente absurda de que el arma que mató a su tía se desvaneció en cuanto el corazón dejó de latirle, es decir, en cuanto la hemorragia cesó. —Tomó un pellizco de rapé—. En todos los casos, el arma se desvaneció después de que se asestara el golpe. Volvamos al asesinato de la dama. Usted, señora Gregor, fue la última persona que la vio con vida. A ella le entró pánico. Imagino que su primer impulso fue regresar a la cama y esconderse ahí. Pero las ventanas abiertas pronto le llamaron la atención. ¿Y si el ataque venía de ahí? El pánico no razona; actúa. Se levantó a toda prisa y cerró una. Estaba a punto de hacer lo mismo con la otra cuando oyó, a lo lejos, el motor de la lancha del capitán Gregor. Ese ruido, con su promesa de seguridad y triunfo, la tranquilizó. Se asomó a la ventana para oírlo mejor. Mientras estaba asomada, oyó un fuerte ruido por encima de ella y resultó herida. Retrocedió tambaleándose, sorprendida y presa del pánico. Tenía un brazo inutilizado, pero, con el otro, logró cerrar la ventana y echar el cerrojo. Fue a la cama dando traspiés y se desplomó... El corazón se le paró...

El médico se inclinó hacia delante.

—Todos saben cuánta importancia daba Barley al gancho de la pared situado sobre la ventana de la señorita Gregor. Observó, desde la despensa de la última planta, que el orín se había desprendido en una zona y concluyó que habían utilizado

EL ASESINATO DE LADY GREGOR

una cuerda. Hay otra explicación. El arma que golpeó a la señorita Gregor cuando se asomó a la ventana pudo darse con el gancho al caer. Y, de hecho, eso fue lo que ocurrió. —Se levantó y volvió a ocupar su lugar delante de la chimenea—. Cuando la señorita Gregor se asomó a la ventana, Christina, que estaba en la despensa, la vio. También ella había oído el motor de la lancha. Esa mujer leal y supersticiosa oyó en el ruido la perdición de todos aquellos a los que amaba: de usted, capitán Gregor; de usted, señora Gregor; de su hijo. Del propio Duchlan. En unos minutos, la señorita Gregor haría uso de su malévola influencia para arruinar su matrimonio igual que había destrozado el de su padre, igual que estaba destruyendo la salud de su hijo. —El doctor Hailey hizo una pausa antes de añadir en voz baja—: Cuando oyó la lancha motora, Christina estaba picando hielo de un gran bloque a fin de rellenar la bolsa de hielo para la frente de Hamish.

# 40

# Epílogo

El silencio del despacho se quebró con las primeras notas cristalinas de un mirlo. Un momento después, el coro del amanecer, el inmemorial canto de los pájaros al despuntar el día, les estalló en los oídos. Una expresión de honda dulzura asomó al rostro del doctor Hailey.

—En ese momento, Christina oyó que sus dioses la llamaban a la acción —dijo—. Cogió el bloque de hielo y lo arrojó por la ventana. El bloque golpeó el gancho de hierro y se fracturó en varios afilados puñales. Uno de ellos alcanzó a la señorita Gregor y se le quedó incrustado en la herida. Con este calor se derritió enseguida; estaba muerta antes de que eso ocurriera.

»El efecto en Christina fue justo el que cabía esperar. Los que se sienten llamados por el cielo a actuar contra las fuerzas del mal y tienen un gran éxito en su misión desarrollan de inmediato un orgullo espiritual que es casi, si no completamente, locura. Christina se constituyó en la protectora de la familia Gregor. Cuando se enteró de que Dundas sospechaba de usted, capitán Gregor, decidió deshacerse de él. Como saben, la habitación situada encima de la suya está vacía. Lo único que Christina tenía que hacer era esperar ahí hasta que él se asomara a la ventana, lo que sin duda hacía con mucha frecuencia por el calor. Sabía que McDonald y yo íbamos a subir a la segunda planta; oyó que Dundas nos daba las buenas noches. Apareció por debajo de ella. El bloque de hielo no se hizo añicos esa vez, porque no hay ningún gancho de hierro sobre la habitación de Dundas. Rodó por el terraplén y cayó al arroyo con estrépito. La corriente lo arrastró mar adentro. El procedimiento ha sido el mismo en el caso de Barley, salvo que hacía falta un señuelo para inducirlo a colocarse bajo la ventana. Christina lo ha tendido arrojando un primer bloque de hielo, que Barley ha oído caer, primero al suelo y después al agua, justo cuando estaba a punto de detenerla, señora Gregor, lo que, como es natural, ha despertado su más vivo interés. —Se detuvo e inclinó la cabeza—. Mi plan de esta noche era avivar los miedos de Christina para que dirigiera su hostilidad contra mí —explicó con hondo pesar—. Ese era el propósito de mi visita al cuarto del niño y de las indicaciones que he dado. Pero mi plan ha funcionado demasiado bien. Había dispuesto mi sombrero de manera que, cuando tirara de un hilo, saliera por la puerta acristalada. Si Christina era culpable, estaba seguro de que volvería a atacar. Pero, cuando he tosido para dar la señal, ha aparecido Duchlan. Como saben, he gritado, pero ya era demasiado tarde.

Respiró hondo.

—Saber que había matado a su señor ha sido una sentencia de muerte para la mujer de la ventana —añadió—. El salto no la ha matado; en cuanto se ha dado cuenta de que que seguía viva, se ha precipitado de cabeza por el terraplén hasta el agua.

El coro del amanecer llenó todos los huecos de la madrugada. McDonald se levantó agarrotado, arrastrando la pierna.

—Creo que el hielo lo trae el pescatero de Ardmore —apuntó—. Hay escamas de arenque en cada pulgada de sus puertas y paredes.

Esta edición de *El asesinato de Lady Gregor*, de Anthony Wynne,
se terminó de imprimir en Grafica Veneta S.p.A. (Italia)
en abril de 2023.

Para la composición del texto se ha utilizado la tipografía FF Celeste,
diseñada por Chris Burke en 1994 para la fundición FontFont.

Duomo ediciones es una empresa comprometida con el medio
ambiente. El papel utilizado para la impresión de este libro
procede de bosques gestionados sosteniblemente.

PEFC
PEFC/18-31-226

Este libro está impreso con el sol. La energía que ha hecho posible
su impresión procede exclusivamente de paneles solares.
Grafica Veneta es la primera imprenta en
el mundo que no utiliza carbón.

# OTROS LIBROS DE LA COLECCIÓN
## LOS CLÁSICOS DE LA NOVELA NEGRA
## DE LA BRITISH LIBRARY

. . . . . . . . .   . . . .

*Crimen en Cornualles,*
de John Bude

*El asesinato de Santa Claus,*
de Mavis Doriel Hay

*Misterio en Londres,*
de Mary Kelly